아 멜 리 가
연애를 하지 않는
이   유

독 과   가 시 와   꽃

4

아멜리가 연애를 하지 않는 이유 4

초판 1쇄 발행 | 2016년 12월 25일

지은이 ⓒ 온푸나무 2016
일러스트 ⓒ 팀 귤한박스 2016

교정교열 | 문보람
디자인 | 팀 귤한박스
편집 | 나비노블
표지편집 | 서유미

펴낸이 | 김혜랑
펴낸곳 | 메르헨 미디어
등록일자 | 2012년 6월 27일
등록번호 | 제 2012-000141 호
ISBN 979-11-87721-06-2 04810
ISBN 978-89-98328-62-7 (세트)

nabinovel@nabinovel.net
http://nabinovel.net

4 온푸나무 지음.
팀 큘한박스 그림

아멜리가
연애를 하지 않는 이유

❖ 독과 가시와 꽃

나비노블

아멜리가 연애를 하지 않는 이유

목　　　차

독과 가시와 꽃

28
수정궁의 주인

　정교한 세공의 크리스털 샹들리에가 천장에서 눈부신 조명을 흩뿌렸다. 비취색 실크벽지로 둘러싸인 침실의 창가에서 아멜리가 먼 곳을 바라보았다. 마주 보고 있는 풍경은 광활한 잔디정원이었다. 그 너머에는 울창한 숲이 있고 또 그 너머에는 높고 긴 장벽이 빙 둘러쳐져 있었다. 장벽은 땅에서 솟아오른 거대한 수정들의 군(群)이었다. 얼핏 반투명한 흰빛의 산맥 같아 보이기도 했다. 절경을 감상하던 중 불어온 바람에 금실로 짠 창가 커튼이 조용히 나부꼈다. 아멜리도 덩달아 한숨을 내쉬었다.

　"한숨 소리가 크구나. 무슨 고민이라도 있는 것이냐."

　창가에 서 있던 아멜리가 천천히 뒤를 돌아보았다.

벨벳과 가죽으로 만든 고가의 소파에 나태하게 늘어진 아름다운 용모의 청년이 한쪽 손등에 턱을 괴고서 아멜리를 빤히 쳐다보고 있었다.

"무슨 고민이겠어요?"

"글쎄."

청년은 영문을 모르겠다는 듯 고개를 갸우뚱했다. 그의 긴 머리카락이 보라색 가운 위로 은빛 물결처럼 흘러내렸다. 한 폭의 성화와 같이 신비롭고 우아한 장면에 아멜리의 미간 주름이 더욱 깊어졌다.

"정신을 잃은 절 사고의 위험에서 구해줬다는 이야기, 믿어요."

"그래."

"치료를 해야 해서 당신의 집으로 데려왔다는 말도 믿어요."

"다친 데가 없어 다행이었지."

"다 믿고, 다 고마워요. 그런데 대관절 왜 보내주지 않는 거지요?"

한숨의 이유는 바로 그것이었다. 정신도 또렷하고 몸도 멀쩡한 아멜리가 감사의 인사를 하고 떠나려고 하자 은발 청년이 문을 막고 서서 비켜주지 않았다. 딱히 무력을 행사하거나 협박을 하지는 않았다. 단지 문에서 비키지 않을 뿐이었지만, 그것으로도 방해는 충분히 효과적이었다. 아멜리는 얌전히 있다가 기회를 봐 도망치기로 했다. 청년이 한눈을 파는 사이 옷장에 숨어도 보고, 창문을 타고 넘어가기도 했다.

그런데 무슨 숨바꼭질 술래 장인이라도 되는 것인지 청년은 매번 별로 힘도 들이지 않고 아멜리를 찾아냈다.

칸처럼 사람을 밀실에 가두는 위험한 취향인가 싶었는데 또 방 밖의 복도라든가 정원 산책은 얼마든지 허락되었다. 청년은 굳이 따라오지도 않았다.

원한다면 언제 어디로든 아멜리를 정확하게 찾아올 수 있었으므로. 아멜리는 낮에 자주 보이는 집안 청소부나 정원사, 또 식사를 가지고 오는 메이드 같은 사람들에게 자주 말을 걸었다. 다만 그들이 보이는 태도가 지나치게 정중하고 단답형인 바람에 친해지기는커녕 원하는 정보를 얻기 어려웠다.

신체의 컨디션은 더없이 호조였다. 사방이 비단과 벨벳, 금으로 칠갑이 된 호화스러운 침실에서 매일 하는 일 없이 편하게 지내는 덕분이었다. 끼니때마다 온갖 산해진미가 식탁 다리가 부러질 듯 차려졌다.

감시의 시선인지 관찰의 시선인지 청년이 자꾸 찾아와 빤히 쳐다보는 것이 좀 귀찮고 찜찜하게 느껴질 때도 있다. 하지만 결코 손가락 하나 멋대로 대는 법은 없었다. 이 생활에 무슨 불편함이 있느냐고 하면 할 말이 없다. 그렇다 하더라도, 이곳에 남아 있을 이유는 없는 것이다. 은발 청년은 태연한 낯빛으로 대답했다.

"바깥은 위험하다."

"뭐가 위험하다는 건가요?"

"스스로 더 잘 알지 않느냐."

"그게……."

부정은 뇌리를 스쳐 지나가는 일련의 기억에 흐려졌다. 지난 나날을 돌이켜 보면 어릴 때부터 결코 운수가 좋은 편이라고 할 수 없었다. 그래도 최근 겪은 사건사고는 스스로 생각해도 심했다. 고향에서 좋은 이웃인 줄 알았던 빌슨이 치한으로 밝혀진 사건은 약과였다.

갑작스러운 지진으로 일어난 산사태에 휘말려 땅속 깊은 곳의 동굴에 갇히질 않나, 가까스로 빠져나왔을 때 처음 만난 사람들이 하필 잠행 중인 공주의 호위대라 하마터면 초원에서 쥐도 새도 모르게 죽임을 당할 뻔하기도 했다.

괜찮은 구혼자인 줄 알았던 귀족 기사가 위협적인 감금남으로 돌변하기도 했고, 함께 여행을 다니는 친구가 도박으로 전 재산을 날리고 지나가던 길에 목숨을 구해준 여자가 사실 좀도둑이라 얼마 없던 돈도 다 털린 적도 있었다. 여행 노잣돈을 마련하려고 구한 아르바이트는 왜인지 또 목숨을 건 일이 되어버려, 생체실험을 즐기는 듯한 지명수배자 마법사에게 납치까지 당했다.

마법사의 마수를 피해 도망친 팜이라는 휴양도시에서는 여관 여탕에서 노출남에 놀라 욕탕 바닥에 머리를 박고 기절했다.

아무래도 일진이 안 좋지 싶어서 얌전히 방 안에 틀어박혀 있었더니 이번엔 검은 후드의 괴한이 침입해 마법으로 공격했다. 겨우 저주마법에서 벗어나 정신을 차렸더니 이번에는 게일이 위험에 처해 있었다.

아라아스라교의 무녀를 통해 그의 꿈으로 들어갔고 구출하는 데 성공한 것 같은 느낌이 확실히 있었는데, 깨어나 보니 엉뚱하게도 팜 외곽의 황무지가 아닌 낯선 미청년의 호화스러운 침실이었던 것이다.

이 정도면 굿이 필요한 수준이었다.

아멜리는 새삼 자신의 끈질긴 생존력에 감탄하면서 겉으로는 내색 없이 다시 말을 이었다.

"바깥에 비해 이곳이 절대적으로 안전하다는 보장은 없지 않나요? 우선 전 당신이 누구인지도 모르는걸요."

"섭섭하게도 그새 잊어버렸느냐."

"우리가 만난 적이 있단 말이어요?"

"그대의 입으로 말하였다. 짐에게로 오겠다고. 시일이 지나도 올 기미가 안 보인 데에는 딱한 사정이 있었으리라 짐작하였으나 짐과의 약조조차 잊어버리다니."

청년이 짐짓 슬픈 척을 하며 시선을 내리깔았다. 그런 모습을 아멜리는 의심스럽게 관찰했다. 저런 비범한 용모의 남자를 만난 적이 있다면 기억했을 것이다.

하지만 은발을 가진 사람은 무척 드물고, 아멜리도 인생을 통틀어 겨우 한 번 목격했을 뿐이었다. 파샤 일주 중 레올 시에서 만났던 이상한 소년…….

'어?'

기억 먼 곳에서 어렴풋이 어떤 사람의 모습이 깜박거렸다. 아멜리는 거의 잊어가고 있던 그 기억을 더듬더듬 되짚어 겨우 하나의 이름을 끄집어냈다.

"유르?"

은발 청년의 입매가 반가움에 깊어지면서 가늘어진 눈이 호선을 그렸다.

"기억이 났구나, 아멜리."

"말도 안 돼!"

레올 시에서 치한 소년과 마주친 건 고작 수개월 전으로, 그 짧은 시간 동안 사람이 이렇듯 장성할 리 없었다.

"어째서 말이 안 된다고 생각하느냐."

"그야 나이가 전혀 다르고요. 키도 체격도 목소리의 굵기도 전혀 달라요. 같은 사람이라고 볼 수 없는 게 당연하잖아요."

아멜리가 열심히 설명하는 동안 유르는 반박도 없이 그저 이상야릇하게 웃기만 했다. 그래서 아멜리는 한층 더 기분이 이상해졌다. 틀림없이 다른 사람일 텐데, 레올에서 만난 유르와 분위기가 너무 비슷했다.

평범하지 않은 말투나 대화가 통하는 듯 통하지 않는 것조차. 이래서야 서로 아무런 관련 없는 타인이라고 주장하는 편이 오히려 의심스러우리라.

"이제 마할족의 아이는 안 데리고 다니는 모양이지?"

"칸 말이어요? 그렇긴 한데……."

칸과의 일도 알고 있다. 역시 본인이라는 건가.

'무슨 마법이라도 써서 변신한 걸까?'

마법이라 하더라도 여전히 납득하기 어려웠지만, 따지고 보면 요 근래 겪은 모든 사건들이 말이 안 되긴 했다. 그러나 게일과 여행을 시작하면서 「세상」이 그녀가 아는 상식의 범주 안에만 있지 않다는 걸 절절히 배웠다. 이번에도 마음으로 이해하기로 했다. 이 시대가 그냥 이 모양으로 생겨먹은 것이라고, 포기하면 편했다.

"정말로 레올에서 만난 유르와 동일인물이라는 거지요?"

"그래."

"세상이 참 좁다고 해야 할지. 솔직히 재회 자체도 놀라운데 제가 사고를 당할 때 마침 지나가다 구해준 사람이 유르라는 사실도 굉장히 공교롭네요."

"아마도 운명이라는 것이겠지."

유르의 입에서는 남들에겐 비일상적인 단어가 숨을 쉬듯 자연스럽게 흘러나오는 경향이 있었다.

"만나러 가겠다고…… 약속을 한 것도 같은데 사실 제가 요즘 좀 바쁘거든요. 일단 만났으니까 나중에 또 놀러 오는 걸로 해두고 이만 가면 안 될까요?"

"불허한다."

"어째서요?"

"위험하니까. 짐의 곁에 있어야 안전하다."

도돌이표였다. 아멜리는 다시 한 번 작게 한숨지었다.

"여기는 유르의 집이라고 했지요?"

"그러하다."

"젤원이기는 한가요?"

유르가 재미 있다는 듯이 낮게 웃었다.

"물론."

"밖이 위험해서 안 보내겠다면, 밖에 있는 제 친구들에게 연락하는 건 상관없겠군요?"

"마할족의 아이에게?"

"설마요! 그쪽으론 절대로 연락 안 해요. 제가 말하는 건 게일, 모르간, 슬론 소장님, 예쉬데르, 그리고 제임스님과 어린 무녀님도 어떻게 되었는지 걱정이 되고……."

"팜에서 같이 있던 자들이라면, 모두 죽었다."

순간 귓속의 공기가 쩡 하고 얼어붙은 것 같았다. 아멜리는 조금 뜸을 들이다가 갈라진 목소리로 되물었다.

"시신을 봤어요?"

"그대와 같은 사고에 휘말려, 지옥같이 깊디깊은 곳으로 추락하는 모습을 보았다. 살아남기 어려웠겠지."

"그걸 보고만 있었단 말이어요?"

아멜리는 저도 모르게 유르를 노려보았다. 책망이라기보다는 진실을 가리기 위해서였다.

"목숨 하나 구하기에도 벅찬 순간이었다."

유르의 진지한 눈빛에서 거짓이나 기만을 찾을 수 없었다. 오히려 아멜리가 동요하기 시작했다.

'정말 다들 죽었을까?'

전혀 실감이 나지 않았다. 지하에 매몰되는 것은 심각한 사고이지만, 아멜리는 그러한 사고에서 살아남은 경험자였다. 일행 중 가장 약한 사람인 자신도 살아남았으니, 자신보다 더 강하고 특별한 사람들이 그리 쉽게 가지는 않으리라는 믿음이 있었다.

'발번 사람들도 모두 내가 죽었다고 생각했겠지. 하지만 난 살아 있었어. 모두들 분명히 살아 있을 거야. 어쩌면 내가 그랬던 것처럼 지하에 갇혀 외부의 구조를 기다리고 있을지도 몰라. 구하러 가야 해. 내가 포기하면, 그들은 정말로 죽는 거야.'

생각을 정리한 아멜리는 마음이 더욱 조급해졌다.

"당장 나가야겠어요. 전 팜에 가야 해요. 어쩌면 친구들이 구조를 기다리고 있을지도 몰라요."

"불허한다."

유르가 또 슬그머니 문을 가로막았다. 소년의 모습을 한 유르는 키도 그리 크지 않고 호리호리해서 아멜리로서도 밀어제칠 수 있을 듯했지만 청년 모습의 유르는 체격상 허술한 구석이 없었다. 이리저리 가늠해봐도 빠져나갈 빈틈을 찾을 수 없자, 아멜리는 화가 끓어올랐다. 유르가 뭐라고 자신의 앞길을 막는단 말인가?

"좋은 말로 할 때 비키셔요."

"안 된다."

"아무리 절 구해준 사람이라고 해도 이런 행동은 용납할 수 없어요. 이 집에 머무르는 거야 당신 허락이 필요할지 몰라도, 당신에게 나가는 사람을 막을 권리는 없잖아요."

"있다. 네겐 안타깝게도."

"뭐라고요?"

아멜리가 어리둥절하게 되물었다. 그런데 대답을 듣기 전 느닷없는 노크 소리가 대화에 끼어들었다.

"신 데일스포드입니다. 들어도 되겠습니까."

"들어와라."

문이 열리고 들어선 이는 단조로운 남색 관리복을 단정하게 차려입은 키가 몹시 큰 남자였다. 조금 여윈 듯 말랐지만 등은 꼿꼿하고 걸음걸이는 진중했다.

그는 테가 얇은 안경 너머로 이상한 긴장감이 흐르는 두 남녀를 번갈아 쳐다보았다. 하지만 이내 자신이 관여할 일이 아니라 판단했는지 무심한 태도로 제 할 말만 하였다.

"오늘 조정회의가 있었습니다. 개최시간은 1시간 전이었습니다만."

"그래서?"

"폐하께서 납셔야 현재 모여 있는 대신들이 회의를 시작할 수 있습니다."

"이럴 때 짐을 대리하라고 그대를 재상으로 만들고 옥쇄를 쥐여준 것이 아니냐."

"그런 말씀 마십시오. 행여나 로렌스와 엘레노어의 귀에 들어갈까 두렵군요."

"군주가 신하를 두려워하랴."

"그야 폐하께서는 튼튼하시니까 별 타격이 없으시겠지만 저는 평범한 사내입니다. 승냥이 떼 앞에 핏기도 안 가신 고깃덩이를 굳이 내밀고 싶지는 않습니다. 아무튼 회의에는 형식과 절차라는 것이 존재하니, 아무리 허수아비 행세를 하고 싶으시더라도 회의장에 앉아는 계십시오."

"번거롭기 짝이 없군. 아무래도 슬슬 후계자를 내세울 때도 됐구나."

아멜리의 미간에 주름이 잡혔다.

대화의 내용이 아무래도 이상했다. 회의에 간다 안 간다를 두고 아옹다옹하는 유르와 데일스포드 사이에 아멜리가 손을 조심스럽게 올리며 끼어들었다.

"저기요."

두 남자가 동시에 아멜리를 쳐다보았다.

"여기, 유르의 집인 게 맞지요?"

데일스포드가 묘하게 눈썹을 꿈틀거리면서 유르를 쳐다보다가, 다시 아멜리에게로 시선을 돌렸다.

"맞습니다. 수정궁입니다."

"수정궁."

"윈 델람의."

"윈 델람은 젤윈 중부지방에 위치한 수도……."

아멜리의 혼잣말은 은연중 반박을 기대하고 있었지만 데일스포드는 무슨 그런 당연한 사실을 굳이 읊느냐는 식으로 뚱한 시선을 던질 뿐이었다. 아멜리는 원목 하나를 통째로 깎아 만든 호화스러운 콘솔 테이블의 표면을 물끄러미 내려다보다가 손가락으로 쓱쓱 어루만졌다. 매우 비싸고 고급스러운 무언가의 촉감이 느껴졌지만 현실감까지 전달되지는 않았다. 선더랜드 저택에서도 고급 가구는 많이 보았다. 단지 이곳의 가구가 더 값비싸 보이는 이유는 고풍스럽고도 화려함의 극을 달리는 스타일 때문이라고 여겼건만.

"아까부터 유르를 폐하라고 자꾸 부르시는 이유는."

"폐하께서 젤윈의 황제시기 때문입니다."

"아하, 여기는 수정궁이고 동시에 유르의 거처니까 유르는 당연히 젤윈의 황제……. 네……."

아멜리는 점차 말을 잃어갔다. 황제. 눈앞에 있는 은발의 기이한 인물이 바로 풍문으로 존재한다고 말만 듣던 황제였다. 지나가다 우연히 공주를 마주친 적이 있긴 하지만 설마 모르는 사이 황제까지 만났을 줄이야. 자자손손 영광이라 해야 할지 운명의 농락이 지나치다고 해야 할지 당황스럽기 짝이 없었다.

'세상에는 젊은 황제도 있구나! 호호 할아버지만 될 수 있는 건 줄 알았더니. 근데 왜 옛날이야기에선 늘 할아버지 황제가 나와서 영웅을 아름답게 성장한 공주랑 맺어준 다음 제위를 물려주기 일쑤인 거지?'

아멜리가 현실도피적인 사념에 빠져 있는 사이 재상은 황제에게 조정회의의 중대성에 대해 일장연설을 퍼부었다. 대개는 황제의 한 귀로 들어가 다른 한 귀로 흘러 나왔지만, 결과적으로는 성공을 거두었다. 황제가 회의장소로 향하기로 마음먹은 것이다.

"그대는 이대로 두면 눈이 오는 계절까지라도 잔소리를 할 위인이니 어쩔 수 없구나. 하긴 짐도 대신들에게 처리를 명할 건이 있기는 하다."

"어떤 내용인지 미리 여쭈어보아도 되겠습니까."

"아멜리를 후궁으로 삼으려고 한다."

"아멜리라면 이분 말입니까?"

"그래."

데일스포드는 낯선 여자를 빤히 쳐다보았다.

신분이 높아 보이지는 않으나 태도가 얌전하고 성격도 수더분해 보였다. 만약 유르가 뭇 사내였으면 참한 신부감을 골랐다고 덕담을 건네주었을 것이었다. 하지만 이곳은 황궁, 그리고 유르는 황제였다. 아멜리라는 여자는 필부의 배우자로는 흠잡을 데 없어 보였지만 황제의 곁에 서 있을 만한 위엄을 갖췄거나, 규율과 보는 눈이 많은 황궁 생활에 적응할 만한 위인으로는 보이지 않았다.

"폐하께서는 재위 12년째 황후도 후궁도 후사도 없이 지내고 있는 독신이라는 점을 자각하고 계십니까?"

"물론 나도 마음 같아서는 아멜리를 황후의 자리에 앉히고 싶다. 하지만 아멜리가 힘들지 않겠느냐. 황후는 후궁보다 책임과 의무가 곱절로 많고 황실 관리와 적자 생산 또한 담당해야 하니 아무래도 짐과 놀 시간이 줄어들겠지. 그리 되면 주객전도다."

"제 말은 황후 책봉을 하라는 뜻이 아닙니다만."

"잠깐만요. 누구 마음대로 후궁이어요? 후궁이란 건 황제의 첩이잖아요. 황제는 유르잖아요. 저는 누구의 첩이 되기도 싫고 유르의 아내가 되기도 싫어요."

"짐이 싫으냐?"

유르가 속눈썹을 다소 시무룩하게 내리깔며 물었다.

딱히 사감이 있어 한 말은 아니었기에 아멜리는 당황해 손을 내저었다.

"그런 차원의 문제가 아니어요."

데일스포드가 콧등에서 약간 미끄러진 안경을 검지로 추켜올리며 불퉁한 표정을 지었다.

"후궁이라 해도 지나가던 여자를 붙잡고 막 앉힐 수 있는 자리는 아닙니다."

"저는 친구들을 구하러 가야 한다고요."

"황실의 법도와 기강을 위해 재고하여 주십시오."

"아직 혼인할 생각도 없고요."

자기 말부터 떠들어대는 두 사람을 유르가 손을 들어 제지했다.

"짐은 번복하지 않는다."

군주가 지엄하게 선언하자, 재상의 기세는 철퇴를 맞은 듯 주춤했다. 물론 젤윈의 군주와는 별 상관이 없는 자는 즉각 반발했다.

"제 의사는요!"

"짐의 후궁이 되면 수정궁 안에서 최대한의 자유를 누리도록 허락해줄 수 있다. 수정궁의 어느 곳으로도 자유롭게 드나드는 건 물론, 수정궁의 재화라면 얼마든지 사용하여도 좋다. 단, 짐의 허락 없이 수정궁 밖으로는 한 발짝도 나가서는 안 된다."

아멜리와 데일스포드의 입에서 동시에 상반된 항의가 터져 나왔다.

"지나친 권한인 것 같습니다."

"이런 억압이 어디 있어요!"

유르가 흐뭇한 미소를 지었다.

"너희들이 그렇게 입 모아 말을 할 때마다 참새 떼 같아 귀엽구나."

아멜리가 어이가 없어 입을 빠끔대는 사이 데일스포드는 빠르게 냉정히 이성을 되찾았다. 다행인지 불행인지 황제의 기행을 한두 번 겪어본 처지가 아니었다.

전국에서 인재를 뽑아와 한 집에 살게 해라, 날씨가 좋으니 황궁 사람들을 다 데리고 거리 행진을 하자, 무투대회를 열어 세계 제일의 무사를 뽑아라, 그전에 웅대한 무투장을 지어라 등등. 황제가 전례 없는 이상한 명령을 내릴 때마다 국가 예산은 천문학적인 규모로 깨져왔다. 황제의 명령에 반대하는 자는 「장기휴가」라는 명목으로 귀양을 보내고, 은근히 설득하려고 들면 황제 본인이 「민간 시찰을 위한 출타」라는 명분으로 황궁에서 종적을 감춰버린다. 물론 황제가 돌아오기 전까지 모든 명령은 이행되어 있어야 했다.

'하긴 지금까지의 기행에 들어간 비용에 비하면 후궁 한 명 정도야 아무것도 아니지. 그렇다고 이 정체불명의 여자가 수정궁 내에서 주어진 권한을 남용하게 내버려둘 순 없어. 폭주에 브레이크를 걸어줄 나름의 견제세력을 만들어주어야겠군.'

모든 계산을 마친 재상이 공손하게 고개를 조아렸다.

"모든 것은 폐하의 뜻대로 이행하겠습니다. 다만 소인 한 가지 청이 있습니다. 폐하께 총애를 받는 후궁이 궁내 평판이 좋지 않으면 뭇 사람들이 폐하의 부덕을 탓할까 두렵습니다. 아멜리님이 지위에 걸맞은 품위와 교양을 갖추어 궁 내외 사람들의 본보기가 될 수 있도록 화원에 맡기시는 것 어떠합니까.「삼화」에게 황실의 일원으로서 갖추어야 할 기본 소양을 교육하도록 명하십시오."

"화원이라면 꽃밭이요?"

정원사 일이라도 시키려는가 싶어 아멜리가 의아하게 물었다. 유르가 다정한 미소를 지으며 대답했다.

"세상에서 가장 아름다운 동백과 수련과 국화가 있는 곳이란다."

"저는 한가하게 꽃구경할 때가 아니어요. 친구들이 위험에 처했는데."

"수정궁에서 오래 지내려면 동무가 필요할 테니 화원도 좋은 생각이구나."

권력이란, 없는 자에게는 참 빈정 상하는 것이었다.

아멜리가 싫다고 아무리 목청껏 외쳐도 깔끔하게 무시당했다. 그리하여 두 권력자가 떠난 지 5분도 안 되어 낯선 여자들이 줄줄이 입장하였고, 아멜리는 한 시간도 넘게 욕실과 화장대 앞에서 사투를, 아니 몸단장을 해야 했다.

아멜리와 시중인 사이에 네가 하니 내가 하니 하는 실랑이가 있었고 어찌어찌 목욕과 화장과 옷 갈아입기가 끝났다. 마지막으로 황제가 보낸 선물이라는 용이 조각된 수정비녀가 틀어 올린 머리에 꽂혔다.

"자아, 거울을 한 번 보세요."

아멜리는 전신거울 앞에 섰다. 도저히 산골마을 약초꾼으로는 보이지 않는 여자가 그 안에 서 있었다. 제 입으로 말하긴 뭣하지만 살면서 가장 예쁜 모습이었다.

'시간과 노력과 돈이 있으면 안 되는 것이 없구나. 옛날이야기 속에 나오는 공주가 웬만하면 예쁘다고 묘사되는 이유를 이제 알겠다.'

아멜리는 깊은 깨달음을 얻었다.

"폐하께서 오셨습니다."

단장실 밖으로 나가니, 유르가 뒷짐을 진 채 기다리고 서 있었다. 과연 고귀한 자의 오라는 숨길 수 없는지, 단지 서 있기만 해도 여기 모인 십여 명 중 가장 지체 높은 신분임이 한눈에 보였다.

"어여쁘구나."

자신도 그렇게 생각하고 있으나 막상 남에게 칭찬을 듣자 부끄러웠다. 아멜리는 괜히 손에 낀 금반지를 만지작거리다가, 어느 순간 화들짝 정신이 들었다.

"절 왜 이렇게 꾸민 거여요? 설마 곧바로 혼인식 같은 걸 하려는 건 아니겠지요?"

"후후, 귀여운 것. 물론 짐도 그리하면 좋겠다만."

"바라서 한 말이 아닌데요……."

"우선 화원에서 얼마간 사람들과 어울리고 있거라. 그사이 데일스포드가 후궁 품계를 내리는 데 필요한 절차를 알아서 다 해둘 것이다. 황실의 어른이 해야 하는 역할인데 짐은 어쩌다 보니 혈혈단신이라 그에게 자꾸 일을 시키게 되는구나."

유르와 시중인들이 움직이기 시작하니 아멜리도 하는 수 없이 따라나섰다. 아멜리가 하염없이 바라보던 수정장벽 쪽이 아니라 수정궁 중심부를 향해 나 있는 방문을 통과하자 긴 복도가 나타났다.

화려한 무늬의 긴 융단이 깔려 있어 많은 사람이 함께 걸어도 발소리가 시끄럽게 나지 않았다.

복도의 한쪽 면은 훤히 트여 있고, 일정 간격으로 늘어선 기둥 사이로 어린애 키 높이의 격자구조 난간이 쭉 이어져 있어 얼마든지 경치를 감상할 수 있었다.

물론 경치라 하여도 수정궁 내부일 뿐이지만, 사실 그것도 꽤 볼만했다. 판판하게 땅이 골라진 드넓은 부지는 질서정연하게 담으로 구획되어 있는데 그곳에 출입하는 사람들의 차림새로 공간의 용도를 유추할 수 있었다.

　기와를 얹은 웅장하고 화려한 가옥이 있는 곳에는 으레 관복을 입은 사람이 보였고, 그보다 좀 더 작고 소박한 가옥 근처에서는 궁인들이 바삐 움직였다.

　현재 아멜리가 머무르는 「별궁」이라는 곳에는 궁인이 더 많았지만, 이처럼 다층으로 이루어진 건물이 많지 않은 것으로 보아 귀한 손님을 대접하거나 머무르게 하는 장소로 여겨졌다. 아멜리는 파샤의 수도에서 보았던 왕성을 떠올렸다. 그곳이 「임금님의 집」이라는 느낌이었다면, 이 수정궁은 「임금님과 신하와 궁인이 함께 기거하는 작은 마을」에 가까워 보였다.

　'유르는 이런 곳에서 살고 있구나.'

　솔직히, 상당히 뜻밖이었다. 유르라는 인물은 여러 사람과 정겹게 어울리며 지내기에 좀 별난 구석이 있다. 어딘가 외딴 섬 내지는 깊은 산골에 틀어박혀 혼자 산다고 해도 그러려니 싶을 만한 인물이건만, 이토록 큰 집에서 수없이 많은 사람들과 함께 살고 있을 줄이야.

　아멜리가 조금 전에 들었던 말을 곱씹어보았다.

　'어쩌다 보니 혈혈단신이라고?'

황제위를 분명히 혈육으로부터 물려받았을 텐데 가족이 없다는 건 무슨 연유일까. 아멜리가 곁에서 걷고 있던 유르에게 조심스럽게 물었다.

  "수정궁 안에 유르의 식구는 없나요?"

  "형제가 있긴 하나, 한 명은 오래전에 죽었고 둘은 멀리 떨어져 산다."

  혹시 끔찍한 권력 다툼의 결과인가 싶어 아멜리는 유르의 눈치를 살폈지만 그리 슬프거나 비통해 보이는 표정은 아니었다. 그래도 어떤 속사정이 있을지는 알 수 없었다. 화제를 돌리고 싶어 주위를 두리번거리다가 황제 뒤를 따르는 한 무리의 인원을 문득 발견했다.

  "저 사람들은 원래 저렇게 황제를 따라다녀요?"

  "그게 그들의 일이지."

  "레올에서는 혼자였잖아요."

  "수정궁 밖에서는 주로 혼자 다니는구나."

  "궁내에선 그러면 안 되는 거여요?"

  "짐이 혼자 있으면 데일스포드가 황제가 어찌 위험하게, 그리고 위엄 없이 혼자 있느냐고 잔소리를 한다."

  아멜리의 머릿속에는 선더랜드 저택에 있을 때 작은 종을 흔들어대며 고용인을 시도 때도 없이 부려먹던 게일의 모습이 떠올랐다.

그러자 스무 명 가까이 되는 사람들이 줄줄 따라다니는 것도 이해가 됐다. 일개 귀족도 그 정도인데 군주쯤 되면 코 푸는 일도 남의 손으로 할지도 모른다.

"별궁에서 일하는 자가 한 백여 명 될 것이다. 모두 그대의 신변을 돌보고 시중을 들어주기 위해 존재한다. 원하는 대로 부리거라."

"저 하나가 백 명을요……?"

"아아, 짐이 생각이 짧았군. 대부분은 자기의 위치에서 청소든 경비든 할 테니 이리저리 불러내어 부리기 불편하겠구나. 그대를 따라다니며 보필할 인력을 따로 배치하도록 명하마."

"아니어요!"

아멜리는 펄쩍 뛰며 거부했다.

"저는 시중 받는 게 불편하고 어색해요. 아까 전에도 목욕탕까지 따라와 절 막 씻겨주려 하기에 얼마나 놀랐다고요. 사람들이 저 때문에 고생하는 모습을 보는 것도 참 마음이 불편하고요."

"시중인이 전혀 필요하지 않으냐?"

방금 밖으로 나오면서 눈으로 가늠한 별궁의 규모는 거의 선더랜드 저택만 했다.

그만한 공간을 독차지하는 일은 지나친 공간 낭비였다. 그래도 시중을 위해서든, 감시를 위해서든 곁에 많은 사람이 머무르는 건 부담스러웠다.

아멜리는 저택 유지에 필요한 최소 인력을 헤아려보았다.

"건물이 크니까 청소하는 사람이 좀 있어야겠고요. 그 사람들의 식사를 마련해줄 요리사가 몇 명 필요해요. 그 정도면 충분해요."

"호위병은?"

"호위가 따로 필요한가요? 임금님이 사는 궁궐 안은 세상에서 제일 안전한 장소잖아요."

그 순진무구한 의문에 유르는 그저 낮게 웃었다.

"알겠다. 호위병도 물리마. 하나 문지기는 두어라. 불청객을 막아줄 이가 없으면 불편할 것이다."

아멜리로서는 다소 뜻밖이었다. 지금까지는 「수정궁 밖으로 나가지 마라, 후궁이 되어라」라고 제 멋대로 명한 인물이 아닌가. 사람을 제 손아귀에 두고 쥐락펴락하는 일에 만족을 느끼는 안하무인인 줄 알았더니, 지금은 또 순순한 양처럼 구는 것이 이상했다.

"제 말대로 해주려고요?"

"짐은 그대가 수정궁 내에서 최대한의 자유를 누리며 즐겁게 살았으면 한다. 필요한 건 무엇이든 청해라. 금은보화든 진미든 신기한 동식물이든 원하는 건 뭐든 구해다 주마."

"말은 고맙지만……."

아멜리는 엉뚱하게도 만약 유르가 아빠가 된다면 자식농사에 상당한 주의를 기울여야 할 것 같다는 생각이 불쑥 들었다. 좋아하는 사람에게는 뭐든지 다 해주겠다는 마인드라니, 애 버릇 망치기에 딱 좋았다.

'어쩐지 재상님이 유르에게 평소 꽤 잔소리를 하는 듯하더니, 이래서였구나. 유르와 재상님은 꼭 자상하고 경제관념 없는 아빠와 엄격하고 생활력 강한 엄마 같아. 둘 사이 자식이라면 젤 원이려나?'

당초무늬로 음각된 기둥이 나열된 긴 회랑을 지나, 별궁을 둘러싼 담을 넘어 정원을 따라가다 보니 새로운 담이 나왔다. 그 너머는 별궁이 있던 곳과는 제법 이질적인 분위기를 풍겼다. 건물 크기가 작고 아담해졌으며, 건물끼리 간격도 좁아 전체적으로 옹기종기한 맛이 있었다. 그래도 결코 소박하거나 누추하다고 말할 수는 없었다.

별궁이 있던 수정궁 중심부가 대리석 덩어리를 깎아 만든 호쾌하고 수려한 조각상이라면 이쪽은 손안에 들어오는 섬세한 공예품, 딱 그 정도의 차이였다.

"여기가 화원인가요?"

"그래."

유르는 화원의 응접실 격인 화려한 누각으로 아멜리를 이끌었다.

아멜리가 계단에 오르기 전에 주변을 재빨리 훑어보았다.

과연 정원에 꽃이 만발하긴 하였으나 솔직히 화원이라 불릴 정도인지는 미묘했다.

누각 안에는 대규모의 인원을 수용할 수 있는 크고 넓은 빈 공간이 있었고 다양한 꽃과 장식, 풍성한 음식으로 이미 연회 준비가 끝난 상태였다.

가장 상석은 황제를 위해 비어 있었다. 그 자리를 중심으로 둥글게 퍼진 형태로 자리들이 마련되어 있었는데 이미 차지한 사람이 있었다.

아멜리 못지않게 정성껏 단장한 젊은 여성들이었다. 수는 어림잡아 백이 안 되었다. 유르를 따라다니는 궁인들에 비하면 좀 더 도도한 분위기를 풍겼고 옷차림도 화려했다.

불현듯 고향 친구 안젤라에게서 들었던 먼 나라 이야기가 스쳐 지나갔다.

여색을 밝히는 어떤 황제가 전국 각지에서 아리따운 처녀를 천 명도 넘게 데려와 첩으로 삼았고, 그 첩들이 사치를 누릴 수 있는 화려한 궁전을 만들어 하렘이라 불렀다 했다.

'설마 꽃밭의 뜻이 이런 거였어?'

아멜리가 기겁을 하려는 찰나, 화원의 여자들이 황제를 칭송하는 인사말을 외치며 절을 했다가 일어났다. 마치 군대와 같은 질서정연함이었다. 별로 사치와 향락에 빠진 여자들처럼 보이지 않자 아멜리는 다시 의아해졌다.

유르가 자리에 앉고 손짓을 하자 화원의 여자들이 착석했다. 유르와 아멜리를 뒤따라온 시중인들의 일부는 황제 곁에 대기했고 일부는 연회를 준비하는 일원에 합류했다.

"바쁠 텐데 한자리에 모여주어 고맙구나. 오늘은 수정궁의 새로운 식구를 소개하려고 한다."

유르가 아멜리의 어깨를 감싸듯 톡 건드렸다.

아멜리가 망설이는 눈빛으로 유르를 올려다보았다. 유르는 걱정 말라는 듯 빙그레 웃었다.

할 수 없이 아멜리가 머뭇머뭇 한 발 앞으로 나왔다. 별로 두꺼운 낯도 아닌지라, 쏟아지는 뜨거운 시선들에 얼굴 가죽이 뚫릴 듯했다.

"이름은 아멜리. 내달에 후궁 품계를 받게 될 것이다. 수정궁에 하루 빨리 익숙해질 수 있도록 그대들이 잘 보살펴주었으면 한다. 추후 정식으로 왕지를 내리겠지만 오늘은 약식으로나마 서로를 먼저 소개하기 위해 연회를 마련하였다."

수십 쌍의 눈이 한 사람에게 쏠렸다. 호기심과 탐색과 평가의 눈초리들.

예전부터 남의 집에 품을 팔러 다니면서 어느 정도 뻔뻔함을 익힌 아멜리였지만 백 명이 넘는 사람들의 관심이 집중된 이 자리에서 「싫어, 후궁 안 할래요, 내보내 줘요」 하고 깽판을 치기에는 무리가 있었다.

"아멜리, 먼저 삼화를 소개해주마. 「국화 줄리아」부터 나와서 인사하거라."

종종 땋은 금발을 가진 20대 초반의 여성이 한 발 앞으로 나와 고두했다.

국화는 마치 동화책 삽화에 나오는 요정과도 같이 귀엽고 깜찍한 여자였다.

아담한 키에 몸매는 날씬하여 맵시도 좋고, 코를 찡그리며 생긋 웃을 때마다 하얀 얼굴에 가득 뿌려진 옅은 주근깨가 더욱 매력적으로 보였다.

"저는 국화화원의 관리자입니다. 국화라고 불러주세요. 폐하의 첫 여인은 과연 어떤 분이실까 기대를 많이 했는데 예상보다 훨씬 아름다우신 분이시네요. 앞으로 후궁으로서 갖추셔야 할 사교술에 대해 성심성의껏 가르쳐드리겠습니다."

생김새와 달리 목소리는 성숙하고 말씨도 세련되었다. 아멜리는 내심 감탄하며 꾸벅 고개를 숙였다.

"만나서 반가워요."

다음으로 인사하러 나온 여자는 국화 옆에 서 있던 긴 생머리의 여성이었다.

"수련화원의 관리자 아일린입니다. 만나 뵙게 되어 영광입니다. 모든 젤윈 여성들의 귀감이 되는 황실의 여성으로서 갖추셔야 할 지성과 교양에 대해 가르쳐드리겠습니다."

국화가 작은 새와 같은 이미지라면 수련에게는 우아한 영양과도 같은 아름다움이 있었다. 손짓과 걸음걸이 하나하나가 몹시 부드럽고 고혹적이었다. 범접하기 힘든 미모를 가졌음에도 사람들에게 자기 자신을 과시하지 않으려는 듯 자세와 태도가 신중하고 조용한 사람이었다.

"동백화원의 관리자 델라이라입니다."

아일렌 옆에 있던 키 큰 여자는 사뭇 상반된 태도였다. 당당하고 자신감 넘치는 태도로 앞에 나와 다소 도발적으로 느껴질 만큼 똑바로 아멜리의 눈을 응시했다. 붉은 기가 도는 금발에 녹색 눈을 가진 미인으로, 머리카락은 목덜미가 보일 정도로 짧았고 마치 무사처럼 근육질의 탄탄한 몸매가 인상적이었다.

"황후의 자리가 비어 있는 지금, 폐하의 유일한 후궁이 되실 아멜리님은 젤윈의 국모에 가장 가까우신 분입니다. 무엇보다 강녕하시어 황실을 다시 번성케 하실 수 있도록 건강과 체력을 관리해드리겠습니다."

낯선 사람들의 인사를 받으며 아멜리는 열심히 머리를 굴렸다. 유르 외의 사람과 접촉이 잦을수록 좋은 일이었다. 어쩌면 억지로 궁 안에 갇힌 처지를 가엾게 여기며 도와줄 사람을 찾을 수 있을지도 모른다. 결과적으로는 탈출 기회가 늘어나리라.

"안녕하세요. 만나서 반가워요. 사실 화원에 대해서는 잘 모르지만 많이 알려주시면 감사하겠습니다."

허리 굽혀 싹싹하게 인사를 한 뒤 확실히 인상에 남기 위해 삼화 한 명 한 명과 시선을 마주치며 눈인사를 했다. 그런 아멜리에게 국화는 생긋 마주 웃어주었고, 수련은 고개를 까닥 숙였으며, 동백은 눈 한 번 깜박이지 않는 집요한 시선을 던졌다.

간단한 자기소개 시간이 끝난 뒤에는 황궁에 소속된 악단과 무용수, 기예단이 중앙으로 나와 공연을 펼쳤다.

국화는 박수를 치고 웃는 등 공연에 꽤 몰입을 했다. 수련은 곁의 시중인이 따라주는 술을 홀짝거리며 얌전한 태도로 공연을 감상했다. 동백은 먹지도 마시지도 않고 어딘가 기계적인 태도로 공연을 바라보고 있었지만 때때로 황제석을 힐끔힐끔 쳐다보았다.

아멜리는 내심 신경 쓰였지만 한편으로는 어쩔 수 없다고 생각했다. 그도 그럴 것이 연회장에서 가장 잘 보이는 위치에 앉아 있는 황제가 아멜리를 옆에 앉힌 채 시선을 뗄 줄 모르고 있던 것이었다.

열심히 땀 흘리며 예술의 경지에 이른 춤을 추고 있는 무용수가 민망할 것 같다는 생각마저 들 정도로, 황제는 다른 어떠한 자극에도 무관심했다. 대신에 아멜리를 물끄러미 보고 있다가 아멜리가 시선을 돌리면 따라서 고개를 돌리고, 아멜리가 무언가를 집기 위해 손을 뻗으면 그 움직임에 맞추어 몸을 숙이기도 하였다.

알고 보면 유르는 언제나 닿을락 말락 한 거리를 유지했다. 다만 그 간격이 극히 좁아 멀리서 앉아 있는 사람들에겐 키스하기 직전에 몸을 맞대려는 동작처럼 보일 뿐이었다.

유르가 제 뺨을 아멜리의 머리에 기대려다 멈추고, 또 이마를 아멜리의 어깨에 대려는 듯하다가 멈추었다.

"어깨가 굳었구나. 자리가 편하지 않으냐."

당신 때문이잖아, 당신! 아멜리는 속으로 고함을 질렀지만 겉으로는 교양 있게 웃었다.

"저기요, 고개 좀 돌려줄래요?"

"어째서냐."

"다들 쳐다봐요."

아닌 게 아니라 그들을 주목하지 않는 이는 국화와 수련 정도에 불과했다. 다른 화원 여자들도 동백처럼 공연 감상 틈틈이 황제석을 곁눈질하거나 혹은 아예 대놓고 입을 벌린 채 쳐다보기도 했다.

아멜리는 울상을 짓고 싶은 마음을 꾹 참았다. 수많은 사람들이 있는 공공장소에서 남자와 애정행각을 벌이는 발랑 까진 여자로 이미 낙인이 찍히지 않았을까. 화원 사람들에게 좋은 인상을 주고 긍정적인 관계를 형성하여 마침내 탈출에 도움을 받아야 하는 처지에서 이 상황은 전혀 이롭지 않았다.

"네가 어여뻐서 다들 그러는 게지."

황제는 속 편하게 해석했다.

아멜리의 표정이 막 일그러지려던 그때 국화가 벌떡 일어나 술잔과 술병을 가지고 다가왔다.

"즐거운 만남을 기념하여 감히 술 한 잔 청하고 싶습니다."

정말이지 햇살처럼 밝고 귀여운 미소였다. 아멜리는 기꺼이 국화의 잔에 술을 따라주었다. 국화가 고개를 돌려 두 손으로 조심스럽게 술잔을 기울였다. 한 번에 술잔 바닥을 보인 뒤에, 아멜리의 잔 쪽으로 눈짓했다.

"혹시 약주는 하시는 편인가요? 실례가 되지 않는다면 한 잔 따라드려도 될까요?"

"네. 잘 마시진 않지만 한 잔 정도라면."

국화가 빙긋이 웃으며 술을 따랐다. 찰랑찰랑 차오른 술을 보고 아멜리가 잠깐 긴장했다.

'따라준 술을 바로 다 마시지 않으면 상대방이 불쾌하겠지.'

결심을 하고 아멜리도 국화처럼 술을 한입에 털어 넣었다. 향이 무척 달달하여 곧장 삼켜도 별로 역하지 않았다.

"잘 마시는구나. 혹시 취기가 오르진 않느냐."

유르가 은근히 염려스럽게 묻자 아멜리가 고개를 도리질했다.

"전혀요. 도수 약한 과일주인 거죠?"

국화가 눈을 동그랗게 뜨고 아멜리의 낯빛을 살피다가 "아무렴요." 하고 요정같이 귀엽게 웃으며 맞장구를 쳤다.

수련과 동백은 연회가 끝날 때까지 딱히 아멜리에게 말을 붙이지 않았다.

아멜리는 유르와 함께 제 침소가 있는 별궁으로 돌아가면서 국화를 눈여겨보았다. 성격도 좋아 보이고 싹싹하고 사교성도 있고. 어쩌면 국화의 도움을 받을 수 있지 않을까.

'친해져 봐야겠다!'

아멜리가 다부지게 결심했다.

그리고 연회가 파한 자리에는 삼화만이 남았다.

"난 년이네."

국화가 한마디 하고선 안주 과일을 와그작와그작 씹다가 씨를 퉤 뱉었다. 수련은 술이 다 떨어진 술병을 여러 번 흔들다가 아쉽다는 듯 휙 던져 버렸다. 이미 수련의 앞에는 빈 술병이 열댓 병은 되었다.

"사람 멕이는 방법이 참신했어. 화원에 대해서 잘 모르니까 가르쳐달라고? 황제를 꼬셔서 수정궁까지 기어 들어온 년이 모를 리가 있나. 「너흰 아무것도 아닌 존재다」라고 대놓고 선언한 거라고."

아멜리를 처음 만났던 순간을 회상하는 국화의 얼굴에는 불쾌감이 가득했다.

"어리숙해 보이던 사람이던데 그렇게 꼬아서 볼 것까지야."

수련은 대수롭지 않게 여겼다.

"아까 내가 따라준 술이 도수가 60도였어. 황제 앞에서 네 발로 기어보라고 따라준 술인데 그걸 아무렇지 않게 꿀꺽 마시고는, 굳이 「도수 약한」 과일주냐고 묻는 말 니들도 다 들었잖아? 고게 내 속셈을 간파하고 일부러 그런 말을 지껄인 게 틀림없어."

"어머, 그런 게 있었으면 나 좀 나눠주지."

빈 술병들을 탈탈 흔들어 몇 방울씩 모으던 수련이 새침하게 국화를 흘겼다.

"나도 우유에 위보호제를 먼저 배 터지도록 마시고 식도에 연고까지 발라 겨우 삼킨 술이었단다."

"더 맛있게 들리는군요."

"저건 수련이 아니라 술련이라고 이름을 지었어야 해."

국화가 쯧쯧 혀를 차다가, 속이 약간 쓰려오는 바람에 가슴을 부여잡고 얼굴을 찡그렸다.

"아멜리라는 여자 자체보다 폐하께서 푹 빠지셨다는 사실이 충격적이긴 해요."

"이상하군. 폐하는 재상과 그렇고 그런 사이라고 들었는데……."

동백이 의아하다는 듯 중얼거렸다.

"동백님도 의외로 순진하시군요. 전국에서 미인들을 뽑아 한자리에 모아둔 남자가 여자에 흥미가 없을 리가 있겠어요."

"하지만 황제는 화원의 아이들에게 한 번도 손을 댄 적이 없잖아."

"적극적인 여자가 취향이 아니었던 게 아닐까요?"

"설마."

"대놓고 전라보다 살짝 노출한 맨살에 더욱 흥분하는 남자들이 있다지요. 화원에 여자를 모아놓고 손은 대지 않은 채 가끔 와서 구경이나 하고 연회나 베풀어준 걸 보면 아마도 황제는 엿보기 쪽이 아닌가 싶은데."

"엿보기 쪽?"

동백이 더욱더 까닭을 모르겠다는 듯 눈썹을 찡그리거나 말거나 수련은 자기 추리에 취해 술술 지껄였다.

"어쩌면 아멜리라는 여자는 그런 기묘한 성벽을 만족시켜줄 방중술을 알고 있는 걸지도요. 「저는 아무것도 몰라요」 하고 순진한 척하는 얼굴을 보면 딱 느낌 오지 않아요? 그 여자가 어떤 콘셉트로 황제를 꼬셨는지."

속이 쓰려 끙끙대던 국화가 인상을 더욱 험악하게 찌푸렸다.

"단순히 관음증 변태면 내가 이미 황제 애를 셋은 낳았다. 그놈은 그냥 고자라니까."

수련이 눈을 흘겼다.

"아까부터 말이 너무 거칠군요."

"닥쳐 시발년아. 자꾸 논점 흐리지 마. 아멜리라는 년이 황제를 어찌 꼬셨든 우리가 어떻게 처리할 건지가 문제잖아."

"처리는 무슨 처리예요. 황제가 좋다면 후궁 되는 거지."

"천한 평민 출신인 너는 그걸로 만족할지 모르지만 동백이나 나는 남이 떡 먹는 모습이나 지켜보려고 화원에 들어온 게 아니거든."

수련에게 날카롭게 쏘아붙인 국화가 동백에게 송곳 같은 시선을 보냈다.

"어떡할래?"

"황제의 의지를 꺾을 수는 없어."

"너까지?"

"여자가 스스로 포기한다면 모를까."

동백의 눈빛이 의미심장하게 빛났다.

29

꽃과 가시

아멜리가 하렘으로 착각했던 화원은 실제로는 젤윈 최고의 여성교육기관을 뜻했다. 각 지역에서 가장 머리가 좋고 재능이 있으며 용모까지 아름다운 젊은 여자들이 신분고하 상관없이 어명으로 선발되어, 수정궁 안에서 생활하며 최고의 교육을 받았다.

생활비에 교육비는 물론 품위유지비까지도 국고에서 지원되었다. 교육생은 국화화원, 수련화원, 동백화원이라는 세 개의 집단으로 구분되었고 각 집단의 우두머리인 화원 관리자 밑으로는 수정궁 밖에서의 신분과 출신이 어떠했든 대등한 위치를 점했다.

화원에서 받은 교육의 성과에는 어떠한 책임이나 의무도 따르지 않았다. 교육생들은 원하는 만큼 화원에 남아 있을 수 있었고, 원하는 때에 세상으로 나가 재능을 펼칠 수 있었다. 다만 한 번 퇴원한 자는 다시 돌아올 수 없다는 것이 유일한 원칙이었다. 화원 출신 여성 중에서는 여성 관리나 사업가로 자수성가한 자도 있었고, 평민임에도 귀족과 결혼한 자도 있었다. 일단 화원에 들어가면 입신양명이 보장된다고 여겨졌기에 선발 과정의 경쟁은 치열하기 짝이 없었다. 그렇게 뽑힌 재원 중에서도 그 능력을 가장 인정받은 것이 국화, 수련, 동백이었다.

"사교술을 가르쳐주신다고 들었어요. 잘 부탁해요, 국화님."

탕!

가느다란 대나무 매가 눈앞에서 책상을 내리쳤다. 아멜리는 충격 받은 다람쥐처럼 얼어붙었다.

"아무리 파샤 시골 출신이라고 해도 그렇지, 말투에서 소똥 냄새가 풀풀 나는군요."

요정이 심한 말을 했다. 아멜리는 순간 사람을 착각했나 싶어 국화의 얼굴을 다시 보았다. 국화의 입가는 첫 만남 때의 상냥한 미소를 띠고 있었지만 눈은 웃고 있지 않았다. 국화가 책상에 얌전히 앉은 아멜리를 거만하게 내려다보았다.

"우선은 그 촌스럽고 답답한 말투부터 뜯어고쳐 보지요. 나중에 귀족들 앞에서 망신을 당하고 싶지 않으면 말입니다."

"제 고향에서는 평범한 말투인데요……."

탕!

"멍청해 보이게 말꼬리를 늘이지 마세요."

"네, 네."

탕!

이번에 대나무 매는 책상 위에 가지런히 놓여 있던 손등을 노리는 듯하다가 아슬아슬하게 옆으로 비껴갔다. 아멜리가 찔끔 놀라서 손을 휙 책상 밑으로 내렸다. 국화가 아무 일도 없었던 것처럼 여상스러운 미소를 지었다.

"대답은 한 번만."

"자, 잘못했어요."

탕! 탕!

"말도 더듬지도 마세요. 천치 같으니까."

"그냥 긴장할 때 나오는 버릇이어요."

탕!

"이어요? 요즘엔 백 세 할머니도 그런 말 안 써요."

매우 공격적인 수업이었다. 덕분에 단시간에 공황 상태로 돌입한 아멜리는 식은땀을 뻘뻘 흘리고 있다가 조심스레 손을 들었다.

"저기, 소피가 마려운데 화장실을 다녀와도 될까요?"

탕!

"배고프다, 화장실 가고 싶다, 졸리다 등 생리적인 욕구의 직접적 표현도 삼가세요. 천박해 보이니까요. 용변을 보고 싶으면 「잠시 화장을 고치고 오겠습니다」라든가, 「손을 씻고 오겠습니다」라고 돌려 말하면 되잖아요."

"네. 손을 좀 씻고 오겠습니다, 국화님."

탕!

"낮은 신분이었단 사실을 동네 자랑하시는 겁니까? 아랫사람에게는 「님」 자도 붙이지 말고, 경어를 사용하지 마십시오."

"하지만……."

탕!

"무례하긴! 상대방의 말이 끝나기 무섭게 부정 접두사를 사용하지 마세요."

국화의 지적 하나하나는 인신공격을 달고서 아멜리의 멘탈을 마구 후드려 팼다.

요정처럼 귀엽고 깜찍하며 아담한 미인은 사교술 수업이 진행된 세 시간 내내 대나무 매를 위협적으로 휘둘렀으며, 아멜리는 손등이나 눈이 찔리지 않기 위해 수업 도중 계속 움찔움찔해야 했다. 또한 간신히 수업이 끝났을 때는 어쩐지 「욕을 바가지로 먹는다」는 관용어구를 문자 그대로 이해하게 된 느낌이 들었다.

이튿날도 국화의 수업이었다.

국화는 연회장에서 귀족들과 대화 나누는 법을 알려준다며 강의실에 간단한 다과 세팅을 해놓았다. 그리고 이번에는 구경꾼이 있었다. 국화화원에 소속된 교육생들로, 하나같이 국화 못지않게 빼어난 미모를 지닌 이들이었다.

"연회장에 참석하면 그 어디에든 사람이 있고, 그들의 시선을 신경 써야 한답니다. 이 아이들은 연회장의 낯선 귀족이라고 여기고, 의식적으로 그러나 자연스럽게 행동해보세요."

국화의 모순된 주문에 아멜리는 일단 당황했다가, 대나무 매가 까닥까닥 워밍업을 하는 장면을 보고 얼른 테이블의 술잔 하나를 집어 들었다.

키득키득.

옆에 있던 교육생들이 소리 죽여 웃음을 터뜨렸다.

"제, 제가 뭘 잘못했나요?"

아멜리가 교육생들에게 물었지만 그들은 웃음을 머금은 얼굴로 도리질만 쳤다.

국화가 매로 탁탁 벽을 쳐서 주의를 환기했다.

"돌멩이 집듯 술잔을 집어 드니까 그렇죠. 무식하게. 꽃잎처럼 생긴 술잔을 들 때에는 줄기에 해당하는 부분을 엄지와 검지로 우아하게 잡고 들어 올려야 합니다."

국화가 시키는 대로 아멜리가 다시 술잔을 집었다. 이번엔 교육생 사이에서 더 요란한 웃음이 터졌다. 아까와 마찬가지로 영문을 몰라 아멜리가 허둥대자 국화가 혀를 찼다.

"기계도 아닌데 왜 그렇게 뻣뻣해요? 도대체 우아함이라곤 찾아볼 수 없군."

아멜리가 멋쩍게 웃었다.

"지켜보는 시선이 많으니까 긴장되어서……."

"제가 말꼬리 늘이지 말라고 했어요, 안 했어요?"

"죄송합니다!"

"정신 바짝 차리고 자, 다시 시작하세요."

결국 화교술 수업시간에 아멜리는 술잔만 50여 회 집었다 놓았다 했다. 아멜리가 무슨 동작을 하든 어떤 말을 하든 교육생들끼리 속닥거리며 키득거리는 바람에 아멜리는 매번 무안해지고 긴장했다. 심지어 수업이 끝나 인사하고 돌아가는 길에도 뒤통수 너머로 수군수군하는 뒷공론 소리가 났다.

'설마 내 흉을 보는 건가?'

어떤 내용인지 명확하게 들리지 않을수록 더 신경 쓰이는 법이었다. 국화 무리가 무슨 말을 했을까 잔뜩 긴장과 걱정을 하면서 방으로 돌아오니 별로 고된 일도 하지 않았는데 벌써 녹초가 되었다.

아멜리는 침대에 쓰러지듯 누웠다.

'왠지 모르겠지만 국화는 날 싫어하는 것 같아. 도움 얻기도 글렀구나.'

다음 날 아멜리는 수련과의 첫 수업에 임했다.

첫 만남에서 수련은 지적이고 차분한 이미지였으며, 논리적인 설득이 통할 것 같은 이성적인 사람으로 보였다. 하지만.

"외우세요."

겹겹이 쌓으면 두께가 족히 다섯 살배기의 키를 넘을 만한 장서들이 아멜리 앞으로 떠밀어졌다.

"이게 뭔가요?"

"문학, 수학, 과학, 의학, 마법학에 걸쳐 기초지식이 잘 정리되어 있는 유용한 백과사전 전집입니다."

"외우라는 말은……."

"이 정도는 젤원 귀족에게 있어 일반적인 상식 수준입니다. 그렇다면 아멜리님도 당연히 알고 계셔야 합니다. 앞으로 황제 폐하를 보필하며 내명부는 물론 귀족 사교계를 이끌어가실 분께서 아랫사람보다 상식이 부족하다면 말이 되지 않아요."

수련의 야멸찬 말투에 아멜리는 절로 기가 죽었다.

"사실 저는 글을 잘……."

"저는 방금 수정궁에 들어오신 분에게 황문을 읽으라고 강요할 만큼 생각이 없지 않아요. 이 백과사전은 범어로 쓰였으니 걱정 말고 읽으시면 됩니다."

"범어라고 해도……."

"아멜리님이 파샤 분이라는 사실도 기억하고 있습니다. 그래서 젤원 범어가 아니라 파샤 범어로 준비했습니다."

"파샤 범어도⋯⋯."

거듭되는 토 달기에 마침내 우아한 긴 눈매가 가늘어지고 말았다. 아멜리는 제 몸뚱이가 콩알만큼 작아진 느낌이 들었다.

"글을 읽지 못하신다고요?"

"최근에 배우긴 배웠어요. 그치만 아직 서툴러서 이렇게 어려운 책은 읽지 못할 것 같아요."

"파샤의 교육 수준이 제 예상보다 미개했군요. 알겠습니다. 우선은 읽고 쓰는 법을 배우도록 하지요."

다행히 어린애 키 높이의 백과사전들은 수업 보조자인 교육생이 갖고 물러났다. 다른 교육생이 문자 학습을 위한 교재를 가져오는 동안 수련이 충고했다.

"아멜리님이 문맹에 가깝다는 사실은 비밀로 해두는 것이 좋겠어요. 황제 폐하의 유일무이한 후궁이 되실 분이 「까막눈」이라고 하면 수정궁이 놀라 뒤집어질 일이니까요."

아멜리가 민망하여 고개를 떨구었다.

"부끄러워하실 일은 아니에요. 배움은 빠르냐 늦느냐의 차이일 뿐입니다."

"그렇게 말해줘서 고마워요."

국화보다는 훨씬 부드럽고 상냥한 사람이었다. 아멜리는 희망을 엿보았다.

어쩌면 수련과는 대화가 통할지도!

"필수적으로 배우셔야 하는 언어는 젤윈 황문과 범어이고 황실에서 제의도 자주 치르기 때문에 신어의 읽는 법도 아셔야 합니다. 상식선에서 파샤의 권어와 범어도 배워야지요. 기타 나라 언어는 후궁 품계를 받으신 후 천천히 하나씩 배워나가시면 됩니다."

"하하, 배울 게 참 많네요."

「어쩌면 다 배우기 전에 수정궁을 먼저 나가게 될지도」라는 안이한 생각을 하고 있을 때.

"전부 배우는 데 일주일이면 충분해요."

"에? 어떻게 이걸 일주일 안에……?"

"일반적인 학습속도를 염두에 둔 합리적인 예상 소요기간입니다. 파샤 범어는 비교적 간단하니 오늘 안에 다 떼고, 내일은 젤윈 범어의 읽는 법, 모레는 쓰는 법을 익히세요. 그다음 날에는 젤윈 황문의 읽는 법, 다음다음 날은 황문의 쓰는 법입니다. 마지막 날에 신어의 읽는 법을 배우시면 끝입니다. 참 쉽죠?"

아멜리는 멍해졌다. 문자를 익히는 일이 그렇게 쉽고 간단하며 빠른 과정이던가?

"그런데 수련님과는 일주일에 2회 수업이잖아요? 이틀 동안 범어들을 배우고 나면 다음 수업은 다음 주가 될 테니 일주일은 역시."

"고작 문자 익히기에 몇 주나 허비할 마음은 없습니다. 제 수업

때는 각 언어의 기초만 가르쳐드릴 테니 나머지는 자습을 통해서 스스로 숙달하세요. 다음 주에는 예정된 대로 백과사전 암기입니다. 만약 일곱 문자를 미리 익혀오지 않는다면 진행이 불가능한 부분도 있으니 반드시 숙제를 잘해 오시길 바랍니다."

수련이 우아하게 미소 지었다.

"십 년 넘게 여자에겐 흥미라곤 없던 목석같은 폐하의 마음을 사로잡는 법을 아실 만큼 영민하신 분이니 잘 따라오시리라 믿습니다."

칭찬은 칭찬인데 어째 뉘앙스가 칭찬 같지 않았다. 아멜리가 조심스럽게 손을 들고 질문했다.

"혹시 말이어요. 제가 그 스케줄을 못 따라가면요?"

수련의 시선이 누각 밖으로 향했다. 수련의 거처는 거대한 연못 한가운데 지어진 누각이었기에, 그 밖은 바로 잔잔한 수면이었다.

"제 화원에는 배움에 대한 욕구가 강한 아이들이 많이 들어옵니다. 대부분 머리가 비상하고 집중력이 좋아 학업 성취도가 남다르며 「천재」라는 평가를 받는 아이들도 적지 않지요. 하지만 그런 수련화원의 명성 탓에 가끔 자신의 지적 허영심을 지적 능력과 착각하고 들어오기를 바라는 경우도 적지 않습니다. 저는 배우고자 하는 열의만 있으면 능력과 관계없이 대부분 받아줍니다. 하지만 그렇게 들어온 아이들은 주변의 천재들과 자신의 차이를 깨닫게 되고 좌절감과 열등감에 시달리다가 끝내 극단적인 선택을 하고 말죠."

"극단적인 선택이요?"

"정말 걱정입니다. 이 누각의 높이는 일정한데, 해마다 못의 수면은 점차 위로 올라오니 머지않아 1층은 버리게 될 것 같아요. 아니면 그전에 못 바닥을 파야 할 텐데 사람들 이목이 있으니 과연 가능할지."

아멜리가 의아하게 눈알을 굴렸다.

'연못의 수면이 왜 올라온다는 거지? 못 바닥을 파는 데 왜 이목을 신경 쓴다는 거야?'

수련이 갑자기 저 혼자 작게 웃었다.

"어머, 얘기가 삼천포로 빠졌네요. 이런 실례를. 못 따라가면요, 하고 질문을 하셨지요? 걱정 마세요. 아무런 페널티도 없습니다. 배움에 대한 각오는 스스로 세우는 것이고 한계를 깨닫는 것도, 포기도 「스스로」 하는 것이지요. 다만 포기를 마음먹었으나 차마 실행할 용기가 없다면 「등을 떠밀어주는 것」 또한 스승의 도리."

"그런 건가요?"

"열의가 식고 노력도 하지 않는 자에게 시간과 노력을 투자해 봤자 서로 인생 낭비에 피곤할 뿐이니까요."

수면을 바라보는 수련의 미소가 왜인지 소름이 끼치도록 서늘

하여 아멜리는 자기도 모르게 마른침을 꼴깍 삼켰다.

"물론 아멜리님은 모든 걸 잘 익히실 테니 제 이런 당부는 기우에 불과하겠지요?"

"예⋯⋯."

아멜리의 목소리는 지나가는 개미에게나 들릴 만큼 작았다.

국화와 수련의 수업이 정신적인 고난이었다면, 동백의 수업은 육체적인 고난이었다.

"신체에 근육이 부족하면 기초대사량이 낮아지고, 기초대사량이 낮으면 적은 움직임에도 쉽게 피로해집니다. 피로는 사람의 의지를 약화시키고 또한 나태하게 합니다. 그러하니 신체를 잘 단련하는 것이야말로 건강한 정신을 위한 첫발이라 할 수 있습니다. 안 그렇습니까?"

아멜리는 질문에 대답할 수 없었다. 「워밍업」이라는 그럴싸한 명분하에 팔굽혀펴기가 벌써 20회째였다.

"스물 셋⋯⋯ 헉, 헉! 스물⋯⋯네엣⋯⋯!"

약초꾼 일을 하면서 기초체력은 충분히 길렀다고 자부했지만 근력운동은 또 다른 세계였다. 아멜리의 양팔이 사시나무처럼 달달 떨리다가 결국 쿵 하고 흙바닥에 쓰러졌다. 당장 불호령이 떨어졌다.

"여기가 안방입니까? 어서 일어나십시오."

"잠깐만요. 팔이, 움직이지 않아서요. 조금만 쉬었다가⋯⋯."

그러나 동백에게는 일말의 동정심도 없었다.

"목표횟수를 달성하지 못하였으니 초반에 약속한 대로 벌칙을 받으셔야 합니다."

동백이 집어 든 매를 본 순간 아멜리의 눈이 크게 벌어졌다. 국화의 것과 달리 동백의 매는 거의 곤봉에 가까운 굵기여서, 전장에서도 능히 적을 때려잡을 만했다.

"설마 절 때리려고요?"

"폐하의 총애를 받는 옥체에 감히 흠집을 낼 수는 없는 노릇이죠. 대신에 매 맞는 아이를 체벌하겠습니다."

동백이 시중을 위해 대기 중이던 궁인을 손짓하려 불렀다. 열넷 정도로밖엔 보이지 않는 어린 소녀였다.

"아멜리님께서 목표인 50회 중 24회밖에 하지 못하셨으니 네 팔뚝을 26번 때리겠다."

소녀가 순순히 소매 걷은 두 팔을 앞으로 나란히 하였다. 동백이 매를 힘껏 위로 치켜들었다. 그 순간 아멜리가 악 소리를 내며 몸을 일으켰다.

"아니어요, 마저 합니다. 보셔요, 저 다시 일어났어요! 스물다섯! 스물여섯!"

억지로 팔굽혀펴기 50회를 마쳤더니 탈진할 새도 없이 이번에는 철봉 턱걸이 차례였다.

동백화원의 교육생이 시범을 보였다.

배에 무려 왕자가 있는 우수 교육생은 기계처럼 정확한 동작으로, 숨 한 번 몰아쉬지 않고 단숨에 50회를 마쳤다. 턱걸이를 마친 교육생의 부풀어 오른 우람한 팔뚝을 아멜리는 세상에 다시없을 경이처럼 바라보았다.

"첫날이니 가볍게 30회로 시작하겠습니다."

고작 두 번 만에 아멜리는 철봉 아래로 추락했다. 평생 해본 적이 없는 팔굽혀펴기를 막 마친 참이었다. 팔에 여력이 있을 리가 없었다.

"아까 교육생의 시범을 제대로 보지 않았습니까?"

아멜리는 억울했다. 그 사람은 온몸이 극도로 단련된 여자 게일 같은 사람이고, 이쪽은 초심자가 아닌가. 하지만 항변할 기력도 없이 아멜리는 마차에 깔린 개구리처럼 납작하게 땅에 엎드려 일어날 기미가 없었다.

동백이 싸늘하게 비꼬았다.

"제 수업이 굉장히 편안하고 지루한가 보군요. 이렇게 금방 잠이 드시다니. 원하시면 훈련 강도를 좀 더 높여드리겠습니다."

아멜리가 애걸했다.

"제발 조금만 쉬다가 할게요. 제발."

"말을 하는 걸 보니 남아 있는 체력이 있는 것 같군요. 그런데도 계속 누워 있다는 건 꾀를 부린다는 뜻이겠지요. 매 다섯 대 감입니다. 너, 팔을 들거라."

어느새 다가온 매 맞는 소녀가 팔을 들었다.

"으아악, 일어났어요!"

우당탕탕 엉망진창으로 턱걸이를 마친 뒤에 아멜리는 진짜 손가락 하나 까닥할 수 없게 되었다.

"첫날이라 세 시간 동안 고작 오리걸음 열 바퀴, 토끼뜀 열 바퀴, 윗몸일으키기 100회, 팔굽혀펴기 50회, 턱걸이 30회밖에 못 했군요. 내일은 오리걸음과 토끼뜀에 각 열 바퀴 추가하고 하체 강화 효과가 있는 투명의자 자세 30분, 마무리 운동으로 물구나무서기 15분 하도록 하겠습니다."

아멜리의 눈에 동백은 마치 「너는 지은 죄가 많으니 이러저러한 고문을 하겠다」 하고 형벌을 읊는 지옥의 심판관 같았다.

"이거 정말 체력이 강화되는 코스 맞나요?"

"아닌 것 같습니까?"

"몸이 삭아 없어지는 느낌이 드는데요……."

훈련이 아닌 얼차려 같다는 느낌도 있었지만 그 감상은 생략했다. 동백의 눈초리가 너무 무시무시했다.

"익숙하지 않아서 그럴 겁니다. 분발하십시오."

동백은 자신의 검술 단련을 위해 먼저 실례하겠다며 가버렸다.

'이 짓을 내일도 해야 한단 말이야?'

눈앞이 깜깜했다. 차라리 국화처럼 인신공격을 하는 편이 나았다.

이것은 훈련을 빙자한 신체 고문 수준이 아닌가. 그런데 돌이켜 보니 게일도 이런 비슷한 짓을 매일 아침마다 했던 것 같다. 아멜리의 가슴 깊은 곳에서 새삼 게일에 대한 존경심이 샘솟았다. 경제관념 희박하고 충동적인 철부지 도련님이라고 야단쳤던 일이 엊그제 같은데 지금 보니 세상에서 가장 인내심 강하고 근성 있는 남자가 아닌가.

"괜찮으세요?"

매 맞는 아이가 말을 걸어왔다. 아멜리는 겨우 고개를 들었지만 입에서는 으으 하고 앓는 소리만 나왔다.

"도와드릴게요."

아이는 착하게도 저보다 키가 큰 아멜리를 부축해 동백화원에서 한참 떨어진 별궁까지 데려다주었다. 혹독한 체력 훈련 탓에 온몸이 흙투성이였지만 씻을 여력도 없었다. 아멜리는 아이의 도움을 받아 푹신한 거위털 이불에 거의 몸을 내던지다시피 했다.

"고마워. 덕분에 조금 나아진 것 같아."

"뭘요. 제가 더 감사해요. 아멜리님 덕분에 오랜만에 한 대도 맞지 않았어요."

"너는 원래 그런 일을 하는 거니?"

"네. 황궁에는 늘 매 맞는 아이들이 고용되어 있어요. 화원도 그렇지만 높은 직급의 궁인 중에도 귀족 출신이 있거든요. 그런 사람들에게 보다 신분이 낮은 자가 감히 손을 댈 순 없으니까요."

황궁은 매 맞는 아이도 외모를 고려해서 뽑는 건지, 눈앞의 아이는 무척 예쁘장했다.

곱슬기가 있는 검은 단발머리가 연령에 비해 성숙한 이목구비와 잘 어울려서, 자라면 상당히 분위기 있는 미인이 될 것 같았다. 하지만 지금은 아직 이차성징도 오지 않은 어린아이의 몸이었다.

아멜리는 저 마른 팔다리에 가혹한 매질이 가해지는 현실이 그저 안타까웠다.

"이름이 뭐니?"

"케이티요."

"귀여운 이름이네. 몇 살이니?"

"열셋이에요."

"왜 매 맞는 아이가 된 거야?"

"제가 살던 고아원에서 여기로 보냈어요."

"맙소사. 정말 나쁜 사람들이구나!"

"아녀요. 원장님은 좋은 사람이에요. 황궁처럼 좋은 직장을 구해주셨으니까요. 여기서 일하면 방도 주고 밥도 줘요. 다달이 급여도 나와요. 다른 귀족 저택에 매 맞는 아이로 간 친구 얘기를 들었는데 거기는 맞을 때만 조금씩 돈을 준대요. 하지만 여기선 맞아도 맞지 않아도 월급을 주니까 좋아요."

케이티가 의자에 앉아 가는 다리를 경쾌하게 달랑거렸다. 사연을 듣는 아멜리는 가슴이 미어질 따름이었다.

"그렇구나. 저축을 열심히 해야겠네. 더 좋은 직장과 집을 구할 수 있도록 말이야."

"저축은 안 해요. 여기서 일해서 받는 돈을 고아원에 보내면 그걸로 저보다 어린 아이들이 밥을 먹고 옷을 입을 수 있어요."

"케이티……!"

더 이상 사정을 캐물었다간 아이 앞에서 결국 눈물을 비칠 것 같았다.

아멜리는 제 방에 있던 과자와 과일을 챙겨주고 자신이 동백의 수업에 가지 않는 날에도 방에 자주 놀러 오라고 당부했다.

아멜리 방에 있는 과자가 마음에 들었는지 케이티는 틈만 나면 찾아왔다. 삼화에게 수업을 빙자한 구박을 받고 다른 화원 여자들과도 거리감을 좁힐 수 없는 와중에 케이티의 존재는 가뭄의 단비 같았다.

유르에게 물어도 두루뭉술하게만 답이 나오고 삼화에게 묻기 껄끄럽던 궁금증에 대한 대답이 어린 케이티의 입에서는 아무런 망설임 없이 줄줄 흘러 나왔다.

"삼화는 무지하게 인기가 많아요."

"누구에게?"

"수정궁 밖 사람들이요."

"그 사람들이 수정궁 안에서 사는 삼화를 어찌 아니?"

"한 달에 한 번씩 화가 수십 명이 화원에 찾아와요. 그러면 삼화를 비롯해 그달의 꽃으로 뽑힌 여자들이 요상한 포즈를 취하고 화가들이 그림으로 그려요."

"요상한 포즈?"

케이티가 손바닥으로 한쪽 뺨을 감싸면서 팔다리를 배배 꼬아 여체의 굴곡을 극대화하는 포즈를 취했다. 소위 말하는 「모델 포즈」였지만 아멜리는 이해할 수 없다는 표정을 지었다.

"왜 그런 그림을 그려?"

"삼화의 미인도는 시내의 그림 가게에서 무지 잘 팔려요. 그림 가게 한 번도 안 가보셨어요?"

"번화가에서 본 적은 있지만 들어가 본 적은 없구나."

보통 실내 장식품으로 활용되는 그림을 여행자인 아멜리가 굳이 구입할 까닭이 없었다. 하지만 맨튼에서 놀러 다닐 때 빨간 깃발을 내건 어떤 그림 가게에 유독 남자 손님이 바글바글하여 호기심이 든 적은 있었다.

함께 있던 게일한테 "저 가게는 남자들이 참 많네요. 게일님은 안 가보셔도 돼요?"라고 물었을 때 게일은 "그림보다 실물이 좋아."라는 알 수 없는 대답을 했었다. 그곳이 춘화를 파는 상점이라는 사실을 알게 된 건 한참 후의 일이었다. 이후 아멜리는 어떠한 종류의 그림 가게에도 얼씬거리지 않게 되었다.

"남이 시킨 것도 아니고 스스로 미인도를 그려 판다는 건 조금 희한한 일이네. 수정궁에 있으려면 의외로 돈이 필요한가 봐?"

"인기를 얻으려고 그러는 거예요. 화원 교육생은 임금님이 성적으로 선발하지만, 삼화가 되기 위해서는 미인도가 얼마나 많이 팔렸는지, 또 1년에 두 번 하는 거리행진 때 사람들로부터 선물 받는 꽃의 양이 얼마나 되는지가 중요하대요."

들으면 들을수록 점입가경으로 이야기는 해괴해졌다.

"무슨 소린진 모르겠지만 경쟁이 치열하다는 건 알겠어. 하지만 왜 그렇게까지 삼화가 되어야 하는지는 잘 모르겠구나. 삼화가 그렇게 대단한 자리니?"

"관리들도 무시 못 하는 사람들이라고 들었어요. 임금님께 「열쇠」를 받은 사람들이라 그렇대요."

"무슨 열쇠?"

"성석비 정원의 열쇠요. 여기 별궁에서도 보일 텐데."

케이티가 창가로 다가가 바깥을 가리켰다. 아멜리가 늘 바라보는 동쪽 창문이 아니라 남쪽 창문이었다. 수정 장벽 대신에 하늘을 찌를 듯이 높이 솟은 돌비석의 머리가 저 멀리 보였다.

"젤원의 첫 임금님이 건국을 선포하려고 땅에 꽂은 돌이라고 하던데 저 비석 주변에 수정담이 있어서 아무나 못 다가가요. 담에 문이 있긴 한데 그 문을 여는 열쇠들은 삼화가 가지고 있대요. 하지만 자주 열지는 않는 모양이에요. 저는 성석비 가까이

가봤다는 사람을 본 적도 들은 적도 없어요."

"유물이라서 아무나 접근 못 하나 보구나."

"네. 국보 1호랬어요."

"과연……. 그렇게 대단한 것을 지키는 임무가 있으니까 삼화도 기고만장할 만하구나."

아멜리는 조금 우울해졌다.

그런 사람들이 자신의 편이 되어 황제에게 말을 해주면 당장이라도 이 궁궐을 나갈 수 있을 텐데. 그 표정을 오해했는지 케이티가 착하게도 위로를 했다.

"아멜리님은 황제 폐하의 아내가 될 테니까 삼화보다도 윗분이에요."

"내가 원하는 건 그런 게 아니야. 난 밖으로 나가고 싶어."

케이티가 아멜리를 빤히 보다가 물었다.

"좋아하는 사람이 밖에 있어요?"

"어, 어어?"

허를 찔린 질문에 아멜리는 대답도 못 하고 얼굴이 빨갛게 물들었다.

"제가 아는 궁인 언니도 맨날 밖에 나가고 싶다는 말을 입에 달고 살아요. 애인이 수정궁 밖에 산대요."

"나, 나, 나는 애인 없어."

"좋아하는 사람은요?"

"없…… 있…… 없…… 그게……."

이제 막 깨닫게 된 소중한 감정을 어떤 뚜렷한 개념으로 만드는 일은 어려웠다. 머릿속에는 이미 **빨간 머리**를 가진 남자 얼굴이 제법 구체적으로 두둥실 떠올랐다지만.

"그 언니는 애인이 너무 좋아서 허락을 안 받고 몰래 만나러 가기도 해요. 한 달에 서너 번도요."

"몰래? 어떻게?"

"외출증으로요."

"외출증? 그게 있으면 나갈 수 있니?"

"네. 관리부에 요청을 하면 이름이 적힌 외출증을 발급해줘요. 그치만 가족의 생일이나 경조사같이 특별한 일이 없으면 잘 안 내주지만요."

"그럼 네가 아는 언니는 어떻게 자주 나갈 수 있는 거니?"

"친구들 걸 돈 주고 산대요. 외출증에 이름이 적혀 있어서 걸릴 것 같지만, 수정궁은 안에서 밖으로 나가는 사람은 들어오는 사람에 비해 검사가 엄격하지 않거든요. 그래서 궁인 언니는 친구들한테 부탁해 외출증을 발급 받아 쓰고, 들어올 땐 잃어버렸다고 한 다음 내관 어르신에게 신원 확인을 받아 다시 입궁해요. 내관 어르신은 그 언니가 덜렁거려서 자꾸 사람을 귀찮게 한다고 짜증을 많이 부리시는데, 언니는 꾸지람을 받아도 애인을 보러 자주 나가는 게 좋대요."

"외출증만 있으면 간단히 나갈 수 있는 거구나. 나도 있으면 좋으련만."

황제의 명이 있으니 죽었다 깨도 아멜리 자신의 이름으로는 외출증을 받기 어려울 것이 자명했다. 케이티가 고개를 갸우뚱 기울였다.

"애인 만나려고요?"

"애, 애인은 아니지만 찾으러 가야 할 사람이 있는 건 맞아."

"제 것 드릴까요? 공짜로요."

아멜리가 눈을 동그랗게 떴다.

"너도 있니?"

"네. 우리 고아원 아이들은 고아원 창립기념일을 생일로 하기로 정했거든요. 이번 주예요. 그치만 안 가도 상관없어요. 창립기념일은 매년 있는 거고, 가봤자 좋은 음식은 손님들이 다 먹고 우리는 계속 설거지하고 청소만 해야 해요."

뚱하니 입술을 내민 케이티의 두 손을 아멜리가 덥석 잡았다.

"제발 부탁해! 앗, 아니. 잠깐."

혹시라도 도망친 아멜리를 보고 유르가 진노라도 한다면 케이티같이 힘없고 배경 없는 아이는 큰 벌을 받게 될 게 자명했다. 아멜리는 체념의 한숨을 푹 쉬었다.

"방금 말은 취소할게."

"나가기 싫어졌어요?"

"그, 뭐랄까. 어른들의 복잡한 사정이 있어."

"괜찮아요. 궁인 언니는 맨날 이 방법을 쓰는걸요. 내관 어르신 꾸지람밖에 안 들었어요. 아멜리님은 다시 돌아올 때 폐하한테 신원 확인을 받으면 돼요."

아멜리는 고민에 빠졌다.

'돌아올 생각이 전혀 없다, 고 하면 케이티는 놀라겠지.'

가장 이상적인 것은 소리 소문 없이 수정궁을 빠져나가 유르에게 들키기 전에 팜까지 도망쳐 게일 일행을 찾아내는 것이다. 하지만 팜까지는 하루 이틀 거리도 아니고, 유르는 이 나라 최고의 권력자이니 병사나 치안유지대를 동원할 수 있으리라. 역시 빠져나간다 해도 도로 잡아오는 건 시간문제였다.

'잠깐만. 엘리야 씨가 윈 텔람의 용병길드에 고향 소식을 보내주기로 했었는데!'

스토니스에서 용병 엘리야와 헤어질 때 고향 소식을 알아봐 달라고 의뢰를 한 일이 있었다. 만약 엘리야로부터 소식이 도착했다면, 발신자에게 거꾸로 회신을 보내는 것도 가능하지 않을까.

'엘리야 씨에게 내 소식도 알리고, 팜에 가서 게일님도 찾아봐 달라고 하자. 그 사람은 용병이니까 돈을 많이 주면 수락할 거야.'

시기상 엘리야의 소식이 도착할 때도 되었다. 아멜리의 부탁을 받은 케이티는 이튿날 바로 외출증을 넘겨주었다.

남은 문제는 외출의 타이밍이었다. 월화에는 국화, 수목에는 수련, 금토에는 동백의 수업을 받았다. 유르는 매일 밤마다 아멜리의 거처에 들렀다. 때때로 수업시간이 아닌 오후에 불쑥 나타나기도 했다. 장시간 궁을 비운다면 발각될 확률이 너무나도 높았다.

그런데 이때 또 천운이 따랐다.

"내일은 다녀올 곳이 있어 평소보다 많이 늦은 시각에 들르게 될 것 같구나. 피곤하면 먼저 잠들어도 좋다. 내, 그대의 잠든 얼굴만 잠시 보고 갈 테니."

유르는 아쉽다는 듯 말했지만 아멜리의 마음은 하늘 높이 날아갈 듯했다. 그날은 마침 수업이 없는 일요일이었다. 거의 하루가 통째로 비게 된 셈이었다.

꽃

은발의 소년은 적막에 휩싸인 킹스그레이브의 메마른 대지를 휘둘러보았다. 일대는 온통 쑥대밭이었다. 어디 하나 평지가 남지 않았고 무너져 내려 있거나 튀어나와 있거나 지나가는 바람에 흙먼지를 자욱하게 날리거나 했다.

짧은 도약으로 킹스그레이브가 한눈에 들어올 만큼 높이 뛰어올랐던 소년이 위태하게 꺼떡거리고 있는 무너지기 직전의 높은 바위에 사뿐히 내려앉았다. 바위 밑은 지하 깊이 이어지는 어둠이었다. 탁, 옆 바위로 옮겨가는 가벼운 도약의 반동으로 아슬아슬하게 지상에 걸쳐져 있던 거대한 바위가 기어코 지하로 추락하고 말았다. 몇 초 뒤에 육중한 바위의 큰 충돌음이 들려왔다.

쿵!

지하에서 시작된 흙먼지가 희뿌옇게 지상까지 피어 올라올 즈음, 먼지를 뚫고 어떤 거대한 형체가 지상으로 튀어 올라왔다. 그 형체가 충돌하다시피 착지한 바위는 강한 충격을 못 이기고 쩍 금이 갔다.

"아, 내 머리……."

정수리를 문지르던 남자가 무릎을 펴고 일어섰다. 얼핏 보기에 커다란 검은 바윗덩어리 내지는 무쇠로 빚은 맹수상 같았다. 두 팔을 쭉 뻗으며 기지개를 켜자 바늘 하나 들어가지 않을 듯이 밀도 높아 보이는 검은 피부가 부르르 떨렸다. 공기를 압도하는 듯한 육중한 존재감이 사방으로 뻗쳤다. 정작 당사자는 한없이 나른하게 입을 쩍 벌릴 뿐이었다.

"람탄."

자신의 이름을 부르는 소리에 남자는 주위를 두리번거렸다.

새까만 피부와 대조되는 백발이 눈앞에서 거추장스럽게 흔들렸다. 긴 앞머리가 장막처럼 시야를 가리고 있었다. 남자가 귀찮다는 듯 앞머리를 쓸어 올리자 비로소 올리브 그린 색의 눈동자가 제대로 일을 했다. 그런데 아직도 폐허 외에는 눈에 뜨이는 것이 없었다.

"이상하다. 어디서 내 이름이 들렸는데……."

"여기다."

소리의 방향으로 람탄이 고개를 번쩍 쳐들었다. 그리고 낯익은 긴 은발의 소년을 발견했다.

"유르? 남대륙에서 뭐 하는 거야."

"여긴 중앙이다."

람탄이 인상을 살짝 찡그렸다.

"너 어디 아프냐."

"주위를 잘 둘러봐라. 남대륙에 이런 풍광이 있느냐?"

"당연히."

퉁명스럽게 대꾸하려던 남자가 도르륵 눈알을 굴리다가 깜짝 놀라 외쳤다.

"어! 여기가 어디여?"

"……."

"아참, 중앙대륙이라고 했지? 별일이 다 있군. 내가 자다가 바다를 건넜나 봐. 낮잠이었길 망정이지 밤잠이었으면 북대륙의 멍청이도 만날 뻔했어."

유르가 뒷짐을 진 채로 물었다.

"잠들기 전 마지막으로 기억나는 일이 있느냐."

"왜 그런 걸 물어?"

람탄의 낯빛에는 노골적인 짜증이 가득했다.

"어이하여 여기까지 흘러들었는지 연유는 파악하여야 할 것
아니냐."

"자다가 걸어온 것 같다니까."

"너는 맥주병이질 않느냐."

"잠결에 인어 몇 마리의 꼬리라도 잡고 짤짤 흔들었나 보지."

"너라면 그럴 수도 있겠구나. 그래도 기억나는 게 있다면 말
해보아라."

"아침부터 밀림을 산책하다가 말 안 듣는 수컷 오랑우탄에게
가볍게 꿀밤을 먹인 다음에 강에서 무지개송어를 잡아먹고 후
식이 당겨서 과일 하나 먹고 날이 좋길래 넓적바위에 올라 일광
욕을 했다. 그러다 깜빡 잠이 들었나 봐."

"그게 끝이더냐."

"끝이고 뭐고 난 매일 그것밖에 안 하는데."

"낯선 인간을 만난 적은?"

"남대륙에는 인간이 없다. 동물이라면 많지만."

"과일은 어떤 것이었나."

"나도 몰라. 그냥 바닥에 떨어져 있었다."

람탄이 대수롭지 않다는 투로 대답했다. 유르의 질문보다는 팔뚝에 달라붙은 흙먼지에 온통 신경이 쏠려 있는 중이었다.

"땅에 떨어진 것을 주워 먹었단 말이냐?"

"떫냐."

람탄이 흙먼지를 탁탁 털어내며 퉁명스레 말을 내뱉었다. 유르는 매끈한 턱을 쓰다듬으며 계속 질문했다.

"근처에 과일 나무가 있었느냐."

"그딴 걸 어떻게 기억해. 모른다. 기억 안 나. 없었던 거 같기도 하고. 넓적바위 근처는 늪지인데 나무는 없고 수풀밖에 없다."

"수상한 것은 경계하라고 일찍이 일렀건만."

람탄이 어처구니가 없다는 듯 껄껄거렸다.

"유르, 이 바보 같은 놈. 과일은 과일이야. 인격도 없고 의도도 없다. 그런데 과일을 경계하라고? 하하, 나 참. 너는 길가의 돌멩이가 수상해서 어찌 사냐."

유르를 한심스럽게 흘겨보면서 옷의 먼지를 털던 람탄은 입고 있는 카모플라주 패턴의 바지가 찢어진 것을 발견했다. 눈이 또 커졌다.

"어, 찢어졌잖아! 방금 돌이 떨어져서 이렇게 된 건가? 젠장, 이럴 줄 알았으면 구제 청바지를 입고 있을걸. 청바지는 찢어져도 느낌 있잖아. 이득이었을 텐데."

람탄은 투덜거리다가 힐끔 유르의 옷차림을 위아래로 훑었다. 유르는 예전 아멜리가 레올에서 보았던 옷 스타일과 비슷한 젤원식 의복을 입고 있었다.

"넌 못 본 새 말투도 패션센스도 괴상해졌다."

"세월이 많이 흘렀지."

"아무리 세월이 흘러도 난 이게 좋아."

람탄이 워커의 끈을 질끈 동여매고 일어섰다. 그리고 인사도 없이 유르에게서 휙 등을 돌려버렸다.

"어디 가느냐."

"집에 간다."

"바다를 어찌 건너려고."

"지나가는 인어 몇 마리를 잡아서 짤짤 흔들면 돼."

"람탄."

유르가 가볍게 발을 굴러 뛰어오르더니 람탄 앞으로 사뿐하게 착지했다.

"아티팩트는?"

"물론 여기 있지."

람탄이 제 입을 하마처럼 크게 벌려 손가락을 쑥 집어넣었다. 무언가를 찾아 휘적휘적하던 람탄의 표정이 서서히 굳어갔다.

"어? 이할이(이빨이)! 애 어흥니(내 어금니)!"

아예 열 손가락 모두를 동원해 입안을 뒤졌는데도 소득이 없었다. 람탄은 패닉에 빠졌다.

턱을 따라 줄줄 흐르는 침을 닦을 생각도 못 하고 뭐 마려운 강아지처럼 빙글빙글 제자리를 돌았다.

"내 이빨 어디 갔지? 자다가 꿀꺽 했나? 그럼 아래로 도로 나왔을 텐데? 싼 자리를 찾아가면 아마 그대로……. 이런 빌어먹을, 언제 먹었는지 모르니 언제 쌌는지도 알 수 없잖아! 으으, 내가 어금니를 잃어버릴 줄이야. 이젠 마하리도 없어서 새로 만들 수도 없는데 어떡하지. 아냐, 잠깐. 아까 돌 맞았을 때 튀어나간 걸지도 몰라."

람탄이 아까 빠져나왔던 땅 틈으로 냅다 뛰어들었다. 유르는 람탄의 뒤꽁무니에 대고 외쳤다.

"거기서 찾아봐야 소용없을 거다. 네 아티팩트를 훔쳐간 자들은 짐작이 간다."

그러자 먼지투성이가 된 람탄이 지상으로 불쑥 머리통을 내밀었다.

"누가 내 어금니를 훔쳐갔다고?"

"마하리의 무덤에서도 아티팩트가 사라졌다. 동일범의 소행이라 본다."

"이런 육시랄! 그게 뭔 줄 알고 막 가져가? 죽여버리겠다. 마하리의 몫까지 화내주지. 근데 그게 누구냐?"

"서대륙으로 가라. 거기에 검은 옷을 입고 다니는 마법사들이 있을 것이다. 인간들은 「블랙 서클」이라고 부르는 집단이다."

"그중에 도둑놈은 누군데."

"전부."

"간단해서 좋군."

"다 죽이기 전에 아티팩트들부터 도로 찾아야 한다는 점을 잊지 마라."

"잔소리 마라. 나도 안다."

"아티팩트가 무엇인지 기억은 나느냐."

"내 어금니랑 마하리의 호박."

"못 본 새 많이 똑똑해졌구나."

"어린애 취급 마."

"다만 먹는 호박으로 착각하진 말고."

람탄이 낮게 으르렁거렸다.

"누가 바보인 줄 아냐. 마하리의 호박은 화석 같은 거잖아. 노란색 콧물 굳은 것처럼 생긴 돌멩이 안에…… 안에는……."

버벅이던 입에서 끝내 단어가 나오지 않자, 황야에 썰렁한 정적이 맴돌았다. 보다 못한 유르가 도와주었다.

"요정 여왕의 유체(遺體)."

"내가 말하려고 했는데."

람탄이 불퉁하게 항의했다. 유르는 순순히 사과했다.

"기억이 안 나는 줄 알았지."

"내가 멍청인 줄 아냐? 그게 아니라."

람탄이 고개를 쳐들고 코를 킁킁거렸다.

"어디선가 환장하게 좋은 냄새가 나."

"……."

"너도 맡을 수 있냐. 별로 가까이서 나는 것 같진 않아. 이게 뭐지? 먹는 건가?"

"어서 서대륙으로 가라, 람탄."

"재촉하지 마. 가긴 갈 건데 배 좀 채우고 가련다. 이 냄새가 먹을 거라면 딱 좋겠다."

람탄이 코를 벌름거리며 향기를 쫓아가듯 발걸음을 옮겼다.

"네 어금니. 그들이 부숴버릴지도 모르겠구나."

람탄의 발걸음이 우뚝 정지했다.

"네 말대로 이젠 마하리도 없고, 영원히 한쪽 어금니 없이 살게 될지도."

"어…… 안 돼. 어금니가 없으면 밥 먹기 엄청 불편해."

"그럼 어서 가라."

람탄이 쳇 하고 발길을 돌렸다.

"서대륙은 분명히 아버지가 있는 곳이었지? 아버지의 기운을 쫓아가야겠군. 아참, 저 좋은 냄새. 뭔진 모르겠지만 먹을 거라면 내버려둬. 내가 먼저 맡았으니 내가 찜한 거다. 나 몰래 홀랑 먹어버리면 가만 안 둔다."

람탄은 경고에 경고를 거듭하며 멀어져 갔다. 그 뒷모습을 유르가 지켜보다가, 천천히 고개를 돌렸다. 람탄이 말한 「좋은 냄새」가 실려 오는 방향이었다.

"아멜리가 궁을 나왔구나. 그토록 말렸거늘."

은빛 인영은 한쪽 발을 박차고 뛰더니 순식간에 자취를 감추었다.

30

어둠 속에 바람은 불지 않는다

케이티의 말대로 궁을 나가는 수속은 매우 간단하고 빨랐다. 출구 관리자는 외출증의 직인이 진짜인지만 유심히 살펴보고, 정작 외출 당사자의 얼굴은 제대로 쳐다보지도 않았다. 수정궁 밖으로 나오자마자 아멜리는 방에 있던 쿠션 천을 뜯어 만든 두건을 착용했다. 혹시나 수정궁에서 외출 나온 다른 누군가에게 발견되지 않기 위해서였다.

윈 델람의 번화가는 궁에서 그리 멀지 않았다. 도시는 자로 잰 듯 정비가 되어 있었다.

골목마다 거리명이 붙어 있어서 지도 없이도 길을 물어 찾아 다니기 편했다.

아멜리는 지나가는 사람에게 용병 길드의 위치를 물었고, 현재 위치에서 입구가 보이는 피버스 시장이라는 곳만 통과하면 바로 나온다는 기쁜 대답을 들었다.

아멜리는 거의 뛰듯이 걸었다. 금방이라도 얼굴을 알아보는 누군가가 나타나 도로 수정궁으로 끌고 들어갈까 봐 행인과 시선이 마주칠 때마다 가슴이 조마조마했다.

피버스 시장은 윈 렐람의 평민들이 자주 찾는 시장으로, 일요일 이른 오후라 인파로 북적이고 있었다. 다른 때라면 즐겁게 구경했을 텐데 지금은 그저 빠져나가기에 급급했다.

"엘마? 엘마가 뭐에 좋은데요?"

굵직한 남자 목소리가 유난히 귀에 착착 감겼다. 길바닥에 돗자리를 깔고 마른 약초를 파는 장사치 앞에 쪼그리고 앉은 남자의 목소리였다. 그는 약간 실파를 닮았지만 겉과 색이 다른 푸성귀를 집어 들고 묻는 중이었다.

"어디에든 다 좋아요. 감기, 몸살, 두통, 치통, 생리통, 변비, 종기, 혈액순환 문제, 심지어 정력에도 도움이 되지요. 남녀노소 할 것 없이 이거 하루에 세 번만 잡수시면 건강만큼은 저 수정궁의 임금님 부럽지 않습니다. 저도 먹고 있어요. 예전에는 겨울만 되면 감기에 걸려 골골대다가 요새는 반팔만 입고 지낸다니까요, 하하하!"

"오, 그래요? 그냥 씹어 먹으면 됩니까?"

"씹어 먹어도 되고 갈아 먹어도 되고, 물에 우려서 차로 마셔도 되고, 송송 썰어서 수프나 국 건더기로 넣어도 되고 아무렇게나 원하는 대로 해 드십시오."

아멜리의 잰걸음이 서서히 느려졌다. 무시하고 싶은데 상인은 목청이 좋고 남자는 목소리가 좋아 둘의 대화가 자꾸만 귀에 쏙쏙 들어왔다.

"가격은요?"

"한 포기에 30젤입니다."

"한 단이 아니라, 한 포기에? 아이구 비싸라."

"안 사실 거면 그냥 가세요. 어차피 다음 손님이 오면 바로 팔립니다. 엘마를 이 가격에 파는 사람은 나밖에 없어요. 약초를 좀 아는 사람들이라면 날더러 완전 미쳤다고 할걸. 아니 사실 파는 사람도 드물지. 나도 원래 취급 안 하는데 오늘 새벽에 산을 올랐다 우연히 캤어요. 여기 있는 거 다 팔리면 나도 더 못 팔아. 없으니까."

고민하는 듯한 청년은 장사꾼의 능청스러운 언변에 넘어갔다.

"헤에, 그렇게 귀한 거라고요? 그럼 사볼까. 나는 약초에 흥미 없지만 조부님 취미가 이쪽이거든요."

"귀한 약초이니 엄청 좋아하실 겁니다."

"선물용으로 한 포기만 사야겠군요. 여기, 돈이요."

탁!

청년과 장사꾼의 놀란 시선이 청년의 손목을 공중에서 덥석 잡은 나긋나긋한 작은 손에 닿았다가, 손의 주인인 녹색 두건을 쓴 여자에게 옮겨갔다. 아멜리는 다른 한 손으로 두건을 더욱 깊게 눌러쓰면서 말했다.

"사지 마셔요. 바가지니까요."

"음?"

"이 풀, 제 고향에서는 「방방」이라고 부르는 약초인데 감기에 좋은 풀은 맞지만 비가 오는 지역이라면 어디서나 잘 자라는 흔한 풀이어요. 게다가 맛은 몹시 떫어서 음식 할 때는 전혀 쓸 수가 없고요. 원 델람의 시세는 잘 모르겠지만 스토니스의 시장에서 한 단에 3젤로 파는 걸 봤어요."

장사꾼의 얼굴이 구겨졌다.

"엘마가 흔하다고 누가 그래요? 잘 알지도 못하면서 끼어들긴."

"더구나 이 약초는 전혀 싱싱하지가 않네요. 오늘 새벽에 채취한 방방이라면 초록빛이 선명해야 하는데 이건 벌써 노란빛이 돌잖아요. 심지어 붉은빛도 섞여 있어요. 이건 잘못 말려서 그런 거여요."

"호오, 그렇군요."

청년이 새삼스러운 눈길로 사려던 엘마를 이리저리 살폈다. 성사 직전의 거래를 놓친 장사꾼이 아멜리에게 험악하게 윽박질렀다.

"가던 길이나 곱게 지나갈 것이지 어디서 장사 훼방이야. 너 나한테 시비 거냐?"

"아무리 장사라지만 심하잖아요. 한 단에 3젤인 방방을 한 포기에 30젤에 팔다니."

"내가 내 물건 30젤에 팔아먹은 1000젤에 팔아먹든 무슨 상관이냐고, 어!"

"이분은 약초에 대해 잘 모르시는 것 같은데, 상대방의 무지를 이용해 사기를 치면 안 되지요. 같은 약초꾼으로서 두고 볼 수가 없어요."

씨근덕거리던 장사꾼이 아멜리의 머리로 손을 뻗쳤다. 아멜리가 화들짝 놀라 몸을 뒤로 뺀 덕에 머리채가 잡히지는 않았으나 두건을 빼앗겼다. 장사꾼이 연이어 넙대대한 손바닥으로 뺨을 후려치려고 손을 들었다. 그런데 뭐가 턱 하고 걸린 것처럼 손이 내려오지 않았다. 엘마를 사려던 청년이었다.

"내 은인에게 함부로 대하면 섭하지."

장사꾼이 얼굴이 검붉어지도록 힘을 주었지만, 청년의 마디 굵은 손가락을 뿌리치지 못했다. 장사꾼이 시장 떠나가라 고래고래 악을 썼다.

"니들 뭐야, 둘이 작당을 한 거지? 치안유지대를 부르겠어!"

"잘됐네요. 치안유지대를 부르면 상법 위반으로 이 아저씨를 신고해버리셔요."

"그럴까요?"

청년이 장단을 맞춰주자 장사꾼의 얼굴이 이번에는 파랗게 변해갔다.

"아니 저⋯⋯."

장사꾼은 아무 말도 못 하고 식은땀만 뻘뻘 흘렸다. 잠시 후 청년이 손을 놓자, 장사꾼은 선명하게 손자국이 남은 자신의 손목을 두렵게 쳐다보다가 황급히 자리를 정리하고 도망치듯 떠났다.

"별 미친년놈들을 다 봤네!"

도망가면서도 욕설을 내뱉는 장사꾼을 보고서 청년이 아멜리에게 물었다.

"제풀에 찔려 도망가서도 험한 소리를 하는군요. 쫓아가서 혼내줄까요?"

그런데 아멜리의 안색이 좋지 않았다. 아멜리는 장사꾼의 모습에서 고향의 약초꾼 선배 빌슨을 떠올리고 있었다.

"아가씨, 괜찮아요?"

"네, 그럼 이만 실례합니다."

아멜리는 잠시 지체된 만큼 용병 길드로 향하는 발걸음을 더 빠르게 재촉했다.

그런데 아까의 청년이 헐레벌떡 뒤를 따라왔다.

"잠시만요. 이거!"

장사꾼이 낚아채 간 두건이었다. 바닥에 떨어진 것을 청년이 주워 흙을 털어준 것이었다. 아멜리가 꾸벅 묵례를 했다.

"감사합니다."

"저야말로요."

아멜리가 두건을 다시 푹 눌러쓰고 뒤를 돌자 청년이 또 급하게 말을 걸었다.

"잠시만요. 이것도 인연인데 산뜻하게 헤어질 게 아니라 어디 들어가서 차라도 한 잔, 아니 식사도 괜찮아요. 배 안 고프세요?"

아멜리는 일언반구 없이 무시하고 걸어갔다.

"윈 델람에 사세요? 아니면 여행자? 전 여행자예요. 윈 델람에 온 지는 얼마 안 됐어요. 오자마자 바가지를 썼으면 기분이 참 나빴을 텐데, 아가씨 덕분에 살았군요. 실은 원래 윈 델람 관광기념품을 사려던 참이었거든요. 근데 그 아저씨가 하도 말을 뺀지르르 잘하는 바람에 솔깃해서. 원래는 약초라든가 별 관심 없어요. 제 조부님이라면 모를까. 음, 그리고 제 동생도 조금 관심 있을지도 모르겠군요. 그 녀석은 요리를 좀 하거든요."

좀 수상한 청년이었다.

말이 너무 많고, 할 일이 없는지 아멜리가 무시를 하든 말든 졸래졸래 쫓아왔다. 차림새는 평범한 여행복이었는데, 마치 귀족 부인들이나 하는 듯한 숄 같은 것을 어깨에 걸치고 있어 더욱 기묘했다.

"아참, 제 동생도 윈 델람에 같이 여행을 왔어요. 사실 윈 델람에 온 이유가 일종의 가족 여행 같은 건데, 혈육이 원래 더 매정한 법이라서 윈 델람에 도착하자마자 각자 자기 볼일 본다고 흩어져 버리더군요. 배고픈데 아직 식사도 못 했어요. 전 혼자 밥 먹는 게 싫어요. 만약 혼자 밥 먹는데 음식이 맛있으면 혼자만 맛봐서 안타깝고, 맛없는 음식을 먹으면 불평할 상대가 없으니 화가 곱절로 나잖아요. 그런데 진짜 식사하셨어요? 제가 강탈당할 뻔한 30젤로 근사한 식사를 대접해드릴 수 있는데. 윈 델람 요리가 간이 세긴 해도 맛은 좋아요. 혹시 심심한 음식을 선호하시면 구운 생선을 드시는 것도 좋은 방법입니다. 구울 때 소금을 치지 말라고 주문하면 되거든요. 아가씨는 어떤 취향이실까요?"

"……."

"걸음이 굉장히 빠르시네요. 급한 볼일이라도 있어요? 만날 사람이라도? 혹시 그 상대가 남자는 아니겠죠? 아하하, 이런 본심이 나와버렸네. 아차, 오해하지 마세요. 저는 원래 길거리에서 아무 여자한테나 추파 던지지 않아요. 이런 적은 지금이 처음입니다. 이런 말 믿어줄진 모르겠지만 아가씨에게서 특별한 뭔가가 느껴졌어요. 어쩌면 서로 굉장히 잘 맞을 것 같다는 예감? 아까 제 손목을 잡으셨죠? 뭔가 가슴이 짜르르 울리던걸요. 아, 손이 참 곱고 부드러우세요. 약초꾼이라고 하면 굳은살 박인 손을 하고 있을 것 같은데. 평소에 손 관리를 어떻게 하시나요?"

어쩌면 이 청년의 인생에 있어 신의 한 수는 유난히 멋진 중저음의 목소리를 가졌다는 점일지도 모르겠다고 아멜리는 생각했다. 적어도 쉴 새 없이 들려오는 목소리에 짜증이 난 누군가가 그의 강냉이를 털어버릴 일은 없을 테니까.

"아가씨는 발걸음은 빠른데 말수는 적은 타입이군요. 괜찮아요, 과묵한 사람은 대화상대로 재미없다고들 하지만 저는 사실 말을 재미 있게 하는 사람보다 남의 이야기를 잘 들어주는 사람이 대화상대로 훨씬 이상적이고 훌륭하다고 생각하거든요. 저는 여행을 많이 다녀본 편이라 재미 있고 흥미로운 이야깃거리가 많이 있어요. 아가씨가 원한다면 얼마든지 들려드릴게요. 아니면 저에 대해 뭐 궁금한 거 없으세요? 참 우리 통성명도 안했군요. 저는 루카스라고 합니다."

할 일도 없는지 청년은 세상 끝까지라도 따라올 기세였다. 피버스 시장을 거의 다 통과할 무렵 드디어 아멜리가 뒤돌아 청년을 바라보았다.

"저기요."

아멜리가 청년이 자신보다 머리 하나는 더 크다는 사실을 알아차렸다.

그리고 무심코 헉 소리가 나올 정도로 눈웃음이 상큼한 미청년이라는 사실도.

"아, 드디어 돌아봐 주시는군요. 제게 궁금한 점이라도 생기셨나요? 아니면 함께 식사하실 생각이 들었습니까?"

루카스가 눈을 살짝 접으며 기쁜 듯이 웃었다. 예쉬데르도 눈웃음을 잘 치는 미남자였는데, 그의 미소가 벨벳처럼 매끄러운 결을 지녔다면 이쪽은 목화솜같이 포근한 미소였다.

"죄송하지만 조금 갈 길이 바빠요."

루카스는 아하 하고 손바닥을 탁 내리쳤다.

"과연. 바쁘시군요. 마차를 부를까요?"

상대방이 눈치가 없어도 너무 없어서 아멜리가 오히려 당황했다.

"그, 그게 아니라 자꾸 따라오시면 좀 곤란하거든요."

루카스의 눈썹이 들썩였다.

"설마 제가 아가씨를 무섭게 했나요?"

"무섭다기보다……."

귀찮고 불편하게 했지라는 그 뒷말을 아멜리는 꿀꺽 삼켰다.

"이런, 그럴 작정은 아니었어요. 밝은 대낮에 이렇게 사람이 북적북적한 시장 통이라 설마 절 위협적으로 느끼실 거라곤 생각 못 했습니다. 완벽한 제 불찰이로군요. 사과드립니다."

"이젠 따라오시지 않으면 괜찮아요. 그럼 안녕히 가세요."

아멜리가 종종걸음으로 먼저 자리를 피했다. 스무 걸음 정도 가다가 은근슬쩍 뒤를 돌아보자 벌써 청년은 온데간데없었다.

'말로 타일러서 금세 떨어진 것을 보니 아주 나쁜 사람은 아닌 듯한데.'

그런데 시장을 나와 첫 골목길을 돌았을 때 아멜리는 흠칫 놀라며 걸음을 멈추었다.

"앗, 또 만나네요. 윈 델람 참 좁다, 그렇죠?"

10미터 전방에 루카스가 있었다. 지나가던 사람들이 놀라 쳐다보든 말든 그는 아멜리가 혹시 자신을 못 알아볼까 두 팔을 붕붕 휘둘렀다.

"따라온 게 아니라 앞지르는 건 괜찮아요?"

아멜리가 치안유지대를 부를까 말까 진지하게 고민하던 그때, 어떤 건물의 나무간판이 눈에 들어왔다. 검과 창이 동전 안에 들어간 그림이 음각으로 새겨져 있었다. 낯선 간판이었지만 직감적으로 알 수 있었다.

겉보기에 무기상도 아닌데, 용병 길드 사무소 외에 이런 간판을 달 만한 가게가 또 있을까.

'여기로구나!'

아직까지도 손을 붕붕 흔드는 루카스를 못 본 척 무시하고 아멜리는 용병 길드 안으로 입장했다. 30평 남짓한 공간에는 창문이 적당히 달려 있었지만 두꺼운 커튼을 군데군데 쳐놓아서 낮인데도 어두침침한 편이었다.

서생이나 농사꾼은 아니라고 자신 있게 단언할 수 있는 인상의 남자들이 일 없이 삼삼오오 모여 노닥거리고 있고 더러 여자도 섞여 있었다.

아멜리는 카운터에 앉아 있는 접수원에게 물었다.

"제 앞으로 남겨진 메시지가 있는지 확인하러 왔어요."

"이름은요?"

"아멜리 발번이어요. 메시지가 있다면 엘리야라는 이름의 용병으로부터 도착했을 거여요."

접수원이 전언판을 뒤적거리는데, 난데없이 뒤에서 큰 감탄사가 터져 나왔다.

"아아, 성함이 아멜리 발번이셨군요. 예쁜 이름이에요. 아멜리, 아멜리, 루카스와 아멜리, 아멜리와 루카스. 음음, 느낌 좋아."

어느새 루카스가 용병 길드 안으로 쫓아 들어온 것이었다. 아멜리는 딱딱하게 굳은 얼굴로 루카스를 노려보았다.

"따라오지 말라는데 왜 자꾸 따라오셔요? 소름끼치게 남의 이름까지 엿듣고."

루카스가 당황한 기색으로 손을 파닥파닥 내저었다.

"아닙니다. 오해예요. 저도 원래 동생을 용병 길드에서 기다리기로 했어요. 이것 참 우연의 일치라는 게, 아하하. 이름은 그냥 들리니까 어쩔 수 없이 알게 됐는데……. 기분 나쁘셨으면 죄송해요."

퍽이나 진실이렷다.

아멜리의 눈초리는 불신으로 가득했고, 슬슬 상대방을 경멸할 기미를 보이고 있었다. 루카스는 제 손끝을 물어뜯으며 안절부절 용병 길드의 입구를 힐끔거렸다.

"이 녀석은 올 때가 됐는데 왜 안 와?"

"지금이라도 물러나신다면 스토커 신고는 하지 않겠어요."

"정말 아닌데……."

"발번 씨."

접수원이 큰 목소리로 아멜리의 주의를 환기했다.

"엘리야 씨 여기 있다는데요? 전언에, 달포 안에 윈 델람 용병 길드로 가서 직접 기다리겠다고 되어 있는데 지금이 발신일로부터 달포째예요."

"엘리야 씨가 여기 있다고요? 어디요?"

"아, 혹시 2층에 있던 그 남자인가. 기다려보슈. 물어보고 올 테니."

접수원이 카운터 옆 계단으로 사라지자 아멜리는 가슴이 콩닥콩닥 뛰었다.

옆에서 루카스가 풀 죽은 목소리로 물었다.

"엘리야라는 남자가 아멜리 씨의 애인인가요?"

"또 엿들었군요."

"그럴 작정은 아니었는데 자꾸 귀에 들리니까…… 죄송합니다."

"애인 맞으니까 이쯤 하고 돌아가셔요."

"역시 그렇군요. 그래서 아멜리 씨가 그렇게 서둘러서 여기로……. 역시 좋은 여자들은 운 좋은 사내들이 금방 데려가 버리는군요."

루카스는 씁쓸하게 미소를 지었다.

"시장에서 절 구해준 일은 평생 잊지 못할 겁니다. 상냥하고 아름다운 아가씨, 좋아하는 분과 백년해로하시고, 앞날에 늘 행복만 가득하기를 제가 모시는 신께 기도드리겠습니다."

졸졸 따라올 때는 불쾌하기 짝이 없었는데 막상 시키는 대로 순순히 돌아서는 걸 보니 아멜리의 마음은 약간 누그러졌다.

청년의 가식 없이 시무룩한 표정도 마음을 무겁게 하는 데 한몫했다.

그래도 여지를 주면 또 졸졸 따라오며 귀찮게 굴 것이 자명하기에 아멜리는 아무 위로나 인사도 할 수 없었다. 루카스는 용병 길드의 문을 통과하려다가 마주친 상대방에 어깨가 잡혔다.

"어디 가? 화장실?"

아멜리는 깡패가 루카스에게 시비를 거는 줄 알고 깜짝 놀랐다.

"왔구나. 빨리 나가자."

하지만 루카스는 대수롭지 않은 반응이었다. 여기서 누굴 만나기로 했다는 말은 진실이었던 것이다. 루카스의 지인은 루카스보다는 좀 더 어려 보였고, 인상부터 상냥한 루카스와 달리 기본 표정부터 심통 난 청소년처럼 퉁명스러웠다.

루카스의 숄과 비슷한 재질의 천을 목도리처럼 휘휘 감고 있었다. 초여름 복장치고 꽤나 더워 보였다.

"너 울어?"

"큰 소리 내지 마, 알프레드."

"이런 미친놈, 이젠 하다하다 길거리에서 울고 다니냐?"

"형이라고 불러, 멍청아. 그리고 난 방금 실연을 당했단 말이다. 좀 울 수도 있지. 사실 진짜 우는 것도 아니야. 눈에 눈물이 좀 고였을 뿐이다."

루카스가 황급히 눈가를 짓누르며 변명했다.

"웬 실연? 누구한테?"

루카스가 찔끔 놀라 뒤를 돌아보았다. 아멜리는 그들을 보고 있지 않았지만, 1층에 있는 의자 수를 세거나 카운터의 나뭇결을 손가락으로 훑는 등 명백하게 부자연스러운 동작으로 딴청을 피우고 있었다. 루카스는 참담하게 두 손에 얼굴을 묻었다. 멋있게 작별인사를 하고 쿨하게 헤어져 좋은 인상을 남기려고 했는데 최악의 타이밍에 나타나준 동생 때문에 노력이 물거품으로 돌아갔다. 루카스의 시선을 따라간 알프레드도 아멜리를 발견했다.

"어라. 저 여자는."

따끔따끔한 뒤통수가 영 신경 쓰여 아멜리가 잠시 자리를 피해야 하나 싶었을 때 2층에 갔던 접수원이 쿵쾅거리며 뛰어 내려왔다.

"맞다는구먼. 지금 내려오고 있어요."

오래 기다릴 필요도 없이 바로 계단에서 끼익끼익 하고 누군가 내려오는 발걸음 소리가 났다.

"어?"

낯익은 지푸라기빛 금발에 마른 체구를 한 용병이 수더분하게 인사를 하며 나타날 줄 알았지만 정작 모습을 드러낸 남자는 전혀 다른 인물이었다. 짧은 흑발 아래 조각품처럼 완벽한 이목구비. 가만히 서 있어도 날을 세운 칼 같은 위압감. 파샤 일주 때처럼 애검 한 자루만을 찬 평복 차림이어도, 그의 존재감은 단연 돋보였다. 다른 사람과 착각할 수 없다. 아멜리는 기절할 듯 휘청거리며 뒷걸음질을 쳤다.

"칸……."

사냥감을 노리기 직전 팽팽하게 부풀어 오른 맹수의 뒷다리처럼 남자의 울대가 느릿하게 당겨졌다.

"오랜만이군."

칸 렉시온 메이슨은 희미하게 웃고 있었다.

"건강해 보여서 다행이야."

칸이 아멜리의 주변을 눈으로만 둘러보며 말을 이었다.

"게일과 헤어진 것 같아 더욱더 다행이고."

아멜리는 처음으로 자신의 곁에 게일이 없어서 다행이라는 생각을 했다.

"엘리야 씨를 만나러 왔는데 어째서 당신이?"

"운명이 도왔다고 해두지."

"설마 엘리야 씨에게 무슨 짓을 한 건 아니겠지요?"

"파샤로 함께 돌아가면 자연히 다 알게 될 일이다."

"함께? 무슨 그런 끔찍한 소리를 하셔요?"

아멜리는 정말로 소름이 쫙 끼치는 바람에 몸을 부르르 떨었다.

"당신은 길바닥에서 우연히 마주쳐도 내게 뻔뻔스럽게 아는 체를 할 처지도 아니어요."

"우리 사이에 오해가 좀 있는 것 같군. 그건 차차 풀면 되겠지. 우리에게 시간은 충분하다."

"경고하는데, 다가오지 마요."

물론 그런 경고를 들어줄 남자라면 바다까지 건너 쫓아오지도 않았을 터였다. 칸이 다가오고 있었다. 도망쳐야 해. 도망쳐야 해. 도망쳐야 해. 그런데 발이 대지와 하나가 된 것처럼 꿈쩍도 하지 않았다. 어디로 도망가야 할지도 모르겠다.

챙!

요란한 금속성의 소리가 났다. 아멜리가 얼어붙었던 고개를 간신히 돌려 옆을 보았다. 루카스의 표정이 어쩐지 딱딱했다.

"그 검……."

어느새 검집을 벗어난 타르 블레이드가 용병 길드 내의 탁하고 어두운 공기 속에서 묘한 빛을 흩뿌렸다.

루카스가 타르 블레이드와 칸의 얼굴을 번갈아 쳐다보다가, 복잡한 눈빛이 되어 물었다.

"설마 당신이 엘리야 씨?"

"아니어요!"

필사의 부정은 자동반사적으로 튀어나왔다. 소란스러운 소리에 카운터의 접수원이 약간 화난 듯이 고함쳤다.

"어이 당신들. 싸우려면 나가서 싸워! 여기는 장사하는 곳이라고!"

"죄송합니다. 곧 나갈 겁니다."

접수원에게 사과 인사를 하고 난 뒤 루카스가 아멜리에게 손짓했다.

"나가요, 아멜리 씨."

아멜리가 고개를 끄덕이는 것보다 칸의 눈빛이 변하는 속도가 더 빨랐다. 칸이 루카스에게 차가운 시선을 던졌다. 그 틈에 아멜리는 칸으로부터 멀어지려고 슬슬 뒷걸음질을 치다가, 적당히 거리가 멀어지자 뒤돌아 루카스에게 달려갔다. 하지만 칸은 이미 아멜리에게로 주의를 돌린 상태였다. 팔뚝이 커다란 손에 잡힌 순간 아멜리가 짧게 비명을 질렀고, 아멜리의 등 뒤에서 또 날카로운 금속성의 소리가 났다. 무슨 소리인지 파악할 새도 없이 아멜리는 칸의 품 안으로 말려 들어갔다.

"놔, 놔요!"

칸은 아멜리의 몸부림을 한 손으로 간단히 제압한 채 타르 블레이드의 검날에 튕겨나가 건물 내벽에 박혀버린 종잇조각을 응시했다. 종이의 힘? 종이를 강철처럼 변화시키는 마법이라도 쓴 것인가? 아무런 전조도 없이 평범한 종잇조각을 흉기로 변화시킨 마법? 아니, 마어를 쓰는 것도, 시동어를 외치는 것도, 수인을 맺는 것도, 스크롤을 쓰는 것도 보지 못했다. 마법이었다면 넷 중 적어도 하나를 반드시 거쳐야 했다. 그는 빠른 결론을 내렸고 약간의 감흥을 내비쳤다.

"젤윈에 와서 소라리 신의 사도를 다 보는군."

루카스는 물론 뒤에 서 있던 알프레드까지 놀랐다.

"어떻게 알았지?"

"방금 한 공격, 종이의 힘이 아니라 바람의 힘이지 않았나. 내 검이 튕겨냈을 때 힘이 무효화되지 않고 그대로 날아가 벽에 꽂혔다. 신성력이라는 거겠지. 바람 속성을 지닌 신성력이라면 대기와 바람을 관장하는 소라리 신 외에 더 있는가."

"그렇게 말하니까 엄청 간단하긴 한데, 보통은 그 결론 도출 못 하지."

알프레드가 황당하다는 듯 눈썹을 찡그렸다.

"하긴 그렇군. 나도 소라리 신을 섬기는 자들을 직접 보는 건 처음이다. 너희 종족을 만난 적도 없었지."

"뭐라고?"

머리 위에서 대화가 오가든 말든 아멜리는 칸의 가슴을 있는 힘껏 때리면서 소리쳤다.

"놓으란 말이야!"

자신의 공격이 빗나갔다는 쇼크에 약간 멍해져 있던 루카스가 퍼뜩 정신을 차렸다.

"아멜리 씨를 놔줘."

"왜?"

"싫어하는 게 명백하잖아."

"네가 대체 뭔데 참견이냐는 말이다."

"나는……."

루카스가 머뭇거렸다. 따지고 보면 지나가는 행인이요, 방금 전 퇴짜를 맞은 실연남에 불과했다.

"소라리 신이 잊힌 것은 그가 영악하기 때문이었다."

타르 블레이드가 가볍게 대기를 갈랐다. 풍압이 루카스와 알프레드가 있는 방향으로 거세게 달려들었고, 알프레드가 손을 휘두르자 공격은 간단히 방향을 틀었다. 두 사람을 대신해 그들 옆의 벽에 거대한 자상이 생겼다. 이에 용병 길드 내에 있던 사람들이 비명을 지르며 건물 밖으로 뛰쳐나갔다.

"아스라와 사비, 고밀과 같은 신들이 그들의 피조물이 살아 움직이도록 도와달라고 요청하였을 때, 소라리 신은 기꺼이 숨을 불어넣어 주면서 동시에 몰래 제약을 걸었다. 덕택에 지상의 많은 생명체는 대기를 떠나서는 숨을 이어 나갈 수 없게 되었다. 가장 적은 노력으로 가장 많은 숭배를 받으려는 꾀였지. 그 간교를 알아차린 신들이 분노하여 모로비리 신에게 제 피조물들에게 망각을 걸어달라고 청했다. 그 피조물 중에 인간도 있었다."

타르 블레이드가 쉴 새 없이 바람을 일으켰고, 두 남자는 쉴 새 없이 바람을 맞받아쳐 방향을 바꾸었다. 바람을 직격으로 맞은 벽에는 금이 갔고 풍압으로 인해 유리창이 모두 박살났다.

"그 결과 우리는 숨이 모자라기 직전까지 우리에게 숨이 필요하다는 것을 잊고 살게 되었다. 숨이 필요하다는 사실을 기억하는 것은 심지어 인간의 일상생활을 몹시 불편하게 하고 활동을 방해하지. 소라리 신은 그 자신이 기대했던 것보다 한참 못 미치는, 숨이 모자라 죽어가는 자의 경외만을 받게 된 것이다. 일이 그러한데, 아스라 신의 피조물인 인간이 감히 창조신을 능멸하고 소라리 신을 섬길 수 있을 리 있는가."

유리창이 깨져 뚫린 창문을 통해 루카스와 알프레드가 밖으로 나갔다.

"루카스, 건물 주위로 회오리를 생성해."

"아멜리 씨가 휘말리면!"

"에이 참 번거롭네."

그때 찢어진 커튼이 휙 눈앞으로 날아들었고 알프레드의 시야가 가려진 찰나 동안 타르 블레이드의 공격이 쇄도했다.

청년들이 허공으로 뛰어오른 것은 실로 간발의 차였다.

"너희들은 인간이 아니다. 소라리 신이 모자란 경배를 갈구해 인간을 닮게 만든 종, 그러나 땅에서보다 바람 속에서 살아가는 시간이 더욱 긴 존재."

칸은 하늘을 올려다보며 무심하게 뇌까렸다.

"「실프」겠지."

아멜리는 허공에 떠 있는 루카스와 알프레드를 보고 놀란 눈을 했다. 하늘을 나는 사람을 처음 본 것은 아니었다. 미라 숲에서 툴이라는 소년 마법사에게 구해질 때 그 소년이 하늘을 자유롭게 비행하는 것을 보았으며 또 함께 비행하기도 했다. 하지만 그 소년에게는 「날개」가 없었다.

아멜리는 다시 한 번 눈을 깜박였다. 어두운 건물 안에 있다가 밖으로 나온 탓에 눈이 부셔 제대로 보지 못했다. 눈을 가늘게 뜨고 다시 쳐다보니 두 청년의 등 뒤에서 길게 나부끼는 물체는 새의 날개도, 잠자리 날개도 아니었다. 바람결에 펄럭이는 천이었다. 색깔로 미루어보아 그들이 걸치고 있던 숄과 목도리임이 틀림없었다.

"바람결에 종이 한 장 날렸다고 우리 정체를 죄 간파하는 인간은 평소 어떤 끝내주는 사고회로를 갖고 사는 거지?"

알프레드의 질문은 혼잣말에 가까웠고, 빈정거림보다는 감탄과 순수한 호기심이었다.

"실프는 이미 멸종 위기에 처한 걸로 알고 있다. 종족의 미래에 종지부를 오늘 찍고 싶지 않거든 어서 꺼져라."

"하."

알프레드의 이마에 핏대가 솟았다.

"별 인간 다 보겠네. 지가 뭔데 남의 종족 미래를 논해?"

발끈한 알프레드가 덤비려는 것을 루카스가 한 팔로 제지했다.

"우리도 오늘 처음 본 네게 별로 유감은 없다. 다만 아멜리 씨는 내버려뒀으면 좋겠군."

"네가 무슨 자격을 갖고 있다고 생각하나."

"저랑 사귀는 사람이어요!"

갑자기 끼어든 날벼락 같은 선언에 칸도, 공중에 뜬 실프 두 명도 순간 정지했다. 칸은 허를 찔린 사람 같은 표정을 지으며, 여전히 그의 품 안에서 벗어나려고 끙끙 대고 있는 아멜리에게 물었다.

"게일은?"

아멜리는 그의 질문이 진절머리가 났다. 그놈의 오해와 집착, 의심!

"게일님은 친구여요. 파샤 여행을 할 때도 히스톤에 있을 때도 늘 친구였어요. 멋대로 오해하고 난리친 건 당신뿐이죠. 루카스 씨야말로 제가 사귀는 분이니까, 우릴 괴롭히지 말고 이제 좀 빠져줬으면 좋겠어요."

게일을 내세워봤자 칸의 음험한 오해만 심화될 테니 차라리 젤윈에서 새로 만난 남자와 새 출발을 한다는 편이 먹히리라는 판단이었다.

이 와중에 루카스는 크게 감동한 얼굴로 눈가를 파르르 떨었고 알프레드는 그런 루카스를 머저리 보듯 흘겨보았다.

"좋은 말 할 때 이 팔도 좀 풀고요."

짜증스레 힘껏 떠미는 힘에 마침내 철근 같던 팔이 스르륵 풀렸다. 아멜리가 황급히 칸에게서 떨어졌다. 루카스가 재빨리 지상으로 내려와 곁에 서자 아멜리가 옳다구나 하며 냉큼 루카스의 팔짱을 꼈다. 느닷없는 신체 접촉으로 눈이 커다래진 루카스에게 아멜리는 천연덕스럽게 마주 보며 생긋 미소 지었다.

작전이 성공했는지 칸은 아무 말도 없었다. 겉보기에는 평상시의 무심함 그 자체로 보였지만 아멜리는 느낄 수 있었다. 칸의 시선에는 책망 비슷한 것이 어려 있었다. 순간, 심장이 작은 상자 속에 욱여넣어진 듯 답답해졌다. 가해자와 피해자가 전복된 상황. 파샤에서 마지막으로 함께 있던 때도 그랬다. 칸이야말로 믿을 수 없는 행동을 해놓고서 믿어주지 않는다며 그녀를 원망하고 비난했다. 아멜리로서는 억울한 노릇이었다. 그런데 화를 내기 직전에 저도 모르게 주저하게 된다. 칸의 상처 입은 눈빛이 너무나 진실해서, 스스로 의구심을 갖게 된다. 정말 문제는 나에게 있는 게 아닐까? 오해를 하고 있는 쪽은 설마 나인가?

'흔들리면 안 돼, 아멜리!'

아멜리는 꿈속에서 보았던 소년 게일을 떠올렸다. 동년배라고 믿기 힘든 막강한 적수를 이기기 위해 끊임없이 노력하던 그 모습에, 아멜리는 인생의 새로운 방향을 제시받았다. 게일조차도 칸을 상대로 그렇게 했으니, 게일보다 연약한 자신은 훨씬 강한 결의와 노력이 필요하리라.

"당신이 날 억지로 루카스 씨와 떨어뜨려 놓더라도 루카스 씨에 대한 제 애정은 변치 않을 거여요. 설령 루카스 씨를 해친다 하더라도 이 자리에서 자진하면 자진했지 당신을 따라갈 일은 없어요."

"아멜리 씨……. 절 그렇게나……."

루카스의 눈가가 감동으로 붉어졌다. 맞은편에 서 있는 칸은 안색이 하얗게 질렸다. 갈라진 목소리가 칸의 쫙 막힌 목구멍을 비집고 기어 나왔다.

"아멜리."

"이름 부르지 마셔요. 불쾌하니까."

"왜 화를 내는 거지?"

정말 이해할 수 없다는 표정을 본 아멜리는 끝내 폭발하고 말았다.

"본인이 한 짓을 잊었어요? 나를 외딴 집에 감금하고 떠나버렸잖아요."

"단지 집이었을 뿐이다. 위험요소는 아무것도 없었어. 이튿날 출장에서 돌아오자마자 곧바로 당신을 찾아갔지만 그때 당신은 이미 게일과……."

"정말 뻔뻔스럽군요! 그럼 거기서 내가 평온하게 잠이라도 즐기고 있을 줄 알았다는 건가요? 살려달라고 아무리 애를 쓰고 문을 두드려도 사람, 아니 빛조차 찾지 않는 그 아무것도 없이 텅 빈 집에서요! 당신이 언제 돌아올지도 알 수 없었고, 돌아와서 내게 무슨 해코지를 할지 알 수도 없는데! 당신이 보기에는 그냥 빈 집이었을지 몰라도 내게는 죽음의 공포로 가득찬 집이었어요. 그때 그 두려움에 비하면, 좋은 사람으로 여겼던 당신에게 배신당한 상처 따위는 찰과상에 불과해요."

아멜리가 한풀이하듯 쏘아붙이는 내용에 루카스는 처음에 놀란 표정을 지었다가 곧 차갑게 분노하며 칸을 노려보았다. 알프레드가 허공에서 코웃음을 쳤다.

"잘난 척하길래 얼마나 대단한 인간인가 했더니 겨우 그거였어?"

루카스가 아멜리의 어깨를 살포시 감싸 안았다.

"아멜리 씨, 가요."

시퍼런 검광이 뒤돌아선 루카스의 등을 덮쳤다. 그러나 알프레드의 바람이 간발의 차로 루카스와 아멜리를 그 자리에서 밀어내는 데 성공했다. 루카스가 아멜리의 머리를 감싸면서 다른 손의 소매를 크게 펄럭였다.

칸의 발치에서 온몸을 찢어 갈길 듯한 기세로 돌풍이 일었다. 몸이 완전히 삼켜지기 전에 발을 굴러 자리를 벗어난 칸이 그대로 타르 블레이드를 루카스에게 내질렀다. 그야말로 바람과도 같은 일격.

루카스는 미처 피하지 못하고 다만 팔을 들어 바람의 장벽을 생성했다.

돌풍과 타르 블레이드가 만나 팽팽한 힘겨루기를 하는 와중에 알프레드가 만든 낫바람이 칸의 몸통을 절단 내기 위해 옆에서 달려들었다. 칸이 일보 후퇴했다.

"신성력은 성가시군."

담담한 말투였으나, 이 자리의 누구라도 그것이 고요한 분노임을 느낄 수 있었다. 아멜리가 루카스의 소매를 꼭 그러쥐었다. 가만히 서 있어도 전기처럼 찌릿찌릿한 감각이 살갗을 자극해 전신의 솜털이 일어났다.

"알면 좀 물러서시지."

알프레드는 별로 칸의 위압감에 눌린 기색도 없이 영 귀찮다는 투였다.

"마그네시아 대신전에 귄터 바로스라는 홀리 가디언이 있다. 일전에 그와 겨루면서 알게 된 사실이 있다."

타르 블레이드가 평소의 푸른빛과 다르게 희게 빛나기 시작했다.

"우리는 신들의 오만과 아집이 낳은 결과물, 설령 그 사실이 마음에 들지 않아도 한낱 피조물은 창조신이 정한 운명의 굴레를 벗어날 수 없는 법. 나는 올가미에 걸렸다. 나의 운명은 아멜리 당신이란 걸 안다. 당신도 받아들여야 해."

흰빛은 점점 강렬해졌다. 루카스와 알프레드가 거의 동시에 기묘한 표정을 지을 때쯤 갑자기 눈앞이 번쩍하더니 흰빛이 새카만 덩어리로 변했다.

"달아날 수는 없다. 씨실과 날실을 엮는 신의 기교는 먼지 한 톨, 비늘 하나 놓치지 않는다. 그렇지 않으면, 당신이 감히 운명의 실을 잣는 구생신(九生神)을 멸할 텐가?"

칸의 손아귀에 있는 어둠이 빛을 모조리 빨아들였다. 시각이라는 것은 결국 빛의 조화였다. 하늘과 땅이 한 덩어리로 엉겨들었다.

"아멜리 씨, 눈을 감아요!"

루카스의 충고대로 아멜리가 눈을 질끈 감았다. 마지막으로 들린 것은 칸의 차가운 목소리였다.

"그전까지 우리에게 선택권이란 없어."

죽음 같은 정적만이 남았다.

"이런."

루카스는 눈을 감은 채로 눈살을 찌푸렸다. 탄식조차 평소와 다르게 들렸다.

체내를 통한 목소리의 진동은 있지만 외부에서 들리는 소리가 없는 탓이었다. 알프레드가 시험 삼아 바람을 일으켜보았다. 손끝으로부터 무언가가 일어나는 느낌도 없었다.

'마치 진공 상태 같군. 하지만 아니겠지. 숨을 쉴 수 있으니……'

아멜리는 발을 꼼지락거렸다. 허공에 발이 들린 것처럼 아무 접촉면도 느껴지지 않았지만 낙하하는 감각도 없었다. 어깨에 둘러진 팔이 루카스의 것임은 확실한데 그의 기척이 느껴지지 않아 이상했다. 그때 루카스가 아멜리의 귓가에 입술을 갖다 댔다. 아멜리가 펄쩍 뛰든 말든 루카스는 입술을 떨어뜨리지 않은 채 말했다.

"정말 미안해요. 하지만 이렇게 하지 않으면 말을 전달할 수 없어요. 이 공간을 채우고 있는 물질은 소리를 전달하지 않는 것 같거든요."

웅얼거림이 알아듣기 힘들었지만 내용 파악은 가능했다.

"절대로 눈을 뜨지 마요, 아멜리 씨. 알프레드는 이미 알고 있을 거예요. 이곳이 어딘지, 왜 우리 신의 권능이 무효화되고 있는지."

"여기가 대관절 어딘데요?"

"아무래도 마홀 신의 성역 같아요."

"마홀 신이요?"

익히 들어본 이름이었다. 어둠과 명부의 신 그리고…….

아멜리가 무심코 눈을 깜박인 것은 극히 찰나였다. 그 찰나가 슬로모션처럼 느릿했다. 눈앞은 아주 깊고 깊은 밤처럼 새까만 어둠이었고, 그 안에 단 하나의 상이 있었다. 윤곽 없는 형체였다. 하지만 지금 아멜리가 속한 세상에서 가장 선명한 단 하나의 존재이기도 했다. 틀림없이 난생 처음 보는 것이었는데도 그 기묘한 형체는 아멜리의 무의식을 자극하여 하나의 이름을 수면 위로 떠오르게 했다.

"그림쟁이 사신?"

전에 팜에 가는 길에 모르간에게 설명을 들었던 기억이 났다. 젤원에서는 사람이 죽으면 저승의 길잡이인 그림쟁이 사신이 마홀 신에게 데려간다고 여긴다. 하지만 그림쟁이 사신은 시력이 좋지 않아 산 자와 망자를 구분하지 못하는 경향이 있다. 그래서 젤원의 장례식에서 망자에게는 화려한 가면을 씌우고, 산 사람은 저승사자의 눈에 띄지 않도록 검은 망사를 쓴다는 것이었다.

"아멜리 씨! 설마 눈을 떴어요?"

루카스가 허둥지둥 물었다.

"그, 그게 뜨려고 뜬 게 아니고요. 예전에 마홀 신에 관해 들었던 이야기가 떠올라도 저도 모르게 뜬 건데 저기에 뭔가……."

당황한 아멜리가 주섬주섬 변명을 입에 주워 담았다. 안절부절못하던 루카스도 결국 눈을 번쩍 떴다.

그 역시 먼 곳에서 유령처럼 날아오는 그림쟁이 사신을 발견했다. 물론 빛도 대기도 중력도 없이 어둠만이 존재하는 마홀 신의 공간에 원근감이란 단지 신의 농담에 불과하다는 사실을 루카스는 잘 알고 있었다.

아득히 멀리서 다가오는 것처럼 보여도 이미 그들 곁에 다가와 있을 수 있다. 어둠은 그 어떠한 진실도 삼켜버린 채 알려주지 않는 불친절한 세계였다.

루카스가 손을 뻗어 그보다 조금 위쪽에 떠 있던 알프레드의 발목을 잡았다.

"우리도 성역을 선포하자."

체내 진동으로 목소리를 전달 받은 알프레드가 눈 감은 채로 팍 인상을 찌푸렸다.

"뭐? 왜?"

"이러고 있다고 성역에서 빠져나갈 수 있는 건 아니잖아. 게다가 나와 아멜리 씨는 이미 사신을 봤어."

"잘 가라, 바보들."

알프레드가 냉큼 작별 인사를 했다.

"형을 구해야겠단 생각은 1초도 안 드냐, 인마."

"마홀 신의 성역 안에서 소라리 신의 성역을 선포하자고? 차라리 해물파전집에서 피자를 주문하세요. 그러다 가게 주인한테 뺨 맞으면 신한테 얻어지는 것보단 덜 아플걸."

두 실프가 아옹다옹하는 동안 아멜리는 그림쟁이 사신을 가만히 지켜보고 있었다. 빛의 신 온다라의 분노를 사서 별빛밖에는 보지 못한다는 불쌍한 영혼, 그래서 눈에 뜨이는 자를 닥치는 대로 거두어 간다는 가차 없는 사신이라더니, 아직까진 아무에게도 손을 대지 않았다. 그저 주변만 빙글빙글 맴돌고 있다. 소문보다는 행동이 굼뜬 모양이었다.

"루카스 씨, 저건 사신이 영혼을 뺏어갈 때 하는 의식인가요?"

육신과 영혼의 연결고리를 베는 사신의 낫이 시원스레 휘둘러지지 못하고 자꾸만 움찔거렸다. 그제야 루카스도 사신의 묘한 동태에 관심을 기울였다.

"글쎄요, 그런 걸까요? 저도 그림쟁이 사신은 처음 본 터라 잘 모르겠군요."

"혹시 우리가 안 보여서 그런 걸까요? 그림쟁이 사신은 거의 장님이라고 들었어요."

"마홀 신의 성역에서는 아닐 겁니다. 여기는 시각을 포함한 오감이 큰 의미가 없는 공간이거든요."

"꼭 길 잃은 꿀벌 같아요."

아멜리와 루카스는 흡사 나팔꽃을 관찰하는 아이처럼 태평하게 사신의 움직임을 관찰했다. 그때 별안간 그림쟁이 사신이 사라지고 어둠이 감쪽같이 걷혔다. 세상이 원래대로 돌아왔다. 아멜리가 눈을 굴렸다.

여전히 허공에 뜬 알프레드가 보였고, 그녀의 귓가에 입술을 찰싹 붙이고 있는 루카스도 보였다.

"어⋯⋯."

"아⋯⋯."

아멜리와 루카스의 시선이 매우 근거리에서 마주쳤다. 루카스의 입술이 무언가를 말하려는 듯 달싹거리자 아멜리는 그와 맞닿은 귀부터 뱃속 깊은 곳까지 단숨에 몹시 간지러워 으응, 하고 묘한 신음소리를 흘리고 말았다.

"으악! 죄송합니다!"

뒤늦게 정신을 차린 루카스가 후다닥 아멜리에게서 떨어져 나갔다.

아멜리는 아직도 간질간질한 귀를 아프도록 주물럭거리며 민망함을 떨치려고 애썼고, 루카스는 불타는 고구마가 되어 시선을 발치로 떨어뜨렸다. 어색한 침묵만이 두 사람을 감쌌다.

"어이, 연애놀음 그만하고 저기 좀 보시지."

알프레드의 못마땅한 음성이 그들의 주의를 환기시켰다. 그제야 두 사람은 왜 갑자기 어둠이 물러났는지 알게 되었다. 먼지투성이가 되어 처참하게 바닥에 쓰러진 칸의 흉부를 한 발로 자근자근 짓밟고 있는 소년이 있었다. 햇빛을 받아 반짝거리는 기이할 정도로 깨끗한 은발.

"유르?"

유르도 마침 아멜리를 발견하여 반갑다는 듯 웃었다.

"사신의 놀이터 구경은 잘했느냐."

"왜 또 소년의 모습으로…… 아니, 그것보단 오늘 밤 늦게 돌아온다더니요?"

"그대가 위험에 처한 것 같아 서둘러 돌아왔다."

"제가 여기 있는지는 어떻게 알았어요?"

"글쎄, 어떻게? 마할족의 아이는 이미 알고 있겠지?"

칸은 대답하지 못했다. 폐가 짓누르는 압력에 터져나가기 직전이었다.

"널 본 기억이 난다. 마하리를 꼭 닮은 아이. 시조의 희생을 수포로 만들지 마라. 그는 오로지 벗어나고 싶어 했다. 고밀 신의 품을 떠나 마홀 신에 의탁한 것도 그런 까닭이었지. 그 과정에서 희생을 치러야 했고 너와 같은 아이들이 잔뜩 생겼다. 그 은혜를 잊을지언정 그 노력을 헛되이 해서는 안 된다. 그러니 아멜리를 탐하지 말거라."

"무슨 소리. 큭!"

"저주는 람탄도 아타라도 아닌 짐이 끝낼 것이다."

두둑. 뼈가 부러지는 소리와 함께 기어이 폐가 터졌다. 극심한 충격으로 칸의 눈동자가 위로 올라가기 직전 아멜리의 눈과 마주쳤다. 찰나간 번뜩인 기이한 열기 같은 것에 아멜리의 어깨가 흠칫 굳었다.

"주, 죽었어요?"

"죽이지 않았다."

"죽일 거여요?"

"네 뜻을 따르마."

저 위험한 짐승을 드디어 심판할 수 있는 기회가 왔다. 그런데 아멜리는 큰 감흥이 느껴지지 않고 도리어 착잡했다. 간만에 재회한 칸은 파샤에서 마지막으로 만났던 때와 변한 점이 하나도 없었다. 정말 이해할 수 없는 일이었다. 신분도 능력도 용모도 뭐 하나 빠지는 것이 없는 남자가 싫다는 여자를 왜 굳이 바다 너머의 땅까지 쫓아온 건지. 운명적인 사랑? 열정적인 구애? 물론 방금 의식을 잃기 직전 보인 칸의 눈빛에는 실로 지독한 집착이 어려 있었다. 그것을 열정이라 부를 수도 있을 것이다. 하지만 사랑은 아니다. 그것이 사랑이라면 어째서 그의 집착 너머에 텅 빈 무언가가 있을까. 그 공허는 너무나 깊고 넓어서, 아멜리는 설령 자신이 칸에게 진실로 사랑을 느끼더라도 그 자리가 메워질 거라고 도저히 믿을 수 없었다.

"그냥 내버려두셔요."

"이자라면 이까짓 부상은 금세 회복한다. 그래도 숨통을 끊지 않으려는 것이냐."

아멜리는 고개를 가로저었다. 그리고 정신을 잃은 칸의 곁에 다가가 그의 귓가에 속삭였다.

"죽으면 지금 이대로가 끝이어요. 하지만 살아 있다면 언젠가 변할 날이 올 수도 있겠죠. 언젠가 내게 진심으로 사과하고자 하는 날이 온다면, 말보다는 변한 모습을 보여줘요. 그럼 어쩌면 나도 당신을 용서할 마음이 들지도 몰라요."

쓸데없는 희망이고 바보 같은 기대일지 모른다고 생각하면서도 아멜리는 칸을 살려놓고자 했다.

칸 이전에도 불쾌한 사건은 있었다. 그때의 가해자는 이미 다시는 만날 수 없는 사람이 되었다. 안도는 하되 개운하지는 않았다.

사과를 받을 수 없고 복수도 할 수 없는 어정쩡한 종결. 이로 인해 잊고 싶은 기억은 트라우마라는 이름으로 박제되었을 뿐이었다. 그래서 아멜리는 이번에는 다른 시도를 하고 싶었다.

"돌아가자꾸나."

유르가 손을 내밀었다.

"아멜리 씨."

루카스가 걱정스럽게 이름을 불렀다. 아멜리는 걱정 말라는 듯 생긋 웃었다.

"도와줘서 고마웠어요."

아멜리를 안은 유르가 근방의 건물 지붕으로 뛰어오르더니 순식간에 멀어졌다.

"다음번에 만나면 꼭 식사 같이 해요, 아멜리 씨!"

그들의 속도가 너무 빨라 루카스는 과연 아멜리가 그의 목소리를 들었는지 확신할 수 없었다.

루카스가 아련하게 아멜리가 사라진 방향을 쳐다보고 있노라니, 어느새인가 땅으로 내려온 알프레드가 신경질적으로 옆구리를 퍽 찼다.

"설명 시작해."

"응?"

"내가 왜 이 꼴 이 난리를 겪게 된 건지 설명해보라고."

"날 구해줬어."

루카스의 회상하는 눈빛이 애틋해졌다.

"아까 그 여자가?"

"난 시장에서 악당을 만났다."

"웬 악당? 누가 대파라도 들고 덤비든?"

"악당이 악당인지도 모르고 깜빡 속아 넘어가려던 차에 아멜리 씨가 정의롭게 등장해 야무지게 날 지켜주더니, 보답도 바라지 않고 쿨하게 떠나더라. 진짜 멋있었어……."

"너 시장에서 대체 뭔 짓 하고 돌아다녔어?"

"마왕에게 잡혀간 공주들이 왜 꼭 구하러 온 기사랑 사랑에 빠지는지 이젠 백 번 이해하고도 남는다."

루카스가 알프레드의 말을 한 귀로 흘리며 제 말만 지껄였다.

"난 결심했다. 아멜리 씨와 날개옷을 교환할 거야."

루카스를 바라보는 알프레드의 시선은 세상에 또 없는 똥명청이를 보는 듯했다.

"인간에겐 날개옷이 없어."

"말이 그렇다는 거지. 인간식으로 표현하면, 아멜리 씨와 결혼하고 싶다는 거야."

알프레드가 고개를 절레절레 저었다.

"말세다. 실프가 인간과 맺어지겠다니."

"할아버지는 상관없다고 했어. 예전에 우리를 인간 여자랑 선보게 하려던 적도 있었잖아."

그 말에 무언가를 떠올린 알프레드가 고개를 번쩍 들었다.

"아, 맞다."

그리고 유르와 아멜리가 사라진 방향을 물끄러미 바라보았다. 물론 그곳에는 흘러가는 구름 조각 외엔 없었다.

"나 그 여자 본 적 있어."

"뭐라고? 아멜리 씨랑? 언제? 어디서?"

알프레드가 콧잔등을 긁적거렸다.

"음…… 아마 129년 전 라트샤에서?"

루카스가 노골적으로 실망한 기색을 드러냈다.

"정신 차려라, 알프레드. 아멜리 씨는 언데드가 아니잖아. 129년 전에 살아 있었을 리가 없어."

"아까 본 은발도 낯이 익어."

"본 적 있다고?"

"아니. 하지만 닮았어. 그 당시 목야에 자주 나타났던 몽유병 걸린 유령이랑."

"에어리 말하는 거야?"

쿨럭.

칸이 기침을 했다. 어느새 부상을 회복했는지 상체를 일으키려고 손바닥으로 땅을 더듬는 중이었다. 두 실프의 낯빛에 긴장감이 어렸다.

"일단 이 자리부터 벗어나는 편이 좋지 않을까."

그 말에는 루카스도 이견을 제시하지 않았다.

31
그 재상의 은밀한 사정

무단 외출에 대해 유르는 별말이 없었고, 소문도 퍼지지 않았
는지 수정궁은 잠잠했다. 아멜리의 일상은 아무 일도 없었던 듯
평소의 패턴을 되찾았다. 오전부터 오후까지 삼화의 수업을 받
고, 휴식시간에 케이티와 노닥거리다가 밤이면 찾아오는 유르
의 말상대를 했다. 그러나 아멜리는 불안해하고 있었다.

뒤늦게 게일과 칸이 마주칠 수 있는 가능성을 떠올린 까닭이
었다. 유르에게 칸을 끝장내라고 요청하지 않았던 결정이 후회
스러웠다. 만약 팜의 사고에서 무사한 게일이 아무것도 모른 채
젤윈을 돌아다니다가 칸과 마주친다면? 눈앞에서 아멜리를 놓
친 분노가 고스란히 게일에게로 전가되리라.

상상만 해도 끔찍했다.

"국화화원에 엄청 예쁜 신입이 들어왔어요."

케이티는 속도 모르고 쉴 새 없이 곁에서 종알거렸다.

"내년에는 삼화 중 한 명이 바뀔지도 모르겠다고 다들 떠들어 대고 있어요."

바뀌든가 말든가. 아멜리는 냉소적으로 생각했다. 오늘도 고 된 훈련 끝에 케이티의 부축을 받으며 터덜터덜 동백화원을 빠 져나가려는 참이었다. 화원의 여러 가지 소식을 주워 담던 케이 티가 갑자기 입을 다물었다. 평소 수업이 끝나면 바람같이 사라 지던 동백이 다시 돌아온 까닭이었다. 수업 때 입는 운동복을 벗어 던지고 드레스로 갈아입은 모습이었다. 동백이 선호하는 드레스는 국화나 수련처럼 치렁치렁한 드레스 가운이 아니라 신체에 적당히 달라붙어 활동적이면서 각선미를 극대화해주는 긴 허벅지 트임이 들어간 섹시한 디자인이었다.

"국화화원에 새로운 교육생이 들어와서 환영회를 연다고 합 니다. 국화가 아멜리님도 함께 초청하였습니다. 바로 가시면 됩 니다."

"지금이요?"

하루 종일 먼지와 땀을 뒤집어써서 꼴이 엉망이었다. 더구나 수업 막판에 동백이 덤벨 바를 들었다 내리기를 시킨 탓에 가만 히 있어도 손이 덜덜 떨리는 판국이었다.

"저는 아무래도 들어가서 쉬어야 할 것 같아요."

"오늘 수업이 별로 힘든 편은 아니었는데, 벌써 지치신 걸 보니 제 교육의 성과에 회의감이 드는군요. 다음부터는 아멜리님의 체력을 좀 더 강화할 수 있는 「스페셜 트레이닝 코스」를 짜도록 하겠습니다."

"피곤해서가 아니라 행색이 별로 좋지 못해서요."

"걱정 마십시오. 아무도 신경 안 씁니다."

서운한 소리를 아무렇지도 않게 하는 것이 동백의 스타일이었다.

"이리로 따라오시지요."

거듭된 권유를 거절하기는 힘들었다. 아멜리는 걱정스럽게 큰 눈알을 굴리는 케이티에게 웃으며 손을 흔들어준 뒤 가혹한 스쿼트로 감각이 둔해진 다리를 어기적어기적 옮기며 동백을 따라나섰다.

연회는 전에 황제가 열었던 것보다 한참 약식이었고, 참석자는 삼화와 삼화의 측근들뿐이었다. 평소처럼 예쁜 옷과 화장으로 한껏 꾸민 여자들이 막 운동을 끝내고 와서 찐득한 이마에 앞머리가 쩍쩍 달라붙어 있는 아멜리를 보며 키득거렸다. 아멜리가 부끄러움을 참다못해 연회 시중인이 준 물수건으로 얼굴을 빡빡 문질렀더니 동백화원의 여자들이 별 상스러운 것을 다 보겠다는 듯이 수군거렸다.

아멜리는 자신이 왜 이런 꼴을 한 채 반강제로 끌려온 건지 깨달았다.

'씹고 뜯을 안주가 필요했구나.'

순수한 호의의 초대가 아닌 줄 알았다면 동백이 눈을 부라리든 말든 따라오지 않았을 것. 하지만 이제 와서 자리를 뜨기엔 명분이 없었고, 동백에게 한 소리 하기에는 너무 피곤했다. 남들이 씹고 뜯든 말든 그저 쏜살같이 다과회가 끝나 자신의 방으로 돌아가기만을 바랐다.

"여러분, 우리 국화화원의 신입 교육생을 소개합니다."

기운 없이 고개를 든 아멜리가 일순 숨을 멈추었다. 다른 여자들도 마찬가지였다.

풍성한 긴 머리를 늘어뜨린 신입생은 지독하다 싶을 정도의 미인이었다. 동그란 두상과 완벽하게 대칭적인 이목구비, 머리 끝부터 발끝까지 군살이라고는 없으면서 물 흐르는 듯한 곡선을 가졌다.

눈빛은 깊고 분위기는 고혹적이면서 사람들 앞에 나서는 태도는 당당했다. 기존 집단에 새로 합류하는 사람 특유의 어색함이나 긴장은 보이지 않았고, 오히려 자신의 존재감으로 좌중을 압도하는 일을 즐기는 듯했다.

신입 교육생이 보석이 박힌 금팔찌를 짤랑거리며 허리 숙여 인사를 했다.

"모르간이라고 해요. 선배님들 잘 부탁합니다."

짙은 마스카라에 감싸인 녹색 눈이 아멜리와 마주치자 천연 덕스럽게 눈웃음을 쳤다. 아멜리는 꿈을 꾸는 것처럼 멍해졌다. 다른 여자들도 경탄을 금치 못했다. 특히 늘 포커페이스를 유지하던 수련조차 넋을 잃은 채 모르간을 바라보았다.

환영회에 무슨 음식이 나왔는지 술맛은 어땠는지 사람들은 무엇에 관해 대화했는지 아멜리는 하나도 기억하지 못했다.

"아멜리님이 황제 폐하의 예비 후궁이라고요! 후후, 앞으로 친해져야겠어요."

모르간이 몇 번인가 자신의 이름을 언급한 것은 어렴풋이 기억났다.

환영회가 파하고 나서는 모르간에게 따로 말도 못 붙이고 시중인에게 떠밀려 별궁까지 돌아왔다. 보는 눈이 많아 하는 수 없었다. 그래도 다음번 국화의 수업 때 기회가 생길 것이었다. 아멜리는 초조하게 나흘 뒤의 수업날을 기다리려 했다. 그런데 모르간의 행동력은 아멜리의 상상을 뛰어넘었다.

유르도 제 방으로 돌아간 깊은 새벽, 모르간을 만난 충격에 선잠에 들었던 아멜리는 부스럭 소리에 잠에서 깼다. 창틀을 타넘고 있던 모르간이 손을 흔들었다.

"안녕, 아멜리. 못 보는 동안 출세했네?"

매일 보던 사람처럼 여상스러운 인사였다.

환영회 때의 아름다운 가발은 벗어버렸는지 원래의 짧은 회색머리로 돌아와 있었고, 치렁치렁한 드레스 대신 움직이기 편한 무채색 평복을 입고 있었다.

아멜리의 입이 떡 벌어졌다가 다시 딱 하고 다물렸다. 소란을 피우면 별궁을 지키는 병사들이 눈치챌지도 몰랐다. 아멜리는 목소리를 죽여 물었다.

"어떻게 된 거야? 난 너와 게일님 그리고 다른 사람들 모두 큰 사고가 난 줄로만 알았어. 게일님은 어디 계셔? 슬론 소장님이랑, 예쉬데르 씨는? 무녀님이랑 제임스님도 무사해? 국화화원의 교육생은 또 무슨 소리고?"

"진정해, 아멜리. 숨은 쉬면서 말해야지."

태연하게 아멜리의 침대에 올라앉은 모르간이 방을 휘휘 둘러보았다.

"방 좋다. 후궁은 이런 데 사는구나?"

"아직 후궁이 된 건 아냐."

"설마 한밤중에 황제가 불쑥 찾아오진 않겠지?"

"웬만해선 안 그럴 거야. 내가 싫어하는 걸 아니까."

"아주 꽉 잡고 사네. 아무렴 그래야지."

"모르간…… . 지금 일부러 그러는 거지?"

낄낄거리던 모르간이 그제야 킹스그레이브가 무너지고 난 뒤에 벌어진 일을 설명하기 시작했다.

모르간이 의식을 되찾았을 때 예쉬데르의 소환수 아리크부카가 모두를 돌에 갈리지 않게 보호해주고 있었다. 슬론과 게일은 모르간보다 한발 먼저 깨어난 참이었다.

원무녀 클로이와 홀리 가디언 제임스도 다친 곳 하나 없이 무사했다. 모두가 멀쩡했기 때문에 문제는 어떻게 다시 지상으로 올라가느냐였는데, 다행히 킹스그레이브의 붕괴가 팜 내까지 뒤흔들었는지 금방 사람들이 몰려왔다. 구조작업이 진행되었고, 그 과정에서 마법사들의 아지트가 적나라하게 노출되었다.

팜의 친구들은 팜의 온천이 고갈되어가던 이유가 마법사의 소행이었다는 것을 알게 되자마자 몹시 분개했다. 동시에 마법사를 저지해준 영웅들에게 보은을 하고 싶어 했다. 마침 그들에겐 범죄자를 색출해내는 마구 「플라잉 저스티스」가 있었고, 「플라잉 저스티스」를 개발한 우수한 마법사와 인맥이 있었다. 추적 마법이 전공인 그 마법사는 기꺼이 아멜리의 흔적을 추적해주었고 그 결과가 수정궁이었다.

이후 슬론이 개별적으로 수소문한 결과 최근 수정궁에 황제가 어떤 여인을 들여 곧 후궁으로 삼을 예정이라는 정보를 입수할 수 있었다. 그것이 아멜리일 거라 짐작한 모르간은, 「팜의 친구들」 인맥을 통해 화원 교육후보생 수시 접수를 통과했다. 교육후보생이 교육생으로 선발되려면 황궁에서 나온 화원 담당 관리에게 평가를 받아, 평가보고서가 황제의 승인을 받아야 했다.

모르간의 압도적인 미모에 홀딱 반한 화원 담당 관리는 평가보고서를 온갖 미사여구로 도배했고, 승인이 떨어지기까진 2주도 걸리지 않았다.

"다들 무사한 거로구나. 정말 다행이다!"

일행의 소식을 듣고 난 아멜리는 사무치는 안도감에 가슴을 쓸어내렸다. 무엇보다 게일이 다친 데 없이 무사하고 이미 수정궁 지척에 와 있다는 소식이 가장 기뻤다.

"게일님은 지금 어디 계셔?"

"이미 윈 렐람에 와 있어. 슬론, 예쉬데르랑 같이 있지. 무녀랑 제임스는 자기네 신전에 급한 사건이 터져서 돌아갔어. 참, 무녀가 너더러 나중에 한번 찾아오래. 꼭."

"왜?"

"글쎄. 맛있는 거라도 사주려나?"

모르간이 아멜리의 어깨를 토닥거렸다.

"맘고생 좀 했지?"

"당연하지. 다들 큰일이 난 줄 알고 얼마나 동동거렸는데."

"게일도 그랬어."

그 말을 듣자 아멜리는 울컥하여 눈가가 붉어졌다.

"네가 후궁이 되었다는 소식에 펄펄 뛰더니, 내가 화원에 잠입해서 아멜리랑 접선하겠다고 하니 자기가 직접 들어가겠다고 난동을 피우는 걸 말리느라 정말. 미친놈이지. 그 덩치, 그 몸매로 여장은 무슨."

"응? 여장?"

"황제의 안구를 테러하려는 불순분자로 잡혀가기 싫으면 닥치고 찌그러져 있으랬는데도 말을 안 들어서 게일이 드레스로 갈아입는 사이 슬론이 머리통을 후려갈겨서 겨우 진정시켰어."

모르간이 피곤하다는 듯 앞머리를 쓸어 넘겼다.

"……게일님 무사하신 거 맞지?"

"안타깝게도, 그래. 나는 인간 몸이 그렇게 튼튼할 필요가 있을까 싶다. 아참, 그치가 너한테 전해달라는 말이 있었어."

"나, 나한테?"

아멜리는 까닭 없이 입안이 바짝 마르기 시작했다. 가슴은 이미 두방망이질 치고 있었다.

"그게 뭐냐면……."

모르간의 운 떼는 속도가 감질나게 느렸다. 아멜리가 참지 못하고 채근했다.

"뭐라서? 뭔데 그래?"

"칸한테 개기던 깡으로 잘 버티고 있으라던데. 칸이 누구야?"

아멜리가 어정쩡하게 하하 웃었다. 육감이 발달한 사내 아니랄까 봐, 언급하는 타이밍이 귀신같았다. 바로 며칠 전 칸과 재회하여 또 죽을 고비를 넘겼던 참이 아닌가.

"나도 게일님에게 전하고 싶은 말이 있어. 혹시 밖으로 전달

가능하니?"

"응. 여기 수정궁을 둘러싼 수정장벽 말이야. 마법이나 물리적인 공격은 철통같이 막아낸다던데 사람이나 동물의 평범한 왕래에 대해선 별로 영향력이 없더라고. 웃기지 않아?"

모르간이 늘 옷 안에 걸고 다니는 손가락 길이의 피리를 불자, 잠시 후 창가로 비둘기 한 마리가 날아들었다. 모르간이 비둘기에게 모이를 주는 동안 아멜리가 메모지에 짧은 글을 써 내렸다.

『게일님. 윈 델람에 칸이 와 있어요. 저는 걱정 마시고 부디 몸조심하셔요. 곧 만나요. —아멜리』

모르간이 아멜리의 글 쓰는 모습을 보고 칭찬했다.

"많이 늘었는데?"

"요즘 그럴 일이 좀 있었단다."

아멜리의 미소는 씁쓸하기 짝이 없었다. 글선생인 수련은 국화나 동백과 같이 매를 들지는 않았다. 하지만 숙제를 해 오지 못하거나 가르친 대로 바로 외우거나 따라 하지 못하면 경멸 어린 눈초리가 따라붙었다. 아마 수련화원의 연못에 사는 장구벌레도 그보다 관대한 시선을 받으리라.

삼화에게 밉보인 건 어쩔 수 없는 일이었지만 적어도 사람답게 미움을 받자는 생각에 아멜리는 이를 악물고 수련의 수업을 쫓아가야 했다.

아멜리가 곱게 접어 건넨 쪽지를 모르간이 전서구 다리에 달고 하늘로 다시 날려 보냈다.

"그런데 모르간. 왜 하필 국화화원으로 들어왔니?"

"동백은 엄격하고 수련은 예민하니까, 국화가 그나마 만만했잖아."

"설마 삼화와 아는 사이야?"

"전혀."

"그런데 삼화 성격을 어찌 알았니?"

"나도 일단은 젤원 백성이니까 알지. 뭐. 관심은 없지만."

케이티의 말대로 삼화가 유명인사이긴 한 모양이었다.

"너는 어쩌다 수정궁에 들어온 거야?"

"그게 얘기하자면 복잡해."

"아니, 잠깐. 먼저 뭐 하나 물어봐도 돼?"

모르간이 사뭇 진지하게 아멜리의 양어깨를 붙들었다.

"너 정체가 뭐야?"

"뭐?"

"고향이 어디야? 부모님은 어디 계셔?"

"발번이라는 마을이고 부모님은 내가 어릴 때 멧돼지에 받혀 돌아가셨어. 근데 느닷없이 왜 그런 걸 묻니?"

"팜에서 네가 죽었다 살아난 걸 기억해?"

"그야 죽을 고비를 넘겼지. 유르 말로는 땅이 갈라져서 그 밑으로 떨어질 뻔했다니까."

"아니, 그 일이 있기 전에 파란 머리 마법사가 널 산 채로 뜯어 먹었던 일 말이야."

"뭐?"

"피가 콸콸 흐르고, 넌 분명히 숨이 끊어졌어. 그런데 네가 흘린 피가 마법사를 공격하고 마법사가 죽자 네가 다시 살아났다고."

아멜리가 어색하게 웃었다.

"무슨 그런 끔찍한 농담을 하니?"

"아멜리. 난 알고 싶어. 너에 대해서 알아야 해. 원래 태어날 때부터 그런 체질이었어? 혹시 가족 중에도 비슷한 사람이 있었던 거야? 만약 후천적으로 변한 거라면 무슨 계기가 있었던 거야?"

그 순간 아멜리의 뇌리에는 너무나도 자연스럽게 빛나는 풀의 동굴이 떠올랐다. 자신의 신체에 일어난 모든 기이한 변화의 시발점. 아멜리가 고개를 흔들었다.

"넌 믿지 않을 거야."

"믿어. 무조건 믿을게."

녹색 눈은 평소의 장난기를 벗어던졌다. 그 안에는 바람 한 점 안 부는 차분한 대양이 있었고 단지 어떤 주기적인 열정이 파도를 치고 있었다. 그건 어떤 격렬한 갈망이 참을성을 발휘하고 있는 모습이었다. 그것을 알아차린 순간 아멜리는 고백에 대한 강한 충동을 느꼈다.

그런데 모르간은 과연 믿을 수 있는 인물인가?

무케스산에서는 목숨을 구해준 은인의 지갑을 갖고 달아났다. 스토니스에서 재회했을 때는 뻔뻔하게도 반성의 기미를 보이지 않았다. 일부러 아멜리로 특정한 건 아니었지만 결과적으로 모르간을 대신하는 미끼가 되어 사악한 마법사에게 납치당하고 죽을 뻔하기도 했다.

하지만 툴이라는 마법사를 보내 미라 숲에서 구해주기도 했고, 지난 과오를 갚고자 맨튼에서 탕진한 게일의 재산을 되찾아주기도 했다. 여행 중에는 글선생이 되어주기도 했고 마법이나 젤윈에 대해 유용한 지식을 전수해주기도 했다. 무엇보다 바로 지금, 인맥을 이용하고 신분을 탈바꿈하여 화원까지 들어와 주었다.

'나를 구하기 위해서? 하지만 모르간이 날 위해 그렇게까지 해야 하는 이유가 있을까?'

아멜리는 이해할 수 없었다. 모르간의 순수한 인도주의 정신이라기엔 전적이 너무 화려한 것이었다.

"넌 왜 날 구하러 온 거니?"

목숨 걸고 구하러 와준 사람에게 목적이 뭐냐고 묻는 일은 퍽 파렴치하게 느껴졌지만 아멜리는 묻지 않을 수 없었다.

"네게 질문을 하기 위해서."

"방금 내게 한 질문? 왜 그게 네게 중요한 건데?"

모르간은 잠시 입을 다물었다가 한참 만에 신중하게 입을 열었다.

"난 예전에 너와 같은 체질의 사람을 본 적이 있어."

아멜리는 깜짝 놀랐다. 같은 체질이라니, 설마 그녀 외에 「빛나는 풀」을 먹었던 사람이 또 있었단 말인가?

"정말? 그 사람 지금 어디 있는데?"

"몰라. 나도 찾고 있어."

김이 새는 것은 한순간이었다. 아멜리는 맥이 빠졌다. 어쩌면 모르간이 말한 사람이 이 이상한 체질을 해결할 방법을 알지도 모르는데.

"하지만 너를 통해 그 사람의 소재를 알아낼 수 있을지도 몰라. 그래서 난 네 얘기를 들어야 해."

구하러 와준 모르간의 동기가 전적으로 순수한 것 같지는 않지만, 목숨을 걸었다는 사실 자체에는 거짓이 있을 수 없었다. 어떤 목적이든 모르간의 용기와 노력 자체에도 속임수가 있을 수 없었다.

'모르간은 강해. 목적을 위해 망설임 없이 황궁까지도 잠입할 만큼 두려움이 없어. 그런데 그 목적이 바로 내 이야기라면 내가 어떤 이야기를 들려주더라도 받아들이지 않을까?'

생각해보니 어쩌면 모르간은 최초의 사람이었다. 「파샤 산골에서 올라온 촌뜨기 아가씨」라는 어설픈 자기소개 이면에 숨겨진 어떠한 이야기를 감지하고, 직접적으로 질문을 던진 최초의 사람. 그건 칸이나 게일조차도 하지 못했던 일이었다. 어쩌면 모르간은 감당할 수 있을지도 모른다. 아무도 믿지 않을 거라고 생각해서, 혹은 설령 믿어준대도 괴물 취급을 당할까 봐 두려워 단 한 번도 타인에게 말하지 못한 아멜리 자신의 기가 막힌 사연을.

"모르간, 난 사실 파샤 사람이 아니야."

아멜리가 제 어깨에 올려진 모르간의 손등을 감싸 쥐며 말했다.

"내가 태어난 곳은 「라트샤」였어."

이야기는 약초꾼이 되기로 결심했던 그 어느 날로부터 시작되었다.

※

수정궁 공무관의 당직실. 깊은 밤 안경을 낀 남자가 작은 램프 빛 아래에서 서류를 작성하고 있었다. 젤윈의 샛별이라 불리는 젊은 재상 데일스포드였다. 쉴 새 없이 흔들리던 펜의 그림자가 문득 멈추었다. 고개를 드니 어느새인가 검은 복면의 사내가 당직실 안에 들어와 책상 앞에 부복하고 있었다.

데일스포드는 놀란 기색도 없이 입을 열었다.

"알아보았느냐."

"태율과 낯선 사내는 점심식사를 한 뒤 헤어져 계속 떨어져 행동을 했습니다."

"어떤 자이냐."

"나이는 40대 초반쯤이고, 용모는 단정한 편입니다. 짧은 금발에 갈색 눈, 키는 180 언저리입니다. 태사와 만났을 때는 최고급 옷감을 사용한 무채색 정장을 입고 있었습니다. 손가락에 붉은 보석이 박힌 반지를 꼈는데 결혼 예물인지 단지 액세서리인지는 파악되지 않았습니다. 목소리를 들을 수 있을 정도로 가까이 접근은 하지 못했습니다. 그러나 두 사람에게 식사를 가져다준 식당 종업원의 말에 의하면 파샤 억양을 썼다고 합니다. 또 종업원에게 인상적이었던 점은 그자가 전혀 식사에 손을 대지 않은 것이었습니다. 물론 배고프지 않았던 것일 수도 있습니다만, 때가 한창 점심이었기에 제게도 다소 부자연스러워 보이긴 했습니다."

"두 사람의 분위기는?"

"태사가 대화를 주도했고 낯선 남자는 듣는 편이었는데, 딱히 태사에게 아부를 떨거나 주눅이 든 태도는 아니었습니다."

"배경도 파악했나?"

"예. 파샤 울란항에서 출항한 배를 타고 열흘 전 도착했다고 합니다. 현재는 윈 델람 외곽의 고급 여관을 통째로 빌려 묵고 있습니다. 수행원은 단 한 명인데, 무사 타입은 아니고 마법사일 가능성이 높습니다."

"경호 마법사 단 한 명을 대동하고 파샤에서 건너온 자······ 알겠다. 앞으로도 그의 행보를 주목하고 수상한 점이 있으면 즉각 보고해라."

"예, 그리고······."

"무엇이 또 남았나."

"이건 태사와 관련 없을지도 모르겠습니다만, 며칠 전 용병 길드 근방에서 무사와 마법사 두 명이 싸우는 것이 신고되었습니다. 싸움 때문에 용병 길드 건물이 거의 붕괴되었는데 당사자 세 명 모두 현재 행방이 묘연합니다."

"용병들끼리 길거리에서 다투는 건 흔한 일이지. 그런 분쟁은 치안유지대에게 맡겨라."

"그런데 한 가지 신경 쓰이는 점이 있습니다. 당시 전투가 격렬하여 근방에 있던 사람들은 모두 먼 곳으로 대피하였는데, 마지막으로 그 세 명의 모습을 확인한 사람의 진술에 따르면 무사쪽은 파샤의 수프림나이트 칸 렉시온 메이슨의 인상착의와 매우 흡사합니다."

"이번 수프림나이트라면 로열나이트 소속일 텐데. 파샤 국왕이 정찰을 위해 로열나이트를 이쪽으로 파견하는 건 종종 있는 일이다."

"그렇기는 합니다만."

"네 뜻이 무언지는 안다. 타이밍이 수상하다는 거겠지. 마침 태율이 정체불명의 파샤인과 회동을 가진 참이니, 파샤인들끼리 어떤 연관성이 있을 수도 있겠군."

데일스포드는 잠시 고민했다.

"1조는 그대로 태율이 만난 금발의 남자에게 붙어 있고, 2조는 칸 메이슨을 찾아보아라. 단 2조에게 무리하지 말라고 전해라. 칸 메이슨이 젤원에 온 목적 정도만 알아내도 충분하다. 전처럼 생포를 하려고 덤비다가 또 전멸이라도 당하면 요즘 같은 시국엔 특히 곤란한 일이다."

"존명."

검은 그림자는 날렵한 산짐승처럼 창문을 빠져나갔다.

데일스포드는 작성 중이던 서류로 시선을 늘어뜨렸다. 황제를 대신해 후궁 품계를 내리기 위한 교지를 만드는 중이었다. 새삼 자신에 대한 황제의 업무 의존도가 심각하게 느껴졌다. 마치 공문서 알레르기라도 있는 사람처럼 서류에 관해서는 뭐든지 친히 등용한 재상에게 떠넘겨버렸다. 그건 있을 수 없는 일이라며 팔짝팔짝 뛰던 신참내기 관리 시절도 있었는데, 세월이 흐르니 황제의 반복되는 기행에 점점 무뎌져서 이제는 당연한 자신의 업무가 되고 말았다.

아멜리 발번.

서류 마지막에 후궁이 될 자의 이름을 적어 넣고서 데일스포드는 머리를 짚었다.

"왜 이제 와서 늦바람이신지."

후궁은 괜찮다. 배경 없는 후궁은 정치에 별 영향력을 주지 못하고, 일신의 부귀영화를 위해 황제를 즐겁게 하는 데만 전념할 테니까. 다만 후궁을 들임으로써 지금까지 아슬아슬하게 균형을 유지해오던 세력 간의 긴장도가 흐트러질 것이다. 여색을 탐하지 않고 후사 보는 일에도 흥미가 없는 건 늘 그렇듯이 황제의 기행이라 어쩔 수 없다고 둘러대던 핑계는 통하지 않는다. 황후 간택에 대한 압박이 거세어지리라.

옥쇄를 든 채 완성된 교지를 내려다보던 재상은 한참 고민하다가 결국 도로 옥쇄를 내려놓았다.

"아직은 때가 아니다. 먼저 「그 일」부터 해결하지 않으면……."

꿎

아멜리의 사연을 모두 듣고 난 모르간은 꽤 오랜 시간 침묵했다. 혼자 낀 팔짱에서 빠져나온 손가락이 규칙적으로 팔뚝을 톡톡 두드리고 있지 않았다면 잠이 들었다고 오해할 법도 했다.

"파샤, 가야겠네."

모르간의 첫마디에 아멜리의 귀를 쫑긋했다.

"칸이고 나발이고 그딴 놈이 중요한 게 아니야. 네 몸에 엄청난 변화가 일어났고 그 원인에 대한 실마리가 파샤에 있는 거잖아. 그럼 무조건 돌아가야지."

"사실 윈 델람에 있는 테이온 대신전에 찾아가려고 해. 용하다는 치료사제가 있다니까 진찰을 받으면 혹시 왜 이렇게 됐는지 알 수 있을까 하고."

"그러지 마."

"왜?"

"신전 녀석들은 꽉 막힌 치들이라, 네가 특이한 체질이라는 걸 알게 되면 네겐 인권 따윈 없는 것처럼 굴걸."

"클로이 무녀님과 제임스 사제님도 내가 죽었다 살아나는 장면을 목격했다지 않니? 그분들은 아무 말씀 없으셨는걸."

"그래서 그치들이 수상하다는 거야. 소심한 사제 쪽이야 원무녀 눈치 보느라 입 다물고 있던 거 같은데 꼬맹이 무녀 쪽은……. 너에 대한 계시를 신탁으로 받은 게 아니라면 침묵은 부자연스러워. 어쩌면 널 마하트 대신전으로 부른 이유가 거기 있을지도 모르겠네."

아멜리는 곤혹스럽게 미간을 좁혔다.

테이온 대신전에서 용한 치료사제에게 진찰을 받는 것, 마하트 대신전로 찾아가 원무녀를 만나는 것, 그리고 칸의 위협을 무릅쓰고 파샤로 돌아가는 것. 이 셋 중 어떤 선택지가 과연 옳을까?

"뭘 고민해. 파샤로 가야 한다니까. 왜 네가 불사신이 됐는지, 어떻게 세월을 뛰어넘었는지 따위 의문을 풀려면 네가 말한 그 동굴, 분명히 거기에 실마리가 있을 거야. 빛나는 풀이란 것도 궁금하고, 거기 있던 백골도 마음에 걸려. 네가 말한 책이 손으로 직접 쓴 것이라 했지? 백골의 신원에 대한 내용이 있을지도 몰라."

"나도 그렇게 생각하긴 했는데……. 그 당시 지진이 꽤 심했어. 난 구사일생으로 빠져나왔지만 나머지는 다 흙 속에 파묻혔을 거야. 가봐야 아무것도 발견 못 할지도 몰라."

"발굴해야지."

모르간은 한 치의 동요도 없이 단호했다.

"십 년이 걸리든 이십 년이 걸리든 상관 안 해."

"음……. 사실 거기 있던 책이라면 거의 다 외우고 있긴 해."

"12권을 다?"

"마지막 권은 빼고. 엄청 따분했고 시간은 많았거든."

"그거 참 놀랍네. 원래 역마어를 알았어?"

"네가 알려주기 전까지는 마어가 뭔지도 몰랐는걸. 그냥 그림이라고 생각하고 따라 그리기를 하면서 외웠어. 동굴 밖에 나와서 내용을 까먹을까 봐 필사도 했는데 팜에서 그 사고를 겪으면서 아무래도 분실한 것 같네. 그래도 또 쓰면 되니까."

대수롭지 않다는 투에 모르간이 살짝 놀랐다.

"원본도 없이 다시 필사할 수 있단 말이야?"

"나 기억력이 그렇게 좋은 편은 아닌데 이상하게도 그 책의 문자만큼은 안 잊어. 마치 뇌에 새겨 놓은 것처럼 말이야. 이것도 그 빛나는 풀 때문은 아닐까 싶긴 한데."

"이유야 어쨌든 아주 잘됐어! 당장 시작해. 클라우스나 툴에게 맡기면 역마어 필사본을 해석해줄 거야."

"그건 문제없어. 그런데 지금은 수정궁을 빠져나가는 일이 급선무이지 않을까?"

모르간이 자신만만하게 웃었다.

"탈출 작전은 나한테 맡겨."

"무슨 생각이 있어?"

아멜리가 기대에 차서 물었다.

"원래는 일단 들어와서 널 데리고 빠져나가기만 하면 될 줄 알았는데, 황제가 아무래도 너한테 추적마법 비슷한 걸 걸어놓은 듯하니 막무가내로 탈출해선 안 되겠어. 그러니까 「방출」당해야지."

"유르가 내보내주기를 기다릴 거란 말이야? 그런 일은 절대로 일어나지 않아. 그 사람은 성격이 느긋한 듯하면서도 빈틈이 없으니까. 한번 마음먹은 건 절대로 꺾지 않을걸."

"유르라는 인간은 의지가 단호할지 몰라도 황제는 또 다르지."

"뭐?"

"아멜리. 여기가 어디라고 했지?"

"수정궁, 이지?"

"그래. 수정궁. 궁궐이란 곳에는 자고로 눈에 보이지 않는 힘이 존재하는 법이지. 그 힘이 우리를 수정궁 밖으로 떠밀어버리도록 만들면 돼."

아멜리는 점점 의아한 표정을 지었다.

"너는 외국인이니까 잘 모르겠지만 젤윈의 조정에는 삼공이라 불리는 3대 세력이 있어. 호구와 전토, 세납, 재화, 관리 등용과 관련된 업무를 담당하는 재상(宰相) 데일스포드. 국방을 담당하는 대장군(大將軍) 엘레노어. 사법과 치안을 담당하는 태율(太律) 로렌스. 그리고 이 세 명을 위시한 삼대 세력이 있지. 데일스포드를 따르는 건 소위 개혁파라고 부르는 신진관리들. 엘레노어를 따르는 건 유서 깊은 귀족 관리층. 로렌스를 따르는 건 최근 국내외 교역으로 큰 부를 축적한 상인 계층과 결탁한 해안지방 관리들이야."

관리들이 자신의 수정궁 탈출과 무슨 관련이 있을까 싶으면서도 아멜리는 열심히 고개를 주억거렸다.

"현재 독보적인 권력은 황제의 신임을 한 몸에 받고 있는 데 일스포드에게 있지만, 그의 한계는 패권에 대한 야심이 없다는 점이야. 그에 비하면 엘레노아와 로렌스는 피라냐 같은 것들이지. 하지만 유리스 2세는 두 관리들에게 별로 관심이 없어. 기황이라고 반놀림을 받고 있긴 하지만 호락호락한 자도 아니라서 구워삶기도 힘드니, 그들은 현 황제의 다음 대로 목표를 옮겼어."

 "차기 황제 말이야?"

 "응. 문제는 현 황제가 재위 12년째 후사가 없다는 거지. 딸이든 아들이든 뭐라도 낳아줘야 지지를 할 거 아니야. 따라서 현 시점의 두 세력의 최대 과제는 황후 책봉이야."

 "하긴 혼인을 해야 아이를 보니까."

 "그런데 간택령은 내릴 기미가 없고, 황제는 기행만 일삼으며 밖으로 나돌고 하니 엘레노어와 로렌스는 각자가 미는 황후 후보를 화원에 집어넣었어. 그게 동백과 국화야."

 "어마, 이상한데. 나는 삼화가 백성 사이의 인기로 정해지는 거라고 들었어."

 "정확히는 미인도 판매 순위와 거리행진 때 받는 꽃의 양."

 "맞아. 그러니까 아주 공정하게……."

 "재력만 뒷받침하면 간단히 조작할 수 있잖아? 알바를 고용해 꽃을 무더기로 투척한다든가, 몰래 미인도 사재기를 한다든가."

아멜리는 가볍게 뒤통수를 얻어맞은 듯 놀란 눈을 했다.

"조작이라고? 그치만 삼화는 무척 인기가 많다고 너도 그랬잖니."

"인기가 많긴 많아. 하지만 인과관계는 모르는 거지. 인기가 많아서 삼화가 된 게 아니라, 삼화가 됐기 때문에 인기가 많을 수도 있는 거 아냐?"

"신빙성 있는 얘기야?"

"대장군은 몰라도 태율과 국화가 그런 뒷공작을 펼쳤다는 건 확실해."

말하자면 대백성 사기란 말이었다. 아멜리는 머리가 띵했다.

'세상에 사기꾼이 왜 이렇게 많지? 원래 이게 정상인가? 내가 이상한 거야?'

맨튼에서 게일이 사기도박에 당하는 걸 봤고 무케스산에선 모르간에게 직접 뒤통수를 맞았으며, 스토니스에서는 슬론의 거짓사연에 수월하게 속아 넘어간 과거가 있는 데다 삼화의 뒷사정까지 듣고 나니 세상이란 영 못 믿을 것이었다. 아멜리의 공황은 내버려두고 모르간이 설명을 이어갔다.

"국화 줄리아는 태율파가 적극 추천했고, 동백 델라이라는 대장군의 조카야. 두 여자가 젊고 예쁜 건 사실이니 화원을 빌미로 수정궁에 들어가 황제 근처에서 얼쩡대다 보면 간택될 수도 있다고 봤겠지."

"수련은?"

"수련 아일린은 평민 출신인 데다 배경도 딱히 없어. 그 여자야말로 진짜 인기로 뽑힌 삼화라고 볼 수 있지."

"하아, 역시 수련은 대단한 사람이었구나."

"뭐 그래봤자 동백과 국화는 수련을 신경도 안 쓸걸. 둘이서만 으르렁대기에 바쁘지. 이런 구도를 잘 이용하면「황제가 총애하는 후궁」을 궁 밖으로 쫓아낼 수 있을지도 몰라."

아멜리는 순수하게 감탄했다.

"모르간은 정말 모르는 게 없네."

"화원에 들어오기 전에 예습 좀 했지. 사실 알아내기 별로 어렵지도 않았어. 삼화에 관한 가십은 저잣거리에 널리 퍼져 있어. 동백과 국화가 황후 자리를 두고 신경전을 벌이고 있다는 사실까지도 말이야."

"정말 의외야. 궁 안이란 좀 더 철저히 비밀을 유지하는 곳일 줄 알았는데."

"의도하고 퍼뜨리는 감이 없잖아 있지. 사람들 입에 자주 오르내릴수록 존재감은 커지는데, 그거야말로 화원 안에서는 막강한 권력이 되니까 말이야. 그런 사정 때문에 삼화의 미인도를 파는 그림 가게 앞에 가면 이번에 동백이랑 국화랑 싸웠네, 왜 싸웠네, 둘이 누가 더 비싼 옷을 입었네, 누구한테 황제가 더 말을 자주 거네 등 하찮은 이야기에 열을 올리는 사람들이 한둘이 아니란다."

"정말 놀랍구나. 이런 얘기, 유르는 알고 있을까."

화원을 만든 사람은 황제인 유르였다. 어쩌면 이런 부작용을 모르고 있지 않을까 염려스러워 중얼거린 것이었는데 모르간이 묘한 미소 속에서 흥 하니 코웃음을 쳤다.

"그 여우."

"여우?"

"모를 리가 있겠어? 젤원 정치판의 실세는 데일스포드라고 착각들 하지만 이 판을 애초에 짜놓은 건 바로 황제란다."

"그래?"

「그렇게 일 안 하고 뺀질거리다가 재상한테 잔소리 듣는 인물이?」라는 뒷말은 유르의 명예를 위해 생략해주었다.

"판을 짜고 나서는 정무를 등한시하고 밖에서 기행을 일삼으며 은근슬쩍 자기만 빠져나왔어. 연못가에 서서 재상과 대장군과 태율이라는 커다란 잉어들이 떡밥을 두고 엎치락뒤치락하는 꼴을 구경이나 하려는 거지."

"왜 황제가 신하들의 싸움을 구경하려고 하니? 신하들 간에 사이가 나쁘면 윗사람이 피곤해지는 거 아냐?"

"세력이 비등비등한 신하들 간에 신경전이 치열하면 황권은 도리어 강화돼. 황제가 누구 편을 들어주느냐에 따라 판세가 획획 바뀔 테니까, 다들 황제 눈치를 볼 수밖에 없잖아."

아멜리가 감탄의 의미로 고개를 주억거렸다.

"그건 말이 되는구나."

"화원도 마찬가지야. 처음 생길 땐 황제의 흔한 기행 중 하나인 줄 알았지. 이제는 하다하다 주지육림에 빠지려고 한다고 다들 욕하기 바빴어. 하지만 정작 주지육림에 빠진 쪽은 백성 아니겠니. 황제의 충신인 데일스포드도 그것만큼은 불만이 많을 거야. 사회에 변화가 필요할 때마다 삼화의 자극적인 가십이 터져 사람들의 관심을 뺏어버리니, 개혁파인 그에겐 도무지 도움이 안 되는 현상이지."

"화원은 백성에 귀감이 될 만한 우수한 여성을 양성하기 위한 고등교육기관이라고 들었어. 유르도 좋은 뜻으로 한 일인데 그게 변질이 됐나 봐."

은근히 황제의 편을 드는 아멜리의 머리를 모르간이 귀엽다는 듯이 쓰다듬었다.

"정말 그런 거라면 선발 기준에 「미모」가 들어갈 필요가 있을까?"

순진하다고 놀림 당하는 것 같았지만 아멜리도 수긍할 수밖에 없었다.

삼화를 비롯해 화원의 어떤 사람도 인물이 못난 여자는 없었다. 처음에는 황제의 하렘으로 착각했을 정도로 미모의 젊은 여성만이 가득했던 것이다.

"관리들과 삼화의 관계는 알겠어. 그럼 난 동백과 국화에게 더욱더 미움을 받아야겠구나. 「쫓겨나기 위해서」 말이야."

"유감이지만 그 두 세력은 널 쫓아내지 못해. 동백과 국화는 황후가 되고 싶어 하잖아."

"그러니까 내가 눈엣가시인 거 아니니?"

"후후, 이러니저러니 해도 최종적으로 황후를 받아들이는 건 황제 야. 그런데 그 황제가 총애하는 후궁을 내쫓으면서까지 군이 밉보이 고 싶겠어? 그랬다간 라이벌만 손 안 대고 코 푸는 격이 될 텐데."

"정치란 어렵네."

"어렵지, 어렵고말고. 그러니까 데일스포드를 공략하자."

정치란 어렵다면서 모르간은 너무나 태연하게 조정 최고의 권력자이자 젤원의 최고 행정가를 구워삶자는 말을 뻔뻔스레 내뱉었다.

"그 사람은 딱히 황후로 미는 인물도 없고, 애초에 그런 식으 로 정치권력을 강화하는 행위를 혐오해."

아멜리는 재상의 얼굴을 머릿속에 떠올렸다. 무려 황제에게 잔소리하던 꼬장꼬장한 성정으로 보나 검소한 차림새로 보나 과연 추한 권력다툼을 벌일 인물로는 보이지 않았다. 하지만 과 연 모르간의 표현대로 「공략」당해줄 만한 인물일까?

"과연 재상님이 날 도와주려 할까?"

"무작정 자선을 기대할 순 없지. 거래를 하는 거야. 우린 그가 원하는 것을 들어주고, 그는 우리가 원하는 것을 들어주는 거래."

"재상님이 원하는 것?"

더욱더 어려웠다. 돈도 권력도 심지어 여자도 탐하지 않을 듯한 깐깐한 사람인데 그런 사람이 원하는 게 대체 무엇일까? 끙끙거리며 고민하는 아멜리 옆에 벌렁 드러누운 모르간이 모로 턱을 괴었다.

"소문이 사실이라서 너한테 질투를 느껴준다면 제일 편하고 간단할 텐데."

"소문이라니?"

"황제와 재상이 연인이라는 설이 있어."

아멜리는 잠시 제 귀를 의심했다. 귀를 후비적후비적 해봐도 별로 헛것을 들은 것 같지는 않았다.

"유르는 남자이고 재상님도 남자인데 둘이 연인이라는 건, 그……?"

"어라, 여기 누가 말해주지 않디? 젤윈의 황제가 여태 독신인 이유에 관한 세 가지 설. 첫째, 게이라서. 둘째, 고자라서. 셋째, 변태라서. 너는 셋 중 뭐인 거 같아?"

모르간이 심드렁하게 물었다.

"……."

아멜리는 차고 넘치려는 말을 삼키고 말았다.

다음 날 모르간은 당장 작전의 첫 단계를 실행했다 데일스포드과 접선하기란 결코 어렵지 않았다. 유르가 아멜리와 오래 노닥거리느라 회의에 나타나지 않으면 데일스포드가 직접 데리러 왔다. 재상 외에는 감히 황제를 오라 가라 할 수 있는 간을 가진 자가 없기 때문이었다.

'그치만 모르간의 얘기를 듣고 보니 수상해. 설마 질투가 나서 매번 직접⋯⋯?'

언제나 그랬듯 점잖게 짜증을 부리는 데일스포드를 보며 아멜리가 의혹에 짙은 눈빛을 했다. 데일스는 아멜리의 시선을 무시하려다 결국 떨떠름하게 물었다.

"제 얼굴에 뭐가 묻었습니까?"

"아, 그러고 보니 여기 안경 밑에 눈썹이⋯⋯."

아멜리가 소매 끝으로 데일스포드의 뺨에 떨어진 그의 눈썹을 쓱 닦아 치웠다. 데일스포드가 불에 덴 것처럼 놀라 후다닥 뒤로 물러났다. 그는 어색하게 아멜리의 시선을 피하며 감사를 표했다.

"감사합니다. 다음부터는 말로 알려주시면 더 감사하겠습니다."

아멜리의 의혹은 더욱더 짙어졌다.

'여자와의 접촉을 질색하네. 이 반응은 역시······?'

남의 성적 취향이야 어찌되었든 아멜리는 모르간이 시킨 일을 해야 했다. 유르가 먼저 방을 나가고 뒤를 따라가는 데일스포드의 소맷자락을 움켜쥐고 당겼다.

"어마, 여기 소매가 뜯어졌어요."

놀란 데일스포드가 뒤돌아보았을 때 아멜리는 그의 손에 살짝 속이 빈 쿠키 하나를 쥐여주었다. 순간 데일스포드가 뭐라 형용하기 어려운 낯선 표정을 지었다. 물구나무서기로 거리를 활보하는 행인을 보더라도 나오기 힘든 그런 표정이었다.

"업무를 보다가 당이 떨어질 수도 있을 것 같아서요."

데일스포드는 뭐라고 말하려다, 휙휙 앞서 나가는 황제와의 거리가 너무 멀어진 것을 깨닫고 허둥지둥 쫓아갔다. 그 뒷모습을 보며 아멜리는 두 손을 모아 작전이 성공하기를 기원했다. 만약 성공한다면 수시간, 늦어도 하루 이틀 내로 데일스포드가 아멜리를 찾아올 것이라고 모르간은 자신했다. 그리고 모르간의 말은 마치 예언처럼 실현되었다.

"뭡니까, 이건."

다음 날 아침 일찍 데일스포드의 독대를 받아들인 아멜리의 낯빛은 더없이 밝았다. 대조적으로 데일스포드는 어디서 구정물이라도 한 바가지 뒤집어쓰고 온 듯 표정이 흐렸다.

"다행이다! 꼭꼭 씹어 드셨군요. 혹시라도 꿀꺽 삼켜버리면 어쩌나 걱정했어요."

"뭐가 다행입니까. 남을 성희롱해놓고!"

데일스포드가 꽉꽉 억누른 목소리로 으르렁거렸다. 부서진 쿠키 안에서 나온 돌돌 말린 쪽지를 쥐고 있었다. 아멜리가 고개를 갸웃거렸다.

"성희롱이요?"

아멜리는 데일스포드의 손에서 쪽지를 건네받아 그동안 눈에 제법 익숙해진 젤윈 황문을 더듬더듬 짚어가며 읽었다.

"젤윈 재산, 아니 재상의 속옷, 색깔은 흰색이다……?"

소리 내어 읽은 사람은 얼굴이, 귀로 들은 사람은 귀가 동시에 빨개졌다. 본의 아니게 언어 추행을 저지른 아멜리가 거의 울상을 지으며 변명했다.

"전 내용을 결단코 몰랐어요. 그저 은밀하게 만나자는 제안인 줄로만 알았는데! 아, 아니 모르간 앤 왜 이런 문구를……."

"그런 문구가 아니었다면 바쁘신 재상님이 조용히 우릴 만나러 와주셨겠어?"

침실에서 문을 열고 모르간이 나타났다. 데일스포드의 눈이 가늘어졌다.

"당신은 국화화원에 새로 들어온 자로군요."

"어라, 날 알아?"

"화원에 사람이 들고 나는 것 정도는 황궁 관리 업무의 일환으로 보고받고 있습니다."

"과연. 총애를 다투는 라이벌들은 모두 체크하고 있다는 건가."

맥락 없는 중얼거림의 이미를 모르고 넘어가기에 재상은 지나치게 명석했다.

"낭설을 입에 담는 일은 삼가주십시오. 어인 일로 절 보자 하신지 모르겠지만 방법이 틀렸습니다. 그 말을 해주고 싶었을 뿐이니, 이만 돌아가겠습니다."

데일스포드가 뒤돌아섰다. 모르간이 그가 들으란 듯이 또박또박 큰소리로 말했다.

"저 문구 현수막으로 제작해서 이 앞에 크게 걸어놓을까?"

"그런 근거 없고 질 낮은 비방 따위 아무도 안 믿을 겁니다."

"오늘 데일스포드가 입은 속옷은 밤새 한 땀 한 땀 직접 기운 하얀색 팬티다, 어때?"

문가로 다가가던 데일스포드의 움직임이 마법처럼 정지했다. 천천히 돌아보는 재상의 얼굴은 마치 귀신이라도 본 듯 새하얀 경악에 질려 있었다.

"어떻게 그걸?"

모르간은 더없이 득의양양했다.

"완벽하게 논리에 근거한 추리올시다, 후후. 당신의 청렴결백한 성격으로 미루어보아 화려한 색깔 팬티가 있을 것 같지는 않아.

시장에서 가장 값싼 면 속옷을 구매해 입을 가능성이 높은데 시장 면 속옷 중 가장 흔한 색깔은 흰색! 현재 입고 있는 관복의 소매와 팔꿈치에 여러 번 덧댄 흔적이 역력한 걸로 보아 망가진 옷을 버리기보단 최대한 수선해 입는 성격! 하지만 초가집에 홀로 살면서 부엌일 봐주는 사람조차 쓰지 않는다고 소문난 청백리가 속옷 수선을 해줄 사람을 부릴 리는 없음! 낮에는 입궁해서 업무 처리하느라 바쁘니 밤에 집에 가서 직접 처리하겠지. 그 증거로, 당신 엄지에 난 그 반지 자국! 커플 반지나 약혼반지를 끼기에는 위치가 이상하고 헤진 옷이나 입고 다니는 총각이니 패션을 위한 액세서리는 더더욱 아니겠지. 고로 「골무」라는 결론이 간단히 나오는군. 아침까지 자국이 남은 걸 보면 간밤에 꽤 오래 끼고 있던 것 같은데, 바느질 솜씨가 형편없는 게 아니라면 헤진 속옷이 한둘이 아닌가 봐?"

모르간의 화려한 추리극이 진행되는 동안 하얗게 질린 데일스포드를 따라 실내 공기도 영하로 내려갔다. 상황을 지켜보던 아멜리가 마른침을 꿀꺽 삼켰다.

'모르간, 무서운 아이…….'

이윽고 데일스포드의 꾹 다물린 입에서 잘근잘근 씹은 듯한 목소리가 흘러나왔다.

"머리는 좋은 것 같은데 그 재능을 변질된 분야에서 개화시킨 것이 참 안타깝군요. 그래, 제 사생활을 인질 삼아 도대체 무슨 협박을 하고 싶은 겁니까."

"우리 손잡읍시다."

"당신 같으면 남의 속옷 사정을 천 리 밖에서 꿰뚫고 있는 수상한 변태와 손을 잡고 싶겠습니까?"

그 변태와 같은 편인 아멜리는 생각했다.

'절대로 싫지.'

물론 모르간은 개의치 않았다.

"단도직입적으로 물을게요. 얘 마음에 안 들죠?"

아멜리의 놀란 눈을 피하며 데일스포드가 반박했다.

"항간에 떠도는 유언비어 때문에 또 헛소리를 하려는 거라면……."

"그거 말고. 얘 때문에 요새 재상님이 그려놓은 큰 그림이 꽤 얼룩덜룩해지지 않았어요?"

"도통 무슨 소리인지 모르겠군요."

"아멜리가 진짜 후궁이 되면 이제 황후를 간택해라 하고 수정궁 앞에서 북 치고 장구 칠 사람들이 한둘이 아닐 텐데. 그중 무시하기 힘든 사람은 대장군과 태율 정도에 불과하지만 재상님은 어느 쪽도 손들어주기 곤란한 입장이잖아."

돌연 데일스포드가 뒤돌아 방 밖의 복도를 둘러보고, 창문 밖을 두리번거려 아무도 없음을 확인한 뒤 대답했다.

"말하고자 하는 바가 뭡니까."

"바쁜 사람인 거 아니까 단도직입적으로 말할게. 아멜리 좀 궁 밖으로 내보내줘. 가능하면 안전하고, 후환 없게."

"아멜리님은 폐하께서 데려오신 사람입니다. 그런 분을 제멋대로 내보내라는 말씀이십니까."

"잘 생각해봐. 누이 좋고 매부 좋은 얘기야. 아멜리가 사라지면 후궁 얘기는 여느 때와 다름없이 황제의 변덕이었다고 하면 되고, 그럼 황후 간택 논란도 없을 거고, 젤원의 차기 황제가 될 후계자는 당신이 원하는 때에 원하는 인물로 선정하면 돼."

모르간의 여유로운 미소와 달리, 데일스포드의 눈빛은 무섭도록 날카로워졌다.

"그 계획을 어떻게 알았느냐는 표정이네. 머리가 있으면 누구든 짐작 가능하지. 세상에 12년이나 자의적으로 후계자를 만들지 않는 왕이 어디 있어. 신체적이든 정신적이든 아니면 외부의 원인 때문이든 후사를 보기 힘든 문제가 있는 거겠지. 그렇다고 황위를 지금 황제가 천년만년 유지할 수도 없으니 언젠가 권력 짱짱맨이신 우리 재상님이 황실 가계도를 뒤져 대장군이나 태율에게 좌지우지되지 않을 적당한 인물을 물색하시겠지?"

"확실히…… 평범한 속옷 색깔 추리범은 아니로군요."

"추리범이라니. 속옷 색깔 추리가 언제부터 불법이었지?"

"사회적으로 바람직한 행위가 아닌 점은 확실합니다."

데일스포드가 마른 눈가를 문지르다 작게 한숨을 내쉬었다.

"밤을 새운 터라 피곤하군요. 나중에 다시 얘기합시다."

32

떡밥은 뿌려지고 물고기는 달려든다

수련은 아멜리가 열심히 필기한 젤원 범어를 훑어보며 칭찬했다.

"숙제를 잘해 오셨군요. 아멜리님은 암기력과 집중력이 우수하세요."

"칭찬 고마워요."

초반의 예민하고 까칠한 태도와 비교하면 최근 수련의 분위기는 상당히 너그러웠다.

"이쯤 되면 젤원 범어까지는 다 뗐다고 볼 수 있으니 황문으로 넘어갈 때가 왔어요. 황문은 범어만큼의 실용성은 없지만, 그래도 익히지 않으면 「이쪽 세계」 인간으로 인정받지 못해요.

그런 의미에서 지금까지 배운 문자보다 훨씬 중요하다고 할 수 있어요."

국화의 수업이 가르침을 빙자한 「갈굼」이고 동백의 수업이 「굴림」이라고 한다면 사실 수련의 수업이 본연의 목적에 가장 충실했다.

'같은 평민 출신이라서 잘 봐주고 있는 걸까?'

분위기가 좋은 김에 아멜리는 평소 수련에게 묻고 싶었던 말을 꺼냈다.

"수련님은 화원 생활이 마음에 드셔요?"

"그게 지금 이 수업에 관련 있는 질문인가요?"

"그냥 궁금해서요. 수정궁 안의 질서는 엄격하잖아요. 신분이 높고 낮은 사람들이 한자리에 모여 있어서 그들을 대하는 법에도 차이를 둬야 하고 스스로도 언행에 조심을 해야 하고요. 또 외출이 가능하다고 해도 민가에 살 때만큼 자유로운 것도 아니고요. 화원에 거의 십 년 가까이 계셨다던데, 답답하지는 않아요?"

"아멜리님. 젤원의 평민들은 어떤 교육을 받고 사는지 아세요?"

"파샤처럼 1년간 학당에 다니지요?"

"네. 1년간 학당. 그 1년이 지나면 대부분의 사람들은 두 번 다시 교육의 기회를 갖지 못해요."

"학당 외의 교육기관이 없어서요?"

"연서관이나 대학당 같은 교육기관은 있어요. 다만 그런 곳에 가서 비싼 학비를 지불하며「한가하게」공부를 할 바에는 농장이나 시장에 나가 생계비를 버는 편이 낫다고 여기는 사람이 부지기수예요. 그런 의미에서 향학열이 있는 평민에게는 이 화원과 같은 낙원도 없어요. 생활비, 교육비, 품위유지비가 전부 제공됨은 물론 수정궁에 보관된 약 10만 권의 장서를 열람 가능하고, 젤원에 없는 분야를 공부하고 싶으면 황제의 이름으로 타국 학자를 초청할 수도 있어요. 고리타분한 법도 몇 개가 마음에 안 든다고 뛰쳐나가고 싶을 리가 없지요."

"수련님은 굉장히 공부가 하고 싶었군요."

"배우고자 하는 인간은 좋아해요. 또 인간은 누구나 배우고자 하는 욕구가 있다고 믿기도 하고요. 내게 지식을 묻는 자가 있다면 기꺼이 내가 아는 모든 것을 알려줄 거예요."

왜 그렇게까지? 아멜리는 순수한 마음으로 어리둥절했다. 분명히 문자를 익히는 일은 편리했다. 의사소통에 직접적인 도움이 되니까. 하지만 아멜리의 경우 수련과 같이 깊은 지식에 대한 탐구열은 없었다.

고향 발번에서는 대부분 까막눈이어도, 백과사전 같은 지식이 없어도 그럭저럭 살아갔다. 단지 먹고 살기 위해서는 지식이 필수가 아닌 것이다. 그렇다면 수련이 보이는 이 인상적인 열정과 집착은 무엇일까.

"배운다는 것에 무슨 의미가 있나요?"

"당장은 아니더라도, 언젠가 지식과 정보가 외모, 돈, 신체적 조건보다 더 큰 「힘」을 가지는 시대가 반드시 와요. 하지만 그게 제가 원하는 세상의 모습은 아니에요. 제가 바라는 시대는 좀 더 나중에 찾아올 겁니다."

"수련님이 원하는 시대가 뭔지 물어봐도 될까요?"

수련은 대답 전에 잠시 뜸을 들였다. 창밖의 하늘은 구름 한 점 없이 푸르렀다.

연못의 수면은 잔잔했다.

평화로운 날이었다. 아무 일도 일어난 적 없는 것처럼, 일어나지 않을 것처럼. 그러나 전조 없이 물고기 한 마리가 수면 위로 튀어 올랐고 그로부터 시작된 파동이 온 연못 전체에 퍼져 나갔다.

수련은 못의 물결이 잔잔해질 때까지 기다렸다가, 고개를 돌렸다. 어떠한 의도도 없는 순수한 눈빛이 수련의 대답을 기다리고 있었다.

수련은 원래 별로 진지하게 호응해줄 작정이 아니었지만 퍽 유쾌해진 기분에 멋대로 입이 열렸다.

"진리가 구원이 되는 시대입니다."

아멜리는 수련의 말을 입안에서 따라 했다.

'진리가 구원이 되는 시대.'

하지만 여전히 그 말의 의미를 정확하게 이해하기란 어려웠다.

❧

아멜리가 수련과 선담(仙談)을 나누는 동안 모르간은 국화화원에서 느긋한 시간을 보내고 있었다.

"뭔가 재미있는 일이라도 꾸미고 있는 거지?"

작은 새처럼 귀여운 얼굴을 한 미인이 곰방대를 물면서 경쾌하게 물었다. 모르간이 보석 장식이 달린 겉옷을 벗어 던지고 소매 없는 옷만을 남겨둔 채 시원하게 기지개를 폈다.

"알아서 뭐하게, 「국화」님?"

"조직의 명이 있으니 국화화원에 들어오도록 손은 써줬지만 영 수상해."

"말했잖아. 정치판에 끼러 온 게 아니라니까."

"그래. 넌 예전부터 이런 일엔 영 흥미가 없었지. 아무튼 조심해. 특히 내게 불똥 튈 일은 삼가는 게 좋을 거야. 수정왕좌가 내 목전에 있단 말이지."

"빈민굴 거지 소녀가 출세했네. 각설이패를 불러 한바탕 잔치를 열어야겠어."

국화가 씨익 웃으면서 담뱃대의 재를 톡톡 털었다.

담뱃재가 국화 곁에 무릎을 꿇고 앉은 예쁘장한 소녀의 정수리 위로 떨어지자 억눌린 신음소리가 유난히 고요한 방 안을 채웠다.

이미 소녀의 정수리에는 둥그렇게 탈모가 온 자리가 있었고 그 자리의 두피는 오래된 화상처럼 붉게 얽혀 있었다. 그 자국을 흘겨보는 국화의 눈길에는 일말의 동정심도 없었다.

"여전히 혼자 깨끗한 척. 로렌스가 다 말해줬거든. 너 원래는 「붉은 거리」 출신이라며?"

후, 하얀 연기가 허공에 길게 내뿜어졌다.

"부모가 노름빚 대신에 팔았다고 들었는데 정확히 몇 살이었지? 열 살? 열한 살? 그 나이에 바로 머리를 올리진 못했을 거고 첫 장사는 입이었겠네?"

"나도 로렌스에게 들었어. 네 처음은 본의 아니게 뒤였다지? 온몸의 악취가 십 리 밖까지 진동할 정도로 끔찍했으니 상대방이 앞과 뒤를 헷갈릴 법도 하지."

빠직, 곰방대에 금이 갔지만 국화의 표정에는 변화가 없었다.

"경고하건대 날 거슬리게 하지 않는 게 좋을 거야. 국화화원은 나의 작은 왕궁이란다. 날 이곳으로 밀어 넣은 것은 로렌스였지만 국화로서 장악한 건 오로지 내 공이야. 그러니까 날 예전처럼 「캣닙」 취급하면 곤란해."

"그래서 출세했다고 칭찬해줬잖아. 뭐가 문제야?"

국화가 대꾸 없이 권태롭게 연기를 들이마셨다가 내뱉었다.

"금붕어 똥처럼 달고 다니던 슬론은 어디 됐어?"

"글쎄."

"지명수배자 그레이의 연구실을 털고, 스토니스에서는 치안유지대를 건드렸다며? 왜 그런 짓을 했지?"

"왜긴 왜야. 좀도둑질하다 일이 꼬인 거지."

"그 이후에는 수정궁까지 들어왔잖아. 행보가 심히 수상하단 말이야. 모르간, 솔직하지 않으면 나중에 클라우스의 몸에다 물어볼 거야. 그 병약한 친구가 견뎌낼 수 있겠어?"

"클라우스는 내가 지금 수정궁에 있다는 사실도 모르는데. 시간낭비가 취미면 그리하든가."

국화의 잔혹한 미소가 소리 없이 깊어졌다.

"그 여자는?"

"그 여자라니."

"아멜리 말이야. 둘이 무슨 관계야?"

모르간이 자리에서 일어나 국화의 곰방대를 빼앗아 들더니, 한 모금을 길게 빤 뒤 국화의 면전에 훅 내뿜었다.

"내가 너한테 모든 일을 보고할 서열은 아닌데."

국화는 눈썹 하나 까닥하지 않고 빈손을 흔들거렸다.

"국화화원에서 나랑 정답게 지내고 싶지 않아?"

"……."

"빨리."

국화의 재촉에 모르간이 짧게 한숨을 쉬며 곰방대를 휙 던졌다. 국화가 허공에서 받아 다시 입에 물었다.

"그레이 때문에 얽힌 인연이야. 그놈이 멍청하게 나와 아멜리를 착각하는 바람에 나 대신 아멜리가 쫓기고 있거든. 스토니스에서 대강 처리하긴 했지만 아직 놈의 시신을 확인 못 했어. 만약 살아 있다면 아멜리를 또 노리겠지."

"그래서 아멜리를 궁 밖에 풀어놓고 미끼 노릇을 시키시겠다?"

"마무리는 확실한 게 좋잖아."

"어렵게 할 필요 있나? 윗선에 능력이 좀 되는 자를 파견해달라고 요청하지? 아이어턴의 직속 수하쯤이라면 그런 마법사 따위 간단히 처리해줄 텐데."

모르간이 별 농담을 다 듣겠다는 듯이 낮게 웃었다.

"마스터스 리그에 목숨 빚을 지라고? 차라리 맨튼 뒷골목에서 7부 이자로 사채를 끌어 쓰는 편이 살기 편하지."

"형제들을 너무 못 믿는군."

"그러는 너는 날 믿어?"

쿡쿡거리던 국화가 「재떨이」를 향해 손을 휘휘 저었다. 소녀는 제 머리 위의 담뱃재가 날려 카페트를 더럽히지 않도록 천천히 국화의 침실을 빠져나갔다.

"너, 성석비라고 알아?"

국화의 질문에 모르간이 창밖을 손가락으로 가리켰다.

"저거?"

국화화원 너머로 이층 누각 높이에 달하는 웅장한 비석의 머리가 보였다.

"젤윈 사람이면 누가 몰라."

"흐흥, 젤윈 사람 아니더라도 우리 건국황제 윈이 저 비석을 세우면서 인간이 주도하는 「성석의 시대」가 시작되었다는 얘기는 유명하지. 하지만 성석비에 관해서는 일반 젤윈 사람도 모르는 얘기가 있어. 수정궁 내에 떠도는 괴담 같은 얘기인데, 저 성석비에 변고가 생기면 황제가 죽고 젤윈이 망한대."

"유치하군."

모르간이 괴담에 대해 건조한 감상을 내놓았다.

"나도 그렇게 생각했어. 하지만 화원에 지내는 세월이 길어지니 생각이 좀 바뀌더라. 여기서 보낸 세월이 벌써 5년이지만 단 한 번도 저 성석비에 다가가본 적이 없어. 성석비 정원을 둘러싼 수정담의 문이 늘 잠겨 있거든."

"무슨 소리야. 삼화는 성석비 정원으로 통하는 열쇠를 갖고 있다고 들었어."

"그건 맞아. 잠금장치를 푸는 방법이 좀 까다로워서 그래."

"열쇠가 있어도 까다롭다고?"

국화가 곰방대 재를 털며 가볍게 고개를 까닥였다.

"성석비 정원의 열쇠는 단순히 문을 여는 용도가 아니라 수정담에 걸린 보안장치를 해제하기 위한 것이기도 해. 황실 대대로 내려오는 거고, 수정장벽, 수정담과 같은 소재로 만들어졌어. 특이한 소재와 열쇠에 걸린 마법 때문에 복사는 불가능해."

"보안장치라면?"

"어떤 종류인진 몰라. 알려준 사람도 없고 내 눈으로 작동하는 모습을 본 적도 없으니까."

"그동안 시도해본 사람도 하나 없단 말이로군."

"여긴 수정궁 한가운데고, 저건 금이나 옥으로 만든 게 아니라 그냥 돌비석이잖아. 누가 목숨까지 걸어가며 접근하려 하겠어? 사실 겨우 그런 것의 경비를 삼엄하게 하는 쪽이 수상하지."

열쇠 관리자의 말투에는 귀찮음이 잔뜩 묻어났다.

"어쨌든 수정열쇠는 네 말대로 우리 삼화가 관리하는데 한 사람당 세 벌씩, 도합 아홉 벌이 존재해."

"한 사람당 세벌? 두 개는 여벌인가?"

"아니, 세 벌은 종류가 달라. 일단 기본적으로 1번 열쇠, 2번 열쇠, 3번 열쇠가 한 세트야. 잠금장치를 푸는 열쇠구멍도 총 세 개거든. 출입문 쪽에 붙어 있는 건 아니고, 국화화원과 맞닿은 수정담에 하나, 동백화원과 맞닿은 쪽에 하나, 그리고 수련화원과 맞닿은 수정담에 하나가 있어. 황제의 명에 따라 문을 열 필요가 생기면 각 화원의 관리자가 자기 구역의 열쇠구멍에 열쇠를 넣도록 되어 있는 거지."

"동백화원은 1번 열쇠, 국화화원은 2번 열쇠, 수련화원은 3번 열쇠 뭐 그런 거야?"

"그렇게 구역마다 번호가 고정되어 있으면 관리자 한 사람이 1, 2, 3번 열쇠를 전부 써서 혼자서도 정원 문을 열어버릴 수 있잖아."

"아아, 하긴. 작정하면 다른 화원에 잠입해 열쇠를 사용하는 건 일도 아닐 테지."

"안타깝게도 내 화원의 열쇠구멍에는 내가 가진 세트의 열쇠들만 먹히고, 다른 화원도 그 화원의 관리자가 가진 열쇠로만 먹혀. 또 잠금장치를 풀려면 번호가 다른 열쇠가 하나씩만 꽂혀야 한다는 조건이 있어. 각 열쇠가 잠금장치와 연결된 수정담의 보안장치 세 개를 하나씩 해제하도록 말이야."

"세 종류 열쇠가 세 열쇠구멍에 동시에 다 들어가 있어야 중앙문이 열리거나 하는 구조란 말이지?"

"대충 그래."

모르간이 큰 감흥 없이 감탄했다.

"설마 했는데 정말 무슨 유적지 미궁 같은 장치네."

"성석비와 수정담은 초대황제 때부터 있었으니까 그 당시

유행이었던 게 아닐까."

국화는 침대 밑의 금고상자를 열고 손바닥 크기의 작은 상자 셋을 꺼냈다. 하나씩 상자뚜껑을 열자수정으로 깎아 만든 열쇠가 나타났다. 모르간이 팔짱을 낀 채로 열쇠를 빤히 응시했다.

"서로 종류가 다른 열쇠라며?"

"맞아."

"얘네들 완전히 똑같은 열쇠 같은데."

"겉보기엔 그래도 확실히 열쇠 하나당 하나의 잠금장치만 풀 수 있다고 해. 시도해본 적 없으니 모르지만 설마 황제가 뻥을 치겠니."

"이미 조사해봤겠지?"

"물론. 로렌스가 마법사에게 의뢰해봤지만 성석의 시대 이전에 존재한 고대마법 종류라는 얘기 외엔 아무 소득도 없었어."

모르간은 다시 한 번 열쇠들의 모양을 찬찬히 뜯어보았다. 역시 티끌만 한 차이라도 발견할 수 없었다.

"이렇게 모양이 똑같아서야 명색이 관리자라도 헷갈리기 십상이겠는걸. 번호라도 써놓든가, 낙서가 안 되면 명찰이라도 달지그래?"

"그렇게 명백한 구분표를 누구 좋으라고 달아."

국화가 코웃음을 쳤다.

"난 나만의 방법으로 열쇠를 구분하고 있어. 이리 와봐."

국화가 모르간에게 각 상자들의 냄새를 맡게 했다. 진하지는 않지만 첫 번째 상자에서는 알싸한 박하 향이, 두 번째 상자에서는 달콤한 꽃향기가, 세 번째 상자에서는 구수한 곡물 향이 났다.

"향기로 구분하는 건가. 확실히 본인이 아니면 번호를 식별하기 어렵겠네. 하지만 몰라도 별 상관없을 거 같은데."

"뭐?"

"만일 나라면 아홉 벌 전부 훔쳐서 하나씩 꽂아보겠어. 열쇠가 다 똑같이 생겨서 어떤 종류인지 전혀 모르더라도 열쇠 세 개가 열쇠구멍 3개에 꽂히는 경우의 수는 고작 6이야. 혼자 일을 벌이려면 좀 바쁘겠지만 세 사람이 있으면 작업은 금방 끝나. 순서를 미리 합의해놓고 한 번씩 다 테스트해보면 5분이나 걸릴까."

국화가 호오, 하고 감탄했다.

"역시 잔머리 대마왕이로군. 하지만 똑같은 열쇠가 두 개 이상 꽂히면 3개의 보안장치가 전부 다시 작동되고, 열쇠구멍에서 열쇠도 빠지지 않는데?"

"그럼 망하는 거지."

모르간이 가볍게 어깨를 으쓱였다. 국화가 곡물 향이 나는 열쇠 상자의 뚜껑을 닫고 모르간에게 던졌다.

"그게 1번이야."

"그런데?"

모르간이 어리둥절하게 되물었다.

"빌려줄게. 2번과 3번 열쇠는 수련과 동백을 설득해봐."

"내가 뭐하러?"

"말했잖아. 괴담이 전부 진짜는 아니더라도 이런 묘한 보안장치가 단지 역사적 가치가 높은 국보를 보호하기 위한 것일 리가 있겠어? 성석비가 파괴되면 무슨 일이 생기긴 생긴다는 데 내 황후 자리를 걸 수도 있어. 너도 신입 화원 교육생 한 명과 예비 후궁의 실종 따위는 파리 날갯짓 수준으로 하찮게 여기질 법한 큰 소동이 벌어지길 기대해봐."

"황후가 되고 싶다더니 젤원이 진짜로 망하면 어쩌려고?"

국화가 비웃음을 입가에 걸쳤다.

"이렇게 큰 나라가 하루아침에 멸망하지는 않아. 그렇다면 난 젤원이 난세를 겪으면 겪을수록 환영이야. 황후가 된 내가 그 어떤 짓을 하든「황실 수호」라는 명분을 붙이기 수월할 테니까."

"역시 대단하신 분이시네."

모르간이 건조하게 손뼉을 쳤다.

"황후가 되면 역사서에 이름 하나는 확실히 남기시겠어. 별로 좋은 의미는 아니겠지만. 이만하면 진작에 성석비를 때려 부수고도 남았을 심보 같은데 여태 가만히 있던 게 신기하군."

"열쇠 번호를 맞추려면 다른 두 명과 합의를 봐야 해."

"그런데?"

"한 명은 싸가지가 없고 또 한 명은 밥맛이야."

"너……. 너 자신에 대해 전혀 모르는구나."

모르간의 새삼스러운 눈길에 국화는 무슨 소리냐는 듯 어깨를 으쓱거릴 뿐이었다.

❧

동이 트기 직전의 새벽. 오늘도 어김없이 당직실에서 야근 중인 젤윈의 재상 데일스포드는 문득 창문을 작게 두드리는 소리를 눈치챘다.

밤바람을 막기 위해 굳게 닫힌 창문의 커튼을 젖히자, 웬 회색 머리의 여자 하나가 손을 흔들었다. 당직실은 3층 높이였다. 데일스포드는 순간 휘청하다가 곧 창틀을 짚고 일어났다. 뻔뻔스럽게 웃는 얼굴이 눈에 익지 않았다면 그대로 심장마비를 겪고 말았을 터였다.

데일스포드가 창문을 열어주자 모르간의 신형이 날렵하게 방 안으로 미끄러져 들어왔다.

데일스포드는 진심 어린 짜증을 냈다.

"이게 무슨 짓입니까."

"사식 가져 왔는데."

"누가 부탁했습니까?"

"재상님의 두 어깨는 젤원의 미래를 짊어지고 있지. 선량한 젤원 백성으로서 격려를 해주고 싶달까. 자, 멸치쿠키야."

"멸치쿠키란 것도 있습니까?"

"화를 잘 내는 성격에겐 멸치가 좋다더라. 내가 구웠어."

모르간이 쿠키 포장을 풀자 시커멓게 탄 잿덩이 비슷한 것이 나타났다. 데일스포드가 엄숙한 표정으로 야단쳤다.

"음식 가지고 장난치면 안 됩니다."

"진지하게 구운 건데. 쿠키 굽는 건 태어나서 처음 해봤는데 생각보다 어렵더라."

쓰레기통에 포장지째 석탄 쿠키를 처넣으려던 데일스포드가 멈칫했다.

"……."

"뭐라 해야 할지 모르겠다는 표정이네. 이왕이면 구워줘서 고맙다고 해줬으면 좋겠어."

"그게 아니라, 어떤 환경에서 자랐길래 그 나이 되도록 자기 손으로 쿠키도 안 구워봤나 하고 놀라워서……."

"재상님은 요리 잘해?"

"필요한 만큼 기본적인 건 합니다."

"무려 재상이나 되면서 시중인 하나 없이 초가집에 혼자 산다는 소문이 있던데 진짜야?"

"제 한 몸 건사하는 데 남의 도움까지는 필요 없습니다……가 아니라 제가 왜 이런 이야기를 이 새벽에 당신에게 해야 합니까? 누가 보면 오해할까 두려우니 어서 돌아가십시오."

"에헤이. 몰래 찾아오느라 힘들었는데 바로 내쫓으면 섭섭하지."

모르간은 아예 당직실 구석의 빈 의자 하나를 데일스포드의 책상 앞으로 끌어와 앉은 뒤 책상에 당당하게 발을 올렸다.

"저와 싸우고 싶어 찾아온 겁니까?"

"아니. 우리의 제안은 생각 좀 해보셨어?"

"생각해봤는데, 왜 자꾸 말이 반토막입니까?"

데일스포드의 표정은 지극히 퉁명스러웠다.

"어머나, 말 돌리는 솜씨가 고단수셔."

"나이로 보나 지위로 보나 제가 윗사람 아닙니까."

"정신연령은 또 모르는 거지. 그러는 재상님은 왜 나 같은 평민한테 자꾸 존댓말인데?"

"신분고하를 떠나 누구든 예를 갖추고 정중하게 대하라 배웠습니다."

"나같이 막돼먹은 사람은 그런 거 안 따져. 말 편하게 해도 돼. 혹시 알아, 야자 트면 더 빨리 친해질지."

모르간이 눈을 찡긋거렸다. 데일스포드는 기가 막혀 헛웃음을 지었다.

"스스로를 막돼먹었다고 일컫는 사람은 처음 보는군요. 하지만 별로 반박하고 싶지 않습니다. 저도 신용할 수 없는 자와는 거래를 하지 않는 게 좋겠다는 결론을 내린 참이니."

"왜 그런 유감스러운 결론이 나왔지?"

모르간이 능청스럽게 고개를 갸우뚱 기울였다. 워낙에 출중한 미모라 교태로 보일 수도 있는 몸짓이었으나 상대방의 눈빛은 한겨울 서리 내린 듯 냉정하기만 했다.

"당신에 대해 조사를 했는데, 출생 기록과 전과 기록 몇 개 외엔 아무것도 나오지 않더군요. 자만은 아니지만 제 정보원들은 상당히 우수합니다. 그런 그들이 당신에 대해 알아낼 수 없었다고 하면 예삿일은 아니라고 생각합니다. 사실 수상하기로는 아멜리님이 더합니다. 출생 기록조차 찾아낼 수 없었으니까요. 존재하지 않는 인간처럼 완벽하게 깨끗하더군요. 폐하께서 직접 데려온 분이니만큼 위협이 되는 인물일 거라고는 생각하지 않습니다만 신경 쓰이기는 합니다."

"젤원 재상이나 되는 주제에 남의 나라 공공기관 기록물을 막 뒤지시다니, 무서운 분이시네. 아, 물론 그럴 수밖에 없다는 입장은 충분히 이해해."

"흠, 의외로 포기가 빠르군요."

"누가 포기한데."

모르간이 오른쪽 귓불을 뒤집어 인위적으로 만든 일곱 개의 점을 보여주었다.

"아멜리는 몰라도 내 기록을 찾을 수 없는 건 당연해. 난 마스터스 리그 소속이니까."

데일스포드의 눈썹이 살짝 꿈틀거렸다. 그러나 폭로는 거기서 그치지 않았다.

"국화도 마스터스 리그 소속이야. 그래서 날 국화화원에 들여보내준 거지. 그리고 태율은 마스터스 리그의 뒷배. 조직은 그에게 적당히 상납하고, 대신 사법부 최고 책임자인 그에게 범법 행위에 대한 면책을 받고 있지."

속사포같이 쏟아진 폭탄 덩어리들에 데일스포드는 잠시간 말이 없었다.

"엄청난 사실을 눈도 깜짝 안 하고 폭로하는군요."

"이만한 리스크라도 지지 않으면 당신의 협조를 얻을 수 없을 거 같아서. 하지만 지금 반응 보니 이미 알고 있었던 것 같네?"

"……심증으로 짐작은 했습니다."

"원한다면 물증을 가져다줄 수도 있어."

데일스포드는 입을 꾹 다물었다가, 썩 내키지 않는 표정이 되어 입을 열었다.

"신하로서 군주의 뜻을 합당한 명분 없이 정면으로 거스를 수는 없습니다."

"측면에서 거스르면 어때."

데일스포드가 발끈하려다, 스스로를 타이르는 듯한 깊은 한숨을 쉬었다.

"폐하께서 아멜리님에게 보이는 관심이 전에 없이 특별하긴 합니다. 그래도 방법은 있습니다. 제가 처음 중앙 관리로 등용이 되었을 때 폐하께서 제가 야근 중이던 당직실로 갑자기 찾아오신 적이 있습니다."

"당직실 홀아비 생활은 이미 그때부터 시작된 거야?"

"찾아오셔서, 일을 열심히 하는 관리가 기특하니 소원을 들어주겠다고 하시며 원하는 게 무엇인지 하문하셨습니다."

"그건 또 무슨 산신령 놀이?"

"……제가 말 좀 해도 되겠습니까."

"어머, 미안. 계속해."

"저는 젤원의 더 나은 미래를 원한다고 대답했습니다. 그러자 그 대답은 재미가 없으니 개인적인 소원도 하나 더 말하라고 명하셨습니다. 딱히 원하는 게 없다고 하니, 저 같은 자에게 사적인 욕망이 생기면 재미있는 것일 듯하니 나중에라도 생기면 꼭 말하라고, 반드시 들어주겠노라 하셨습니다."

"세상에~. 한 이불 덮자는 소원이면 어쩌려고. 황제라는 사람이 참 경솔하네."

데일스포드는 '침착하자 침착하자' 하고 수없이 속으로 되뇌며 말을 이었다.

"폐하께서는 특이한 성격이고 자기만의 세계가 강하신 분이긴 해도 허언을 하시는 분은 아닙니다. 제가 아멜리님을 궁 밖으로 내보내달라 청하면 반드시 들어주시리라 믿습니다."

"우리 재상은 사람이 너무 좋아. 그렇게 순진해서는 장가나 가겠어?"

"저기, 대화 그만하시렵니까?"

"미안. 젤원의 샛별이 원하는 건 다 들어주신다는 황제 폐하가 계신데도 그분한텐 차마 말 못 하고, 대신 젊고 예쁜 여자 두 명만이 들어줄 수 있는 「남자의 소원」에 대해 말하려는 중이었지? 정말 궁금하다, 과연 뭘까?"

모르간이 쓸데없이 눈을 반짝거리며 물었다.

"이보십시오."

"남색설에 질색팔색하는 것 같던데 혹시 그건가? 우리 샛별 총각의 남자다움을 세상에 알리고 싶어?"

데일스포드는 결국 불쾌한 낯빛을 감출 수 없었다.

"루머는 언급도 마십시오. 샛별 총각이라 부르지도 마십시오. 말에 이상한 뉘앙스 풍기지 마십시오."

모르간이 가증스럽게 풀죽은 척했다.

"하지 말라는 게 너무 많아서 다 기억하기 힘들어."

재상이 결국 서류를 내려놓고 마른세수를 했다.

"저도 사람이라 이 새벽에 당신 같은 자와 독대하는 것은 정신적으로 힘에 부칩니다."

"불끈불끈해서?"

"……정말 상종 못 할 사람이로군요."

"흐흥, 미안. 나도 원래 이렇게까지 망나니는 아닌데."

"믿을 수 없어."

"내게 있어 당신은 일종의 뮤즈랄까. 당신 얼굴을 볼 때마다 자꾸 헛소리의 영감을 받는 거 있지."

"안 보면 될 거 아닙니까."

"따박따박 말대꾸하긴. 후후, 같이 있으면 평생 심심하진 않겠어."

의미심장한 뒷말에 무슨 저주의 말이라도 들은 듯이 데일스포드가 부르르 몸을 떨었다. 그도 남자이고 보는 눈이 있기에 모르간이 보기 드문 절세미인인 점을 알고 있지만 껍데기는 어차피 화무십일홍인 법이다.

평생 해로할 배우자감은 아무래도 인격이 관건이었다. 그런데 눈앞의 여자는 매사 진지하지 못하고 상스럽고 희롱도 잘하고 자기 불리할 때는 요염을 떨고…… 이성으로서 경계해야 하는 이유를 써 내려가면 팔만대장경이었다.

"본론을 얘기할 테니 이해했으면 바람처럼 사라져주시길

바랍니다. 제가 원하는 것은 수정궁에 있을지도 모르는 파샤 내통자를 색출해달라는 겁니다."

녹색 눈이 흥미로 반짝였다.

"있을 지도 모를?"

"수정궁 내에 불온한 움직임이 있는 듯한데 구체적인 증거가 없는 심증뿐입니다. 심증만으로는 제가 데리고 있는 사람들을 쓰기 힘듭니다."

"나랑 아멜리한테 파샤 스파이를 잡아달란 말이네."

"전문 첩보원도 아닌 당신 둘에게 많은 걸 바라지는 않습니다. 다만 파샤 내통자가 누구인지 알아내고 내통의 증거만 확보해주면 됩니다."

"재상님의 심증은 뭔데?"

"파샤의 타이밍이 너무나 공교롭다고 할까요. 이쪽에서 병기를 보충하기로 결정하면 실제로 행하기도 전에 파샤에서도 병기를 대량 구입하였다는 소식이 들려옵니다. 이쪽에서 성벽을 보강하기로 의결한 날 저쪽에서는 포차를 증강합니다. 물론 우연의 일치일 수도 있습니다. 하지만 제 위치상, 어떤 사소한 것이라도 한번 신경 쓰이면 무디게 넘어가기 어렵군요."

"재상님이 능력 있는 남자라는 반증이지. 걱정 마. 요청사항은 목숨 걸고 완수할 테니."

"목숨까지는 걸지 마십시오."

"짜증은 많은데 다정할 땐 또 다정하네. 정말 황제랑 별 사이 아니야?"

데일스포드가 안경 너머로 눈을 번뜩였다.

"그만하십시오. 정말 지긋지긋합니다. 폐하의 곁을 따라다닐 때마다 궁인들이 오해의 시선을 던지는 건."

"심적 스트레스가 심해 보여. 나한테 부탁하면 그 문제도 해결 가능한데. 서비스."

"됐습니다. 제 사적인 영역의 문제입니다. 그나저나 여기까지 오는 동안 정말 아무에게도 들키지 않았습니까?"

"응. 그렇다고 생각해."

데일스포드는 머리가 지끈지끈하여 관자놀이를 짓눌렀다.

"수정궁의 보안이 엉망진창이로군."

"내가 능력 있는 여자인 거지."

"설마 이런 식으로 다른 곳에서 멋대로 출입했습니까?"

"에이 누굴 좀도둑으로 알아? 여기랑 아멜리 방. 두 곳이 다야."

"한두 번은 아니었겠지요. 입궁한 지 얼마 되지도 않았으면서."

"샛별 총각 얼굴에 기름 꼈다. 곧 아침 회의 들어가야 하잖아. 어서 씻어야지."

뭐라 불퉁하게 대꾸하려던 데일스포드가 순간 무언가를 깨달았다.

"당신이 어떻게 내 스케줄을……?"

"어머나, 여긴 샤워실도 딸렸네."

"잠깐, 말 돌리지 말고!"

"황궁이라 그런지 직원 복리후생이 끝내준다. 아님 그만큼 야근을 많이 시킨다는 뜻인가?"

"하아……."

이 사람 상대는 피곤하다. 데일스포드는 진심으로 그렇게 생각했다.

"샤워실은 당직관에서 밤을 새우는 일이 잦은 절 위해 부하들이 십시일반 돈을 모아 생일 선물로 설치해준 겁니다."

"생일 선물이 샤워실……."

안쓰러운 눈길을 받은 데일스포드는 왠지 모르게 몹시 기분이 가라앉았다.

"볼일 끝났으면 이만 가십시오."

어느새 모르간은 책상 위 서류 한 장을 집어 램프 빛에 비추어보고 있었다. 뒤늦게 데일스포드가 손을 뻗어 서류를 도로 뺏었다.

"관외자면서 기밀문서를 함부로 보지 마십시오."

"오늘 치 수라간의 반찬거리 구입내역이던데."

"공문서는 기본적으로 대외비입니다."

"무려 재상님이나 되는 분이 이런 하찮은 서류까지 하나하나 직접 처리하고 있을 줄은 몰랐어. 이러니 야근이 줄어들 리 있나."

데일스포드가 쏘아보든 말든 모르간은 다른 서류를 집어 슥 훑어보더니 종이비행기를 접기 시작했다.

"부하도 있다면서 왜 그러는 건데? 사람 부리는 법을 모르겠어? 쓸데없는 페이퍼워크는 왜 이렇게 많아? 나무가 싫어?"

"혼자 구멍가게를 운영하는 중이 아니니까, 제가 원하는 바와는 달라도 어쩔 수 없이 하게 되는 업무들이 있습니다."

"재상이 하는 일에 대장군과 태율이 꽤 시끄럽게 구나 봐."

재상의 콧잔등에서 안경이 조금 미끄러져 내렸다. 이 여자, 정말 쓸데없이 정곡을 찌르는 부분이 있다.

"쓸데없는 요구지만 완벽하게 처리해서 그들의 기를 죽이자는 생산성 없는 오기를 부리고 있는 건 아니겠지?"

"무슨 상관입니까."

"자신의 오기 때문에 부하들까지 고생시킬 수 없다는 생각에 혼자서만 끙끙거리고 있는 건 더더욱 아니겠지."

"……."

"재상님. 일 적당히 하고 요령도 피워가며 오래 살아. 이건 훈수가 아니라 젤원 백성으로서 건네는 순수한 조언이야."

데일스포드는 심기가 불편한 낯이었다.

"당신이 제게 조언을 왜 합니까."

"솔직히 어릴 때부터 젤원의 샛별을 응원했거든."

젤원의 샛별. 그건 데일스포드가 최연소 관리로 등용되었을 때 얻은 별명이었다.

"대장군의 화려한 무용담보다, 태율의 눈 먼 돈지랄보다 재상이 밤을 새워가며 만들었을 개혁안이 흥미로워서, 재상은 어떤 사람일까 궁금해한 적도 있고 앞날이 잘 풀렸으면 좋겠다고 바란 적도 있어."

데일스포드는 모르간의 말이 끝나고 조금 시간이 지난 후에 약간 갈라진 목소리로 말했다.

"당신 진짜로 이상한 사람인 거 압니까?"

"내가?"

"제 기준에선 황제 폐하보다 더 이상합니다. 그러니까 비행기 그만 접고 가십시오."

손이 빠른 모르간은 벌써 종이비행기를 스무 개나 만들어놓았다.

데일스포드는 한숨을 쉬며 종이를 하나하나 바르게 폈다. 그러다가 스무 장의 서류에서 묘한 공통점을 발견했다.

"당신, 문서 보는 법을 아는군요."

"어쩌다가 황문을 익힌 덕에."

"심지어 이 문서들은 저도 이상하다고 생각해서, 담당자에게 재기안을 요청하려던 것인데."

"재기안은 무슨. 그딴 문서 폐기하고 작성한 놈은 잘라버려.

2년 전 남부에서 구입한 정원용 비료 100포대가 2만 젤이었던 이유는 그때가 남부 농민 폭동이 있던 해였기 때문이야. 당시의 시가로 올해에도 예산 요청을 하는 건 말이 안 되지. 마란상회의 상품 견적서랍시고 올린 문서도 다 쓰레기야."

"무슨 문제라도?"

"시장가와 비교하면 비싼 건 아니지만 마란상회에서는 정기적으로 대량 구매를 하는 우수 고객에겐 일정 비율로 할인을 해 준다고. 그 문서들에 쓰인 정도의 양이라면 못해도 50프로까지 받아. 그런데 거기 견적서에는 하나도 반영이 안 돼 있잖아."

"그렇습니까……."

부하들이 걸러내지 못하여 결국 재상의 손을 거치게 된 문서들인데, 그걸 눈썰미 좋은 좀도둑 같은 여자가 단번에 솎아냈다.

데일스포드는 부하들을 무능하다고 여겨야 할지, 눈앞의 인간을 높이 평가해야 할지 갈피를 잡지 못했다.

"당직관에서 맨날 야근만 하니까 세상 물정에 둔해진 거야. 다른 말로 헛똑똑이라고 하지."

데일스포드는 안경을 벗고서 머리가 아픈 듯 관자놀이를 짓눌렀다.

"아무래도 머리가 멍해서 안 되겠군요. 좀 씻어야겠습니다."

"날 도발하는 거야?"

"가.십.시.오."

모르간이 책상 위 서류 한 뭉치를 파라락 흔들었다.

"잔업 도와달라 해도 되는데."

"당신은 관외자입니다. 저는 공과 사를 구분할 줄 압니다."

데일스포드가 서류 뭉치를 뺏어 들어 탁탁 정리한 뒤 다시 가지런히 책상에 올려두었다. 그 정갈한 일련의 동작을 모르간이 감상하듯 바라보며 한마디 툭 던졌다.

"샌님."

빠직.

데일스포드의 이마에 힘줄이 돋았다가 빠르게 가라앉았다.

"한마디만 더 하면 병사를 부르겠습니다."

"알았어. 아침 회의 잘해."

서서히 동이 터오는 하늘이 보이는 창문을 통해 모르간의 신형이 재빠르게 사라졌다.

데일스포드는 작은 한숨을 내쉬며 샤워실로 들어갔다. 하지만 모르간은 돌아왔다. 당직관을 빠져나가려다 데일스포드의 방으로 다가오는 궁인을 발견한 까닭이었다.

"나 진짜 너무 친절해진 거 같아. 아멜리한테 성격이 옮았나?"

모르간이 연지 대신 책상에 있던 인주를 새끼손가락으로 찍어 입술에 비벼 발랐다. 그리고 손등으로 벅벅 닦아내어 적당히 입가에 번지게 만들었다.

똑똑.

"나리. 들어가도 될는지요?"

복도에서 기다리고 있던 궁인은 갑자기 벌컥 문이 열리자 깜짝 놀라 뒤로 물러섰다. 모르간이 문가에 비스듬히 몸을 기대며 요염하게 눈웃음을 쳤다.

"어머, 자기는 새벽녘에 나 때문에 한참 힘을 뺀 바람에 이제야 씻는 중인데. 전할 말이라도?"

"조, 조식을 가지고 왔습니다만."

궁인은 말하면서도 앞섶이 거의 다 풀어져 반 이상이나 드러난 젖가슴에서 눈을 떼지 못했다. 모르간이 거칠게 조식이 담긴 쟁판을 뺏어 들자 그제야 후다닥 고개를 숙였다.

"고마워요~."

탕. 문이 가벼운 소리를 내며 닫혔다.

샤워 중에 희미하게 문소리를 들은 데일스포드가 샤워실 문밖으로 빼꼼 고개를 내밀었다. 사람은 아무도 없고, 책상 위에 늘 먹는 조식 쟁반이 놓여 있었다.

'궁인이 다녀갔나? 허락 없이 들어올 리는 없을 텐데.'

창가의 커튼이 말없이 바람에 나부꼈다. 조식 쟁반 위에 숯덩이 멸치쿠키가 같이 올려져 있음을 데일스포드가 발견한 것은 나중의 일이었다.

칸은 어둠 속에서 눈을 떴다. 처음엔 머리가 다소 멍했다. 시간이 흐르자 마지막 기억이 선명해지고 자신의 상태를 자각할 수 있었다.

아멜리를 겨우 다시 만난 그때, 난데없이 실프 두 명에게 방해를 받고 내키지 않는 「힘」까지 동원하고 말았다.

스스로도 무슨 생각으로 한 행동이었는지 믿을 수 없었다.

그때는 단지, 그를 거부하는 아멜리의 눈동자가 너무나 흔들림이 없어서 어떻게든 흔들어놔야 한다는 생각만이 머릿속에 가득했다.

아멜리와 실프 두 명이 마홀 신의 성역으로 빨려 들어갔고, 그는 한참이나 제가 무슨 짓을 벌였는지 파악하기 위해 멍해져 있었다.

바로 그때 밉살스러운 은발이 나타났다. 레올에서 아멜리를 추행했던 자와 동일인물이라는 것은 이미 기운에서 느껴졌다. 희귀한 은발. 경이적인 힘.

'그가 젤윈 황제였나.'

알고 있는 바에 따르면 20대 후반의 청년이어야 하는데, 그 은발은 10대 중후반의 소년 모습이었다.

무슨 영문인지는 모르겠지만, 일국의 황제쯤이나 되는 인물이니 온갖 진귀한 마법 아이템을 손에 넣기란 식은 죽 먹기일 터. 소년의 모습도 납득 못 할 수준의 변화는 아니었다.

칸이 침대에서 부스스 상체를 일으켰다. 몸은 약간 나른할 뿐 완벽하게 정상 컨디션이었다. 그 말은, 꽤 오랜 시간 회복 기간을 거쳤다는 뜻이었다. 아멜리가 이 근방에 남아 있지 않을 것이다. 하지만 그녀의 향기가 여전히 느껴진다. 여기, 윈 델람에 남아 있다.

'황제가 데려갔으니 수정궁에 있겠군.'

일이 번거롭게 됐다. 사실 차분하게 마주 앉아 한 번만 제대로 대화를 하면 그녀의 마음을 돌이킬 수 있을 것 같은데, 그 한 번을 내어주지 않아 야속했다. 한편으로는 안심이었다. 오랜만에 본 그녀의 모습이 파샤에서와 다름없이 건강했다. 비록 자신에겐 화밖에 내지 않았지만.

칸은 손바닥으로 마른 눈가를 문질렀다. 신체적 컨디션과 별개로 정신적인 피로함이 몰려왔다.

낯선 실프가 애인이라는 말 따윈 임시방편의 거짓말임이 뻔했다. 그래도 충격을 받을 수밖에 없었던 건, 그런 거짓말까지 해서라도 칸을 밀어내려는 그녀의 의도를 읽었기 때문이다.

정말 차분한 대화 따위로 그 맹렬한 거부를 꺾을 수 있을까?

전에 마음먹었던 대로 새장 안에 가두지 않으면 안 되는 건가.

게일이든 황제든 실프든, 그녀 곁에 얼쩡거리는 모든 남자들의 목을 졸라버리고 영원히 아멜리의 눈에 뜨이지 않는 구석에 처박아두고 싶었다.

이런 자신이 미친놈 같으면서도 어쩔 수 없다는 변명도 떠올랐다.

먼저 말없이 떠나버린 건 아멜리였다. 그것도 칸 자신이 아닌 다른 남자와.

"회복이 빠르군요."

느닷없이 어둠을 뚫고 들려온 목소리에 칸이 반사적으로 허리춤에 손을 댔다. 그러나 타르 블레이드가 없었다. 재빨리 주위를 살피니, 어둠에 적응한 눈이 침대 밑에 가지런히 놓여 있던 애검을 찾아냈다.

타르 블레이드를 쥐고서 상대에게 겨누니, 그제야 암순응한 눈이 어떤 실루엣을 발견했다.

'몸이 회복된 줄 알았는데 아니었나?'

같은 방 안에 있는 사람의 인기척을 눈치채지 못했다는 사실이 스스로 충격이었다.

"세상에 당신 같은 인물만 있으면 회복마법스크롤 장사는 다 한 셈이지요."

다리를 꼬고 앉아 있던 남자가 옆의 테이블 위에 놓여 있는 램프에 불을 밝혔다.

램프 자체의 빛이 강하지 않아 칠흑 같던 어둠이 어두침침함으로 바뀐 정도에 불과했지만, 낯선 남자의 인상착의를 확인할 수 있을 정도는 되었다.

아마도 금발. 중년이라기에는 조금 젊은 외모였다.

반듯한 자세에 여유로운 태도. 지성과 교양이 풍기는 인상. 학자풍의 검은색 정장을 입고 있는 것이 보였는데, 착용한 가죽장갑과 가죽신마저 모두 검은색 일색이었다. 이렇게 검은색에 집착하는 취향이 또 있을 리 없다.

"블랙 서클의 일원인가?"

이미 확신을 전제로 한 질문이었다. 낯선 남자는 희미한 미소로 긍정했다.

"우리는 전에 만난 적이 있습니다."

"기억 없다."

"섭섭합니다."

능청스럽게 상대를 비난하고, 금발 남자는 곰곰이 기억을 더듬었다.

"그게 아마도, 당신이 수프림나이트가 된 그날이었지요. 파샤의 왕성에서 국왕 폐하의 소개로 인사를 나눈 적이 있습니다."

칸이 미간을 좁혔다.

거의 잊어가던 기억이었다. 파샤 국왕이 로열나이트 중에서 올해의 수프림나이트가 나온 것을 대단히 기뻐하며 꽤 성대한 파티를 열어주었다.

자신을 위한 연회이긴 했어도 주인공으로서 이 사람 저 사람에게 인사를 하러 다니느라 조금도 유쾌하거나 편안한 자리는 아니었다.

파티의 흥이 한창 무르익을 무렵, 국왕이 어떤 조용한 방으로 불러내 세 명의 사람을 소개해주었다. 검은 옷을 휘감은 세 명의 마법사였다. 제라드라는 반백의 남자 마법사, 샤샤라는 젊은 여자 마법사, 그리고 또 한 명은 검은 가면을 쓰고 있어 얼굴은 보지 못했으나 그 이름은……

"당신이 블랙 서클의 수장 룬이라는 말인가?"

"하긴 그땐 가면을 쓰고 있었으니 제 얼굴을 기억할 리 없겠군요."

아아, 칸은 왜 그의 기척을 느끼지 못했는지 비로소 깨달았다.

"블랙서클의 수장이 왜 젤윈에 있는 거지?"

"당신이 여기 있는 이유와 비슷합니다."

칸은 쥐고 있는 타르블레이드의 힘으로 조용히 실내를 훑었다. 마법 반발은 일어나지 않았다. 함정을 설치해놓고 협박을 하려는 것은 아니라는 뜻이다. 룬이 검진 안에서 푸르게 빛나는 칸의 검을 보고 빙긋 웃었다.

"당신이나 나나 파샤의 편인데, 물고 뜯어야 할 이유는 없지 않습니까."

"본론이나 말해라."

룬이 테이블 위에 팔을 올리고 깍지를 꼈다.

"쌍방에 사적인 문제가 걸려 있지만, 깔끔하게 비즈니스로 처리합시다."

"비즈니스?"

"당신은 샤샤에게 아멜리라는 여성의 행방을 알아내라고 협박했습니다. 둘 다 그 여성이 어디 있는지는 알게 되었지만 당신은 샤샤에게 약속했던 것을 돌려줄 생각이 없습니다. 그러면 제가 무척 곤란해지거든요. 아시다시피, 그건 제「심장」이니까."

"나라면 멍청한 마녀에게 목숨을 맡겨놓지 않는다."

"샤샤는 인형놀이나 좋아하는 귀여운 아이입니다. 가끔 실수를 저질러도 아이니까 어쩔 수 없는 거지요. 게다가 설마 제 심장이 숨겨진 장소에, 타르 블레이드를 가진「용의 후예」가 쳐들어갈 거라고는 그곳에 마법진을 설치한 부하나 심장의 주인인 저조차 예상하지 못했으니까."

칸이 눈썹을 꿈틀거렸다.

"용의 후예?"

"인간은 폐가 터지고 응급조치라도 받지 않으면 보통 사망합니다. 그대로 잠깐 쉰다고 해서 폐가 바로 재생되지는 않아요.

본인의 회복력이 초인간적이라고 생각해본 적 없습니까?"

"……."

"하긴 당신은 워낙 강해서 치명상을 입은 적이 거의 없으니 몰랐을지도 모르겠군요. 마찬가지로 주변의 인간들도 눈치채지 못했을 겁니다. 저도 진작에 정보를 입수할 수 있었다면 당신과 그토록 가까운 곳에 심장을 숨겨두지 않았을 텐데 말입니다. 하지만 베이오드산의 아지트가 간단히 침입당한 충격으로 당신에 관해 좀 상세히 조사를 해봤더니 역시 그런 것이더군요."

"내 부친도 모친도 인간이다."

"부친은, 그래요. 하지만 모친 쪽은 간단히 정의하기에 애매할 겁니다."

"무슨 소리를 하는 건가."

"메이슨 경, 우리는 비즈니스를 하는 중입니다. 주는 것이 있으면 받는 것도 생겨야 마땅하지 않겠습니까?"

"심장은 돌려줄 수 없다."

"물론 당신 같은 야만인에게 실용적이지 못한 기사도가 있을 거라 기대도 안 했습니다. 협박에 넘어간 샤샤가 순진하다고 해야 할지. 어쨌든 저는 좀 다른 두 가지 제의를 하려고 합니다. 첫째, 당신의 기원에 관한 정보를 넘겨드리겠습니다. 대신에, 우리가 필요할 때 당신의 힘을 좀 빌려줘야겠습니다."

"둘째는?"

"아멜리라는 분을 데려간 황제를 제압할 수 있는 방법을 알려 드리겠습니다. 알려준 방법이 성공하면 당신은 제 심장을 돌려 줘야 합니다."

"제안이 다 밸런스가 맞지 않는군. 첫째는 당신이 넘겨준 정 보가 진실이라고 내가 검증할 수 없을 가능성이 높고, 둘째는 차라리 아멜리를 내게 데려오겠다고 하는 편이 나을 텐데."

"아아, 걱정 마십시오. 듣는 순간 진실임을 알게 될 테니까. 그리고 후자의 제안은, 흠 그래요. 솔직히 말하면 우리로선 그 황제를 직접 건드리고 싶지 않습니다."

"이유는?"

"파샤 국왕이 말하지 않았습니까? 20년 전 전쟁에서 무슨 일 이 벌어졌는지."

"그 허무맹랑한 목격담 말인가?"

"당신은 믿지 않았군요."

"전장이란 원래 스트레스가 극에 달하는 장소이고 그들은 몇 안 남은 생존자였으니 단체로 헛것을 보았다 해도 무리는 아니 라고 생각한다."

"하지만 바로 얼마 전에 당신도 직접 겪어보지 않았습니까, 기황의 힘을. 그만하면 믿을 수 있지 않았습니까. 크렘성 전투 에서 젤원군이 전멸했을 때 홀연히 나타난 은발의 사나이 한 명 이 남아 있던 파샤군 8만 명을 모조리 도륙하고 파샤의 승기를 꺾었다는 사실을."

"……."

"말로 하는 거래는 무용합니다."

룬은 평범한 종이 한 장과 펜을 테이블에 올리고 가만히 칸의 앞으로 밀었다. 칸은 손댈 생각도 없이 그것을 가만히 내려다보았다.

"이건 스크롤이로군."

"두 가지 거래 내용대로 맞교환이 이루어지지 않았을 때 약속을 지키지 않은 쪽에 저주가 발동되는 스크롤입니다. 일종의 각서로 보고 서명해주십시오."

"무슨 저주지?"

"별것 아닙니다. 단지 뇌가 버터처럼 녹아내리는 것일 뿐."

"언데드에게는 별 타격이 없을 것처럼 들리는데."

룬이 낮게 웃었다.

"오해가 있으시군요. 언데드라 할지라도 고통은 느낍니다. 그런 의미에서 저에게 더욱 불리한 조건이라고 할 수 있습니다. 당신은 뇌가 녹아내리면 곧 죽겠지만, 저는 뇌가 녹아내리더라도 그런 대로 계속 살아 있을 수밖에 없습니다. 영원히 멈추지 않는 고통 속에서 말입니다. 이만하면 이 거래에 대한 제 각오가 전달되었을지?"

"……좋다."

룬이 먼저 스크롤에 서명을 하고 펜을 넘겼다. 칸이 룬의 이름 옆에 자신의 서명을 했다.

"딜."

룬의 시동어와 함께 스크롤을 세로로 찢었다. 찢어진 스크롤의 마어와 거래자의 서명이 붉게 빛났다.

칸의 서명이 적힌 스크롤 조각은 룬의 뒤통수에 붙었다가 마치 흡수되는 것처럼 사라졌다. 룬의 서명이 적힌 스크롤 조각도 칸의 머리에 흡수되었다.

"참고삼아, 이 저주마법은 체내에서 실행되는 것이라 타르 블레이드로도 어쩌기 힘들 겁니다."

방 밖으로 나가려던 칸이 문전에서 멈칫하더니 돌아서서 룬에게 거침없는 기세로 다가왔다.

허리춤의 검집에서 창백한 검신이 뱀처럼 매끄럽게 빠져나왔다. 푹! 룬의 가슴 한가운데에 찔러 박은 검에서 차츰 푸른빛이 짙어졌다가 다시 희미해져 갔다.

"이건 또 참신한 작별인사로군요."

검에 관통당한 채로 룬이 태연하게 지껄였다. 칸은 피 한 방울 흘리지 않는 그의 흉부를 힐끗 보고서 미련 없이 검을 뽑았다. 푹, 벌어진 상처 자리에서 분홍색 살점이 약간 딸려 나왔지만 어디에도 핏기는 없었다.

"역시 심장이 아닌 쪽으로는 무효화가 안 되는군."

한번 시험해봤다는 투로 칸은 다시 돌아섰다.

룬이 검 자국으로 엉망이 된 상의를 펄럭이다가 칸이 내려간 계단에 대고 외쳤다.

"이거, 파샤의 비스포크 양장점에서 최고급 라세뇰 원단으로 맞춘 정장입니다만. 손해배상 청구는 메이슨가에 넣으면 됩니까?"

야만스러운 기사는 바쁘게도 이미 사라지고 난 뒤였다.

33
밀담

국화의 제안과 데일스포드의 제안. 수정궁 탈출로 연결되는 두 가지 방법을 전해 들은 아멜리는 부지런히 놀리고 있던 펜을 멈추고 고개를 들었다.

"어느 쪽을 선택해야 하지?"

모르간은 어깨를 으쓱거렸다.

"쉬운 쪽?"

"둘 다 엄청 어려워 보이는걸. 국화의 제안대로라면 날 마음에 안 들어하는 동백을 설득해야 한다는 거잖니. 수련도 사적인 청탁을 받았다고 소중한 열쇠를 함부로 내줄 사람은 아닌데. 그렇다고 이 사람 많은 수정궁에서 파샤 내통자를 알아내자니,

모래사장의 바늘 찾기 같구나."

"걱정 마. 그건 내가 알아서 할게. 아멜리는 힘을 내서 필사나 완성해줘."

"그래도……."

"정 돕고 싶으면 동백과 수련의 의중이나 좀 떠봐 주든가."

모르간은 별 기대 없이 한 말이었지만 아멜리의 마음속에는 일종의 의무감이 생겼다. 모르간이나 게일처럼 사람 속을 꿰뚫어 보고 흔들 자신은 없었다. 그래도 수련이 말하지 않았나. 지식과 정보는 힘이 될 수 있다고.

"좋아, 나 이제부터 수업에 가면 삼화와 좀 더 많이 대화를 할게."

"그래그래. 수고해."

시중인이 바퀴 달린 트레이를 끌고 방으로 들어왔다. 아멜리가 국화의 열쇠를 슬쩍 숨겼고, 아무것도 모르는 눈치인 시중인이 테이블에 차와 다과를 예쁘게 세팅했다.

"고마워요."

아멜리는 기분 좋게 감사인사를 한 뒤 김이 모락모락 나는 차를 한 모금 홀짝였다. 그런데 금방 사레가 들린 것처럼 콜록거리기 시작했다.

"좀 식혀서 마셔."

"그, 그게 아니라 목이 너무 뜨거……."

기침은 말을 잇지 못하도록 점점 심해지더니 아멜리의 코와 입, 귀에서 왈칵 피가 쏟아졌다. 모르간이 벌떡 자리에서 일어서서 아멜리를 부축했다. 차를 가져왔던 시중인은 손을 덜덜 떨고 있다가 황급히 문 쪽으로 도망쳤다.

"잠깐 당신!"

아멜리의 상태는 보나마나 독 때문이었다. 해독을 하려면 독의 종류를 알아야 하는데, 저 시중인을 놓치면 허사였다. 모르간이 한발 빠르게 방문을 탕 소리 나도록 닫았다. 퇴로가 차단된 시중인이 벽에 붙으면서 모르간을 경계했다. 아멜리는 이제 하혈까지 하는지 하반신까지 온통 붉게 물든 상태였다. 아멜리의 초점 없는 눈이 시중인의 공포에 사로잡힌 얼굴을 잠시 쳐다보았다. 시중인은 절로 흘러나오려는 신음을 막고자 손바닥으로 입을 가렸다. 아멜리의 눈동자에 있는 실핏줄이 모두 터지더니 주르륵 피눈물이 흘렀다. 그리고 쿵. 실내는 고요해졌다.

"힉!"

시중인이 막힌 문 대신 창문으로 뛰어들었다. 그 순간, 아멜리의 시신 주변의 핏물이 물결을 치기 시작했다. 핏물은 마치 생물처럼 저절로 평지를 흐르더니 시중인의 발치로 모여들어 몸을 기어올랐다.

"싫어! 이게 뭐야!"

비명을 지르며 몸부림치던 시중인의 벌린 입안으로 핏물이

한 가득 흘러 들어갔다.

모르간은 단지 지켜보았다. 꿈에서 목격했던 그 장면이 반복되고 있었다. 아멜리의 핏물은 목구멍으로 모조리 빨려 들어갔다가, 머지않아 인체의 모든 구멍을 통해 폭발적으로 터져 나왔다. 이제 실내에는 시체가 두 구였다. 숨을 거둔 시중인의 몸에서 아멜리의 핏물이 빠져나왔다. 마치 심부름을 마친 개처럼 핏물은 아멜리에게로 되돌아왔고, 신체로 흡수되었다. 피 한 방울 남지 않은 보송보송하게 마른 카펫 위에서 눈을 뜬 아멜리가 기지개를 폈다.

"하암. 갑자기 왜 이리 졸리담?"

그러다가 천장까지 피가 튄 실내와 피의 주인인 듯한 시중인의 시신을 발견하고서 대번에 사색이 되었다.

"맙소사! 죽었어? 누가 이런 짓을?"

"너야, 너."

모르간은 침착하게 시체 수습에 들어갔다. 후궁의 침실에 암살자가 찾아들었다고 발표되면 아멜리에게 지금보다 더 많은 이목이 쏠릴 것이고 수정궁 내 활동에 제약이 생길 것이었다. 그래서 모르간은 실내에서 일어난 사건을 비밀로 해두고, 단지 데일스포드만을 은밀히 불러냈다. 물론 그 방법이란, 궁인을 통해 전달한 「사랑을 담은 포춘쿠키」였다.

"뭡니까, 또!"

한 시간도 안 되어 데일스포드가 씩씩거리며 찾아왔다.

"할 일도 없습니까? 이런 명예훼손 문구가 담긴 쿠키는 왜 자꾸 굽는 겁니까?"

성을 내던 데일스포드는 문득 아멜리의 거처를 세련되게 감싸던 비취색 벽지가 변색되었음을 알아차렸다.

"안쪽 침실 좀 확인해줄래?"

황제의 후궁이 될 사람의 침실을 재상이 드나드는 건 말도 안 되는 짓이었지만.

"이건 또 뭡니까."

침실 안에 있는 시체 한 구는 그보다도 훨씬 더 말도 안 되는 사태였다.

"아멜리를 노리고 독이 든 차를 내왔어."

데일스포드의 시선이 아멜리를 훑어 내렸다. 상처 하나 없이 몹시 멀쩡한 모습이었다. 반면에 죽은 자는 정수리부터 발끝까지 마치 양동이에 든 핏물을 뒤집어쓴 듯한 꼴이었다. 시간이 지나 피는 어둡게 말라붙었지만, 처참한 정도에는 별 변화가 없었다.

"두 분이 무사하여 실로 다행입니다, 만…… 독이 들었다는 조짐을 읽었던 겁니까?"

"거동이 수상했어. 그치, 아멜리?"

"으, 으응."

"이자는 왜 이런 꼴이 되었습니까."

"나한테 마침 호신마법스크롤이 있었거든. 몰랐는데 좀 과격한 마법이었지 뭐야."

데일스포드가 손바닥을 쭉 내밀었다.

"보여주십시오."

"내 마음을?"

"사.용.한. 스.크.롤. 조.각."

"불리한 증거로 채택될까 봐 바로 태워버렸어요~."

안경 너머의 눈동자가 못마땅하게 흔들리거나 말거나 모르간은 유들유들 웃었다.

"처리 좀 잘 부탁해. 우리가 직접 하고 싶은데 수정궁 내에 워낙 보는 눈이 많아서 말이야."

데일스포드가 손수건을 꺼내 시신을 뒤집었다. 사후경직이 일어난 지도 한참 된 시신은 통나무처럼 무겁게 움직였다. 손수건으로 얼굴의 피를 약간 닦아내자 이목구비가 한결 뚜렷해졌다.

"얼마 전에 별궁관리처에 새로 들어온 궁인입니다."

"배경 확인해줄 수 있어?"

"이미 압니다. 고향은 젤윈 동부의 해안가, 부모는 고기잡이 선박 세 채를 갖고 있는 비교적 부유한 평민입니다. 세 명의 딸이 있는데 그중 한 명은 수도에서 결혼을 하기를 원해 이곳으로 보냈고, 결혼 전까지는 안전한 곳에서 일하라며 고향의 관리에게 뇌물과 같이 청탁을 해서 궁인으로 추천을 받고 들어왔습니다. 참고로 그 관리는 태율파에 속해 있습니다."

모르간이 감탄의 의미로 휘파람을 불었다. 데일스포드가 머쓱하게 시선을 피했다.

"새로운 사람을 들일 때는 기본 중의 기본입니다. 더욱이 궁내 첩자가 암약하고 있다는 걸 알고 있는 이런 시기에는 특히."

"태율파라면 국화의 세력이지요?"

"그렇습니다."

"설마 국화가 나를?"

"국화는 아니야."

모르간이 단호하게 부정했다.

"어떻게 확신하니?"

"독이 든 차라니, 그런 죽음은 국화의 방식이라기엔 너무 자비로워."

"자비……?"

자비로운 죽음을 당할 뻔한 당사자는 떨떠름하게 반문할 따름이었다.

"걘 자기 말을 끊었다는 이유로 사람 머리통을 재떨이로 사용한다고. 그런 인성 쓰레기가, 제 앞길에 방해가 되는 인간을 죽이기로 결심했다면 겨우 「독」일 리가 없어."

모르간의 단언에 데일스포드도 동조했다.

"국화의 단독 범행이라면 모르겠지만, 만약 세력 다툼이었다면 제 생각에도 국화는 아닙니다. 로렌스는 뱃속에 능구렁이를 열 마리쯤 숨겨두고 있는 음흉한 자입니다. 그의 신변도 비밀로 싸여 있는 것이 많습니다. 후궁 암살은 자칫하면 역모죄로 엮일 수도 있는 중대한 범죄인데, 자신과의 관계성이 이렇게 쉽게 추적될 수 있는 사람을 암살자로 쓸 리 없습니다."

"그럼 대체 누가……."

"누가 짐의 사람을 그토록 마음에 안 들어하는 것인가?"

아멜리의 말을 가로챈 것은 누구도 눈치채지 못하는 사이 침실 창틀에 걸터앉아 있던 은발의 청년이었다.

"바깥 방문이 잠겨 있더구나. 어쩔 수 없이 창문으로 실례했다. 아, 데일스포드도 있었구나. 셋이서 문을 꽁꽁 잠가놓고 무슨 재미있는 궁리 중인고?"

유르가 해사하게 눈웃음을 쳤다. 황제를 처음으로 대면한 모르간이 어떤 의미에서는 감격하여 무심코 중얼거렸다.

"헤에, 저 남자가 게이, 고자, 변태의 트리플 크라운을 달성한 바로 그, 읍!"

모르간의 입을 손바닥으로 무례하게 막아버린 데일스포드가 황제를 향해 묵례했다.

"오늘은 동부 잠행을 나가신 줄 알고 있었습니다만."

"그랬지. 하나 궁에 더 흥미로운 일이 생긴 듯하여. 아멜리,

별일 없었느냐?"

아멜리가 침실 카펫 위에 놓인 시신을 한 번, 유르를 한 번 쳐다보다가 입을 다물었다. 도무지 이 사태를 조용히 넘어갈 수 있는 변명거리가 떠오르지 않았다. 다행인지 불행인지 황제도 깊이 따져 묻지 않았다. 모르간과 데일스포드가 방에 남아 뒤처리를 하기로 했고, 유르는 아멜리를 본궁에 있는 자신의 거처로 데리고 갔다. 본궁 시중인들이 돌연 나타난 황제를 보고 허둥지둥했다.

"신경 쓰지 말고 일들 봐라."

유르는 문지기가 문을 열어주길 기다리지도 않고 직접 문을 열었다. 아멜리는 일국의 군주가 자고 생활하는 침소를 둘러보며 별로 좋지 않은 의미의 탄성을 내질렀다. 이사를 가기 위해 가구를 다 빼버렸다고 해도 믿을 수 있을 만한 삭막한 공간이었다. 넓기는 운동장처럼 넓은데, 있는 건 기껏해야 침대와 옷장이었다.

"그대의 침소가 정리될 때까지 이곳에 머물라."

머물라, 라는 말을 들어도 엉덩이 붙일 만한 데는 침대 정도였다.

"황제의 방 같은데 제가 머물러도 되나요?"

"짐과 함께 쓰기 불편하여 그런 것이냐. 걱정 마라. 짐은 이곳에 자주 머무르지 않는다."

"항상 바빠 보여요. 제 방에 오기 전까지는 매일 뭘 하고 있나요?"

"세상에 무슨 일이 벌어지고 있는지 속속들이 알기 위해선 직접 가볼 필요가 있단다."

"순찰이라도 하고 다니는 거여요?"

"비슷하다고 볼 수 있구나."

"그래서 레올 때도 거기 있던 거여요?"

"파샤에서는 젤윈에 관심이 많으니, 젤윈도 그만큼의 애정을 돌려주어야지."

"유르 자신은 세상을 마음껏 돌아다니면서 저는 내보내 주지 않는군요."

아멜리의 말에는 못마땅한 기색이 잔뜩 묻어났다. 유르가 그런 기분을 풀어주려는 듯 눈웃음을 쳤다.

"토라지기는. 짐은 많이 돌아다니고 많이 보았기에 밖이 얼마나 위험한지 알게 된 거란다."

"하지만 오늘 유르도 보았잖아요. 수정궁 안에도 제 목숨을 노리는 자가 있어요. 안도 밖도 위험하다면 전 차라리 밖으로 나가고 싶어요."

"밖에는 「독이 든 차」와는 차원이 다른 위협이 존재한다."

꼭 어떤 위협이 존재하는지 이미 알고 있는 듯한 투였다.

"정확히 어떤 위협이요?"

유르가 아멜리의 부드러운 뺨을 쓰다듬을 듯 말 듯 하다가 손을 거두었다.

"짐이 짐으로 있을 수 없고, 그대가 그대로 있을 수 없게 만드는 위협."

아멜리로선 역시 이해하기 힘든 말이었다.

"잘 모르겠어요. 유르가 절 걱정하는 건 진심처럼 들리는데, 정작 무슨 위협으로부터 절 지키겠다는 건지 알지 못하니까 자꾸 의심하게 되어요."

"의심하거라. 진정한 신뢰는 의심이라는 토양에서 자라난단다."

"유르의 감정에 대해서 의심해도 좋은가요?"

온유한 푸른 눈이 일순 괴로운 듯한 빛을 띠었다.

"레올에서 겨우 한 번 만났을 뿐이었는데. 절 젤원 같이 큰 나라의 후궁으로 삼을 만큼 좋아한다는 유르의 말이 이해되지 않아요. 제 성격, 제 취향, 제 인생 전혀 아무것도 모르면서. 저는 예전에도 유르처럼 갑자기 고백해온 남자를 알아요. 하지만 돌이켜 보면 역시 그건 사랑이 아니었다고 확실할 수 있어요. 아마 본인이 원하는 어떤 이상적인 사람을 제게 멋대로 덮어씌워 놓고, 그대로 움직여주길 원한 거였겠지요. 유르도 그런 걸 원한다면 전 결코 응해줄 수 없어요."

역시 경험 위에 성장도 있는 것인지, 유르에게 솔직하게 감정을 표현하는 일은 칸의 고백을 거절할 때보다 훨씬 수월했다. 아멜리는 은근히 유르의 기색을 살폈다. 별로 분노한 눈치도 아니었고 슬퍼하는 것 같지도 않았다. 유르는 그저 잔잔한 물결처럼 정적이었다.

"길을 걷다가 길가에 핀 들꽃이 너무 탐스럽고 사랑스러워 한동안 넋을 잃고 바라본 적이 있느냐."

"아마도 있을 거여요."

"그대로 지나치고 말면 두고두고 눈에 밟힐 것 같아 결국 조심스럽게 꺾어, 꽃이 시들어 마르기 전에 황급히 뛰듯이 집으로 돌아오고, 맑은 물을 담은 물병에 넣어 찰나의 아름다움을 영원처럼 감상했다. 끝이 날 것을 알면서도 끝이 오지 않을 것 같다고 스스로 기만하며 보고 또 보기를 멈추지 않았다. 사랑스럽게 여겼고 가엾게 여겼고 귀히 여겼고 나와 같이 여겼다. 단지 바라보는 일에 오롯한 행복이 있었다. 하나 아무리 매일 정성스레 물을 갈아주고 볕을 보게 하여도 꽃이란 시들기 마련이다. 꽃과의 이별이 아쉬워서, 그때서야 어쩌면 꽃은 그대로 들판에 있는 것이 행복했을 거라고 후회하고 자책하다가, 또는 꽃이 시드는 것은 당연하다지만 마치 나의 탐욕 어린 시선에 시달려 메말라 죽고 만 것처럼 여겨져서 내 품 안에서 시든 꽃을 보며 섧게 울고 마는 것이다. 하지만 짐은 안다. 꽃은 그대로 사라지지 않는다. 이 심장 언저리에 우연히 길에서 만난 꽃을 귀히 여겼던 추억은 새겨진다. 가슴이 저릿저릿할 때마다 그 꽃이 찰나간 얼마나 아름다웠는지를 상기한다. 추억 속에서 바라보는 꽃도 사랑스럽고 귀하고 또한 곱절로 가엾다. 그 누구의 기억 속에서도 그 꽃은 그토록 아름답지는 않을 것이다. 비로소 꽃을 꺾은 이는 꽃이 소멸하였기에 나는 온전히 꽃을 소유하게 되었구나 하고 깨닫게 된단다. 사람과 꽃 사이에 오갈 수 있는 유일한 관계의 흐름이 이와 같다면, 이 이기적이고 일방적이며 허무한 감정의 흐름을 너는 사랑 외에 무엇으로 부르랴?"

"유르, 전 꽃이 아니어요."

아멜리가 안타까운 표정을 지었다.

"그대와 나의 다름이 인간과 꽃의 다름과 무슨 차이가 있을까."

"아니어요. 유르와 나는 서로 사람이니까 관계의 종류가 여러 가지일 수 있는 거여요. 연인만이 우리가 가질 수 있는 관계 형태의 전부는 아니잖아요. 유르와 나는 연인이 아니라 친구도 될 수 있고, 가족이나 사제도 될 수 있어요. 어느 것도 일방적으로 성립될 수 없는 관계이지요. 유르가 말한, 한쪽을 너무 사랑한 나머지 시들어 죽게 하는 관계는 진짜 관계가 아니어요. 그건 꽃을 꺾은 인간의 허상이어요."

"그 허상만이 꽃을 꺾은 자를 구원한다면?"

"어떻게 그렇게 되지요?"

"꽃을 꺾은 자가 꽃에게 있어 자신이 필요 없는 존재라는 걸 알게 되면…… 그에게 행복은 영영 찾아오지 않아."

유르가 아멜리의 어깨에 가볍게 이마를 대었다.

"유르……."

"아멜리. 짐은 그대를 만나 기쁘고도 두렵다. 오롯하게 나만의 꽃을 가질 수 있으리란 기쁨이 있고 그대가 기어이 짐을 죽이고 말 거라고, 그리하고도 아무 일도 일어나지 않은 것처럼 잊어버릴 거라고 생각하면 두려워서 견딜 수가 없어. 그럼에도 그대를 탐할 수밖에 없는 건 행복을 추구하는 살아 있는 자로서의 이기심이니, 자기연민에서 헤어 나오기가 어렵구나."

"무슨 소린지 잘 모르겠어요."

"짐도 모르겠다. 아버지와 수피아의 업보가 이런 식으로 우리에게 내려오게 될 줄은 참으로 몰랐다. 모로비리 신의 덫은 간교하다. 아버지는 잠들고 수피아가 그렇게 되었는데도, 그는 만족을 모르고 기어코 고밀 신과 끝장을 볼 심산인가 보다. 이제 용은, 전설 속에서밖에 나오지 않는데도……."

오늘따라 청년 유르의 널따란 어깨가 소년의 것처럼 작아 보였다. 아멜리는 안타까운 손짓으로 그의 등을 쓸어내려 주었다. 유르의 격하게 떨리던 목소리가 한층 누그러졌다.

"분노로 가득 차 있던 마하리가 왜 소멸을 택했는지 끝내 알지 못했다. 그를 몰이해 속에서 죽게 내버려뒀다. 하지만 나는 이제 내 형제를 이해한다. 그대의 향기가 나를 미치게 할 때마다 사무치게 마하리를 이해한다.”

　유르가 젖은 목소리로 웅얼거렸다.

　“아멜리. 나는 그대를 오랫동안 보고 싶다. 오랫동안 사랑스
럽게 여기고 귀히 여기고 또 가엾게 여길 것이다. 내가 있는 한
그대도 있고, 그대가 있는 한 나도 존재할 수 있다. 우리가 신들
의 굴레를 벗어나면 영원한 행복을 가질 수도 있을 것이다. 그
러니 날 죽이지 마라. 날 버리지 마라.”

　“바보 같은 소리여요. 내가 왜 유르를 죽이겠어요…….”

　“그대가.”

　건조하고 지친 눈이.

　“살고자 사비 신을 먹었다.”

　아멜리를 비난했다.

　“사비 신?”

　별안간 유르가 벌떡 자리에서 일어났다. 놀라 쳐다보는 아멜
리에게 시선조차 주지 않고 빠른 걸음으로 방 밖으로 나가버렸
다. 그날 내내 아멜리는 유르를 다시 만나지 못했다.

モル간은 수정열쇠가 든 상자를 가만히 응시했다. 사실 삼화의 열쇠를 모아 성석비를 파괴하라는 국화의 제안에 따를 마음은 별로 없었다. 국화가 제시한 탈출 방안은 너무 막연했고, 결과도 불확실했다. 국화와의 악연을 돌이켜 보면 성석비에 관한 것은 단지 짓궂은 장난에 그칠 수도 있다. 그에 비하면 데일스포드의 제안은 좀 더 확실한 거래가 가능했다.

그런데 갑자기 아멜리를 암살하려 한 자가 나타났다. 그것도 교묘하게 국화에게 죄를 덮어씌우려는 의도가 보였다. 이유 없이 차에 독을 타 사람을 죽이려는 자가 있을까? 아멜리가 사라짐으로써 이득을 얻는 자가 있는 것이 틀림없었다. 하지만 황제의 유일한 후궁이긴 해도, 아멜리에게는 아무런 정치세력이 없고 영향력도 없다. 아멜리는 그 누구에게도 피해를 줄 수 없을 만큼 나약한 입장이었다. 심지어 황후가 되고 싶은 자에게도 한낱 후궁인 아멜리는 아무런 방해요소가 되지 못한다.

외출을 다녀온 국화화원의 한 교육생이 복도에서 사람을 살피더니, 쪼르르 방으로 들어와 모르간에게 서찰을 전달하고 조용한 묵례만을 남긴 뒤 빠르게 자리를 떴다. 서찰의 겉면에 암호문이 있었다.

"슬론인가……."

별다른 안부인사도 없이 편지는 본론부터 시작했다. 슬론은 최근 홀로 윈 델람 인근의 제련소에 다녀왔다.

다른 한 장은 게일의 것이었다. 악필로 휘갈긴 편지에는 밖에서 가만히 기다리고만 있을 수 없으니 조만간 수를 써서 안으로 들어갈 것이라 하였다. 모르간이 혀를 찼다.

"쯧쯧. 인내심이 개미똥구멍만 한 놈."

말리고 싶은 마음이 굴뚝이었지만 추적을 당할 수 있기 때문에 궁 안에서 밖으로는 가급적 서찰을 전달하지 않는 것을 원칙으로 하고 있었다.

모르간은 자리에서 일어났다.

어떤 목적에서든 일단 삼화 모두와 접선해보는 쪽이 상황 판단에 도움이 될 듯했다.

"내가 같이 갈까?"

"갑자기 두 사람이 찾아가면 그쪽도 경계심이 강해질 거야. 그리고 넌 오늘 동백의 수업에 가야 하잖아."

아멜리의 표정이 약간 어두워졌다. 동백은 최근에도 온갖 수상한 체력단련법으로 고문에 가까운 훈련을 강요했다. 솔직히 빛나는 풀 덕분에 남들보다 월등한 회복력을 얻었기에 망정이지,

아니었다면 진작 두 다리와 두 팔 중 적어도 하나는 못 쓰게 되었을 터였다.

"케이티가 있어 정말 다행이지."

"아참, 아직 만난 적 없구나. 수정궁의 「매 맞는 아이」인데, 내가 동백화원에 수업 받으러 가면 있어. 수업 중 옆에서 대기하다가 혹시 내가 잘못하면 그 애가 대신 체벌을 받는 역할을 맡고 있거든."

"그런데도 너랑 친하단 말이지?"

"야무지고 구김살 없는 아이야. 나중에 소개시켜줄게. 너도 마음에 들 거야."

"됐어. 애새끼는 극혐이야."

"그래……."

아멜리는 기대도 안 했다는 표정이었다.

시간이 되어 아멜리가 먼저 동백화원으로 나섰고, 곧 모르간도 수련화원에 방문했다. 국화화원 소속의 교육생이 갑작스레 수련화원의 우두머리를 찾아온 일에 대해 수련은 별로 놀라거나 불쾌해하는 기색이 없었다.

"차라도 한잔 하시지요."

수련의 맞은편에 앉은 모르간은 테이블 위에서 김이 모락모락 피우는 향기 좋은 차를 가만히 바라보다가, 웃는 낯으로 정중하게 사양했다.

"요즘 날이 더워서 그런지 차 맛이 쉽게 상하더라고요."

"설마 뭔가 들었다고 생각하나요?"

"무슨 그런 말씀을."

"상대방을 신뢰하지도 못하면서 잘도 소굴에 들어와 독대를 청했군요. 이름이 「모르간」이라고 했죠?"

"미안합니다. 최근 이상한 차 맛에 봉변당한 지인을 본 적이 있어서요."

"사주한 사람을 찾으러 온 거라면 번지수는 틀렸어요. 저는 숙제를 열심히 해 오는 학생에겐 별 유감이 없거든요."

"저는 지성과 미모를 겸비하기로 이름 높은 수련님과 단지 차 한 잔 나눌 영광을 누리러 왔을 뿐이랍니다."

"하긴 국화화원에 「지성」이란 눈을 씻어도 찾아볼 수 없으니까요."

수련의 신랄한 어투에 모르간이 감탄했다.

"대단하시네요."

"뭐가요?"

"국화 같은 사람을 적으로 두려면 보통 용기가 필요한 게 아닐 텐데요."

"어차피 날 안중에도 안 두는 사람이에요. 동백 쪽이라면 몰라도."

"지금은 그럴지 몰라도 국화가 진짜로 황후가 된다면 당신을 가만히 둘 리 없다는 건 알고 있죠?"

수련은 침묵으로 긍정했다.

"국화는 멍청하지만 나쁜 쪽으론 꾀가 발달해서 암살 같은 수에는 당하지 않죠. 하지만 후환이 두렵다면 어떻게든 약점이라도 잡아놔야 하지 않을까요?"

"그 약점이란 걸, 모르간 씨가 안단 말인가요?"

"국화가 날더러 수정열쇠들을 모아 성석비 정원 문을 열라더군요."

"왜요?"

"그건 저도 궁금하네요."

"성석비가 파괴되면 나라에 변고가 일어난다는 괴담이 있기는 하죠."

"동의해요?"

"글쎄요. 저는 단지 열쇠 관리자일 뿐 성석비 자체에 대해서는 아무것도 몰라요. 그래서 당신은 내게 열쇠를 구하러 온 건가요?"

"꼭 그런 건 아니에요. 국화의 의중을 알 수 없으니까. 다만 국화가 왜 성석비 파괴를 원하는 건지는 좀 궁금해서, 수련님에게 물으면 단서를 잡을 수 있을까 싶었어요."

수련은 천천히 차를 음미했다.

"국화가 황제를 증오하는 것 같다고 느낀 적은 여러 번 있었어요. 이유는 잘 모르겠어요. 다만 가끔 황제가 격려차 화원에 들르면 황제를 바라보는 국화의 눈빛이⋯⋯."

"국화는 원래 눈빛이 더러운데."

수련이 잠깐 또 뜸을 들이다가 한 가지 사실을 고백했다.

"당신을 예전에 본 적이 있어요."

"응? 언제 어디서요?"

"약 6년 전. 당신과 국화, 그리고 검은 두건의 아이어턴이라고 불리는 남자가 한자리에 있었어요."

모르간이 눈을 크게 뜨고 수련을 물끄러미 쳐다보다가, 천천히 다리를 꼬더니 의자 등받이에 편하게 기댔다. 가늘게 뜬 눈이 단정한 얼굴을 관찰하듯 천천히 뜯어보았다.

"당신, 「검은 배」를 탔었군."

"맞아요. 검은 배, 검은 두건의 노예 상선을 타고 그날 젤윈에 도착했어요."

"평민 출신이라던 소문은."

"신분이야 세탁하면 그만 아닌가요. 당신이나 국화가 그랬듯."

"나한테 감정이 별로 좋지 않을 텐데 체면치레인 존댓말은 집어치워. 그날 사무실에 불이 나서 아이어턴의 부하 한 명이 죽었던 걸로 기억해. 노예 몇 명도 도망쳤던 걸로 기억하는데."

"그중에 제가 있었어요."

모르간이 제 앞에 놓인 식어버린 찻물을 힐끔 바라보았다.

"역시 안 마시길 잘했군."

그런 모르간 앞에서 오히려 수련은 차를 한 모금 태연하게 음미했다.

"당신에게 큰 유감은 없어요. 그저 조직의 명으로 불려나와 노예에 적정가를 매겼을 뿐이니까. 하지만 다른 두 사람이라면 얘기가 좀 다르겠네요. 아이어턴은 날 노예로 만든 장본인이고, 국화는……. 국화는, 그때는 단지 줄리아였죠. 줄리아는 노예를 어디에 팔지 결정하는 역할이었어요. 인상적이었던 건, 그날 당신과 아이어턴의 표정이 별로 좋지 못했던 데 비해 줄리아의 웃음소리는 정말 자주 들렸어요. 자신에게 주어진 자그맣고 절대적인 권력을 한껏 즐기고 있었죠. 노예들의 미래가 천국이 될지 지옥이 될지 제 손으로 결정하는 일이 재미있어서 견딜 수 없다는 듯이. 내 값을 매길 차례가 되었을 때 줄리아가 날 쳐다보며 부하에게 말했어요. 「밖에서 기다리고 있는 대농장 주인을 불러와. 농장 노예들이 사용할 공용 창부를 사러 왔다고 했던 거 같은데, 이년을 넘겨야겠어. 자궁이 걸레가 될 때쯤이면 감히 내게 저따위 눈을 한 일을 사무치게 후회하겠지.」 도망치고 세월이 많이 흘렀지만 그날 그 말은 토씨 하나 안 틀리고 기억할 수 있어요."

"줄리아 때문에 화원에 들어왔나?"

"화원에는 내가 먼저 들어왔어요."

"국화가 된 줄리아를 봤을 땐 놀랐겠네."

"무서웠죠. 그런데 국화가 날 전혀 못 알아보더군요. 그녀에겐 대수롭지 않은 사건이었다는 거겠지요."

"그건 있을 법하군."

"어쨌든 당신이 말하는 「더러운 눈빛」이 뭔지는 누구보다 잘 알고 있어요. 그렇기 때문에 국화가 황제에게 남다른 감정을 품고 있다는 사실을 알게 된 거니까. 둘 사이에 무슨 일이 있었든, 그 여자가 황제를 증오한다면 난 지옥 끝에서도 황제 편에 설 겁니다."

수련이 옷 밑으로 걸고 있던 목걸이를 벗었다. 길이가 다른 금줄 세 개가 겹쳐진 형태였다. 각 줄에 수정열쇠가 하나씩 끼워져 있었다.

"국화가 준 열쇠는 뭐죠?"

"1번 열쇠라고 했어."

수련은 가장 짧은 줄의 열쇠를 빼내어 내밀었다.

"2번 열쇠예요."

"황제 편에 설 거라면서 국화가 원하는 대로 하려고?"

"황제 편에 서는 건 서는 거고, 그 여자의 본성이 만천하에 드러날 절호의 기회를 놓치긴 아쉬우니까."

수련은 미소를 짓고서, 찻잔 바닥에 고인 마지막 찻물을 호로록 들이켰다.

✥

　　동백의 오른 손등에 칭칭 붕대가 감겨 있었다. 오늘은 권투의 기초를 배워볼 예정이었지만, 평소와 같은 방식으로 동백이 시연을 해줄 수 없고 스파링 파트너도 해줄 수 없기에 아예 수업을 쉬기로 했다.

　　"기껏 오셨는데 정상적으로 수업할 수 없어 죄송합니다."

　　동백이 정중하게 사과했다.

　　"괜찮아요. 그보다 손은 어떻게 된 일인가요?"

　　"별일 아니에요. 근방의 장난꾸러기에게 당한 거예요."

　　"화원 주위에 아이들이 있어요?"

　　"몸은 커졌는데 정신적인 수준이 여전히 아이인 여자가 한 명 있어요. 자주 짓궂은 장난을 치는데, 상대할 가치가 없어서 무시하고 있죠."

　　"어마, 수정궁에도 그런 사람이."

　　동네마다 한 명씩 있다던 머리에 꽃 단 사람이 무려 수정궁 안에도 있는 듯했다. 저런저런 하고 놀라는 아멜리에게 동백이 자리에 앉기를 권했다.

"모처럼 오셨으니 차라도 한잔 드시지요."

"아하하……. 차요……. 네, 한잔 부탁드려요."

차과 과자를 가운데 두고 동백과 마주 앉은 아멜리는 어색함에 몸 둘 바를 몰랐다.

동백과는 태양이 내리쬐는 뙤약볕 아래에서 격렬하고 시끄러운 수업을 했고, 대화도 말보다 몸으로 한 적이 많았다. 언제나 군인 같은 엄격함이 있어서 틈틈이 농담을 주고받기도 어려운 상대였다.

아멜리는 부자연스럽게 눈을 돌리다가, 언제나 동백화원에서 곁에 있어주던 곱슬 단발머리의 소녀가 보이지 않는다는 사실을 알아차렸다.

"케이티가 안 보이네요. 어디 갔을까요?"

"오늘 수업이 없을 거라고 미리 통보를 해서 안 왔을 겁니다."

"그렇군요."

또 다시 어색한 침묵이 흘렀다. 그러다가 아멜리는 퍼뜩 좋은 화제가 떠올랐다.

"아! 동백님은 대장군님의 조카라는 얘기를 들었어요."

"네."

"그러니까, 귀족이시네요."

"네."

"……."

절간 같은 고요함 속에서 아멜리는 어쩔 수 없이 절대로 떠올리고 싶지 않았던 그 남자를 떠올리고야 말았다.

'동백은 칸이랑 잘 어울리겠어……'

강하고, 엄격하고, 말수 적고, 진중한 인간들. 전장에서는 더없이 든든한 전우일지는 몰라도 일상에서는 분위기를 싸하게 만드는 데 일가견이 있는 폭탄들이었다.

아멜리는 칸과 데이트하던 시절을 곰곰이 회상했다. 무슨 주제로 대화를 나누었을 때 그나마 덜 어색했더라? 그러고 보니 칸에게 왜 로열나이트가 됐는지, 어떻게 됐는지 물었을 때의 대화가 순조로웠고, 또 그 자신이 스스로 과거사를 꺼냈을 때 놀랄 만한 대화 양을 쌓을 수 있었다.

"동백님은 왜 화원에 들어오셨나요?"

"들어오면 안 되나요?"

"그, 그런 게 아니고요. 귀족 아가씨라면 원래 생활이 풍족하고 질 높은 교육도 얼마든지 받을 수 있으니 화원에 들어온대도 별로 이점이 없을 거 같아서요."

동백이 달그락 소리를 내며 찻잔을 내려놓았다.

"원래는 군에 들어가고 싶었어요."

"어울려요."

아멜리는 동백이 가진 아름다운 근육질 몸매를 경탄하듯 훑었다.

"무관이 되었으면 무훈을 많이 세우셨을 것 같아요."

"무공에는 별로 흥미 없습니다. 저는 단지 사념이 요구되지 않는 장소가 필요해서 군에 들어가고 싶었어요."

"스트레스가 많아서요?"

"무예를 연마할 때나 적과 싸울 때 정도가 아니면 책임이나 의무, 인간관계와 가문의 이해득실 따위의 복잡한 궁리에서 벗어나기 어려운 게 귀족 아가씨의 생활이거든요."

"그런데 뜻을 꺾고 화원에 들어오셨군요."

"제 가문에는 엘레노어 고모님을 비롯해 이미 무관이 차고 넘치도록 많습니다. 무관은 출세해봤자 대장군이 끝. 그러나 화원에 들어가면 황제의 눈에 띄어 대장군조차 갖지 못하는 최고의 영예를 누릴 수도 있다고 부모님께서 설득하시더군요."

지나친 솔직함에 아멜리는 살짝 당황했다.

"동백님, 황후가 되고 싶으셔요?"

"제가 고민할 필요 없는 문제입니다."

"동백님의 미래인데 고민할 필요가 없다니요?"

"제가 아니더라도 제 가문, 부모님, 고모님, 그 밖의 많은 이들이 제 미래에 대해 심사숙고하고 있습니다."

"하지만 그분들은 동백님이 진짜 바라는 바가 뭔지 모를 수도 있잖아요."

"어차피 저 자신도 모르는데요."

아멜리로선 동백의 답변이 의외였다. 냉정하고 엄격한 동백이라면 어떤 종류든 흔들림 없는 목표를 갖고 있고 오로지 그 목표만을 바라보며 정진할 것 같은 이미지가 있었다.

"아멜리님은 자신이 진짜 바라는 바가 무엇인지 알고 있습니까?"

"저는……."

아멜리는 말할까 말까 머뭇거리다가, 방금 전 동백이 보여준 솔직함을 떠올렸다. 솔직함에는 솔직함으로 대하고 싶었다.

"저는 수정궁에서 나가고 싶어요."

"의외의 말씀이군요. 폐하와 사이가 무척 좋아 보이셨는데."

"유르가 나쁜 사람이 아니란 건 알아요. 그래도 과하게 걱정이 많아서 제가 궁 밖으로 나가는 일을 막는다면 그의 잘못된 판단이라고 생각해요. 저는 어린아이가 아니니까요. 「안전」이라는 모호한 이유로 자유가 제한될 나이는 한참 전에 지났어요."

동백은 무엇을 생각하는지 잠깐 뜸을 들이다 입을 열었다.

"아십니까? 수정궁은 들어오긴 어려워도 나가긴 쉽다는 사실을."

"네, 그렇게 들었어요."

물론 직접 경험해보기도 했다. 그것만큼은 동백에게 솔직하게 말할 순 없지만.

"원래부터 이런 방침은 아니었다고 합니다. 현 황제 폐하께서 즉위하시면서 수정궁에 많은 변화가 일어났습니다. 퇴궁의 자유 외에도 황제의 여자로 간주되었던 궁녀에게 자유롭게 결혼할 권리가 생기기도 했고, 수정궁에 소속되었던 관노들이 자유민으로 승격되어 노동에 대한 대가를 받게 되었습니다. 변화의 일부는 재상의 급진적인 발상에서 비롯되었지만 폐하께서 직접 관여하신 부분도 많습니다."

"훌륭한 일이네요."

"저는 좀 이상하다고 생각했습니다."

동백이 파문이 인 찻물을 내려다보았다.

"자유 결혼과 신분 상승, 좋기만 한 일로 들리지만 황제 입장에서는 글쎄요. 위험부담이 크지요. 저는 정치 이야기를 하고 있는 게 아닙니다. 이전 황제들은 출신이 불분명한 인물은 절대로 신임하지 않고, 주위에 사람이 들고 나는 수를 철저하게 통제했습니다. 폭황 같은 경우에는 암살을 극도로 두려워해 여인을 취할 때나 화장실에 갈 때에도 호위병을 다섯 명 이상 대동했다고 전해집니다. 그에 비해 폐하는, 죽음이 뭔지 모르는 사람처럼 구는 듯 보여요."

아멜리는 묘하게 수긍했다. 가끔 보면 유르는 묘하게 신선 같은 구석이 있었다. 잘못 보면 정신이 이상한 사람처럼 보이기도 한 점이 문제지만.

"그런 폐하께서, 아멜리님만큼은 못 떠나게 막고 있다고 말씀하시니 전 솔직히 좀 놀랍습니다."

"제겐 득이 없는 특별취급이지요, 하하."

"도대체 얼마나 깊은 연정인지, 상상도 안 가는군요."

아멜리는 할 말이 없어 눈을 굴리다가 다실 구석에 치워진 자수틀을 발견했다.

"어마, 동백님 수도 놓으셔요?"

"잡념을 없애기 위해 가끔."

"봐도 될까요?"

"딱히 훌륭한 건 아닙니다. 미완성이고."

동백의 손짓에 시중인이 자수틀을 들어 가져왔다. 동백이 손수 흰 천을 치우자 아래에 옅은 보라색 비단 천이 나타났다. 반쯤 완성된 은방울꽃밭 위를 이미 완성된 흰 새와 붉은 새가 날고 있었다.

예상보다 솜씨가 훌륭하여 아멜리는 감탄했다.

"와, 이런 걸 화조도라고 하죠?"

"예. 맞습니다."

"검을 쥐는 분들은 손마디가 단단해서 자수는 좀 힘들지 않을까 싶었는데 제 오해였네요. 이 자수는 정말로 근사해요. 선물하실 건가요?"

"아닙니다. 이런 서툰 것을 어찌. 아끼는 검들은 먼지가 내려앉지 않도록 검집을 천으로 감아 보관하는데 거기에 사용할까 합니다."

"먼지 방지용이라니, 좀 아까운데요. 만일 손수건으로 만들어

선물을 한다고 해도 그 상대는 무척 기뻐할 거여요."

"그럴까요?"

동백의 반문은 순수한 질문이라기보다 회의적인 뉘앙스가 있었다.

"선물은 싫습니다. 받는 것도, 주는 것도."

"세상에. 선물이 싫다는 사람은 처음 봐요."

놀란 아멜리의 시선을 받으며 동백은 자수틀에 다시 흰 천을 덮었다.

"제 조부님은 우황의 곁에서 온갖 영달을 다 누리신 분이었습니다. 어린 시절 조부님의 생신이 되면 권력에 줄을 대고 싶은 자들이 저택 앞에 줄을 섰습니다. 그들이 가져온 온갖 진귀한 선물들, 사실 그중에 조부님의 취향에 부합하는 물건은 얼마 없었습니다. 하지만 조부님은 당신의 취향을 기준으로 좋은 선물과 그렇지 않은 선물을 구분하지는 않으셨어요. 어떤 사람이 어떤 마음으로 선물을 하는가, 오로지 그것에만 신경을 쓰셨습니다. 그분의 영향인지 저도 선물을 받으면 선물 자체보다 그것이 내게 바쳐진 목적과 경위를 따지게 되더군요. 그러다 보면……보여요. 사람의 마음이."

아멜리는 어리둥절했다.

"선물하는 사람의 마음이 보인다면 좋은 일 아닌가요?"

"과연 그럴까요?"

동백의 말끝에는 이상한 여운이 있었다. 아멜리는 그 여운의 정체가 뭘까 고민하면서 별궁으로 돌아왔다. 이미 모르간이 책을 읽으며 기다리고 있었다. 소파에 늘어진 태도가 거의 방 주인 수준이었다.

"어째 모르간은 국화화원보다 여기에 머무르는 시간이 더 긴 것 같아. 명색이 교육생인데, 국화가 공부 안 한다고 뭐라 안 해?"

모르간이 책장을 넘기며 심드렁하게 대꾸했다.

"걔한테 배울 게 뭐가 있겠어."

"그래도 내가 들어보니 좀 도움이 되는 것 같은데."

"뭘 들었는데?"

"교양 있는 말씨 쓰는 법이랑 사교활동 때 사람을 무해하게 대하는 법."

모르간이 배를 잡고 깔깔거리다가 한순간 웃음을 뚝 그쳤다. 무섭도록 무표정이 된 모르간이 아멜리의 어깨를 두드렸다.

"덕분에 오늘 치 웃음은 다 썼다."

"응……."

아멜리는 많은 것을 묻지 않기로 했다. 왠지 모르겠지만 그게 정신 건강에 이로울 것 같았다.

"그나저나 수련과는 이야기 잘 마쳤어?"

그 말에 모르간이 보란 듯이 새로 얻은 수정열쇠를 보여주었다.

"진짜로 해냈구나! 역시 모르간이야!"

"이제 동백만 남았어."

마침 동백과 인상적인 대화를 나누고 온 터라, 아멜리는 소상히 내용을 전달했다. 아멜리와 동백의 대화를 전해 들은 모르간이 비슬비슬 입꼬리를 끌어올렸다.

"출구가 열렸네."

아멜리가 눈을 반짝 빛냈다.

"동백한테 열쇠를 받아낼 방법이 있어?"

"네 협조가 필요한 부분이 있구나. 다만 넌 마음에 안 드는 방법일지도."

"왜? 사람이 다치거나 죽는 방법이니?"

"그건 아니야."

모르간이 아멜리의 귀에 대고 작전에 대해 속살거렸다. 이야기가 길어질수록 아멜리는 당황하는 기색이 역력했다.

"안 돼! 그런 짓을 했다간 돌이킬 수 없어!"

"뒷감당을 고려할 필요는 없어. 작전이 성공한 후에 우린 파샤로 튀게 될 텐데 뭐."

"으으, 정말 효과가 있긴 있는 거야?"

"세팅은 내가 다 끝내둘게. 너는 시킨 대로만 잘해봐."

아멜리는 어두워진 안색으로 고민했다.

모르간의 작전을 신뢰할 것인가?

80퍼센트의 불안과 19퍼센트의 의심과 1퍼센트의 희망이 존재했다. 그래도 사람 심리가, 간절히 원하는 것 앞에서는 1퍼센트의 희망에 의지하게 되는 법이었다.

34
비즈니스적인 프러포즈

유르는 정무관에서 간만에 국사를 돌보는 업무를 하는 중이었다. 궁인을 통해 아멜리가 찾아왔음을 알게 되고, 또 그 목적이 유르를 밖으로 데리고 나가려는 것임을 알게 되자 간만에 업무 탄력을 받고 있던 재상의 얼굴에는 먹구름이 끼었다. 아멜리는 슬그머니 집무실로 들어와 데일스포드에게 사과했다.

"죄송해요. 저기, 타이밍이 너무 바쁘면 다음에…….."

"아니. 나가자꾸나. 짐도 마침 휴식이 필요하던 참이었다."

"아뢰옵기 황공하오나 집무실에 드신 지 한 시간이 겨우 지난 참입니다."

"한 시간 동안 1년분의 업무를 처리하지 않았느냐."

그러니까 그것부터가 큰 문제라고 반박하려던 재상은 결국 포기하고 깊은 한숨을 쉬었다.

"아멜리님이나 그 친구분이나 일하는 사람 방해하는 일엔 일 가견이 있군요."

"친구분? 모르간 말씀하시는 거여요?"

"……아닙니다."

데일스포드는 어쩐지 새침하게 고개를 홱 돌렸다. 반면에 유르는 몹시 홀가분하게 용포를 훌쩍 던져버렸다.

"귀여운 아멜리. 짐과 놀고 싶더냐?"

"네……. 산책이나 하러 가요."

유르의 옷깃을 잡아끄는 손길은 어딘가 의기소침했다.

"본궁에도 근사한 정원이 있단다. 소포타에만 있는 진귀한 청조나 꼬리 짧은 원숭이가 살고 있지."

"그거 근사하네요. 하지만 오늘은 그냥 별궁 정원을 걷고 싶어요."

왜냐면 그곳이 모르간이 지정한 장소였기 때문이었다. 유르는 퇴궁 문제만 아니면 좀처럼 강권하지 않는 사람이라, 군말 없이 따라왔다. 산책이라고는 말했지만 별궁 안 정원에 도착하자마자 정자에 앉았다. 물론 그것도 모르간의 주문이었다.

"그때 이후에 유르의 얼굴을 보기 힘들어진 느낌이어요."

암살 사건이 있던 날, 유르의 거처에서 묘한 대화를 나누었다.

"마지막에 사비…… 사비 신이라고 언급했죠?"

유르가 느릿하게 고개를 가로저었다.

"기억하지 말거라. 짐이 무고한 아이 앞에서 실언을 했다."

"솔직히 잘 이해 못 했지만, 유르의 고민에 대해 얘기한 거라면 다시 듣고 싶어요. 백지장도 맞들면 낫다잖아요. 혼자 하는 고민보다 둘이 하는 고민이 낫지 않을까요?"

긴 속눈썹을 내리깔며, 은발의 황제는 미미하게 웃었다.

"그대 말이 맞다. 하나 우선은 짐을 불러낸 진의를 듣고 싶구나."

아멜리는 힐끔 유르의 뒤편을 보았다. 모르간이 별궁 복도 끝에서 정원 쪽으로 걸어오고 있었다.

때가 되었다.

"사실은 말이에요. 유르에게 청이 하나 있어요."

"무엇이냐?"

"저는, 당신의 후궁으로 있기 싫어요."

"또 부질없는 소리를 하려는 거냐?"

"아뇨, 수정궁을 나가고 싶다는 뜻이 아니어요. 후궁이 싫다는 거여요. 아무리 제왕의 부인이라지만 그래봤자 첩이잖아요. 아무래도 첩은 사람들한테 존중받기 어렵고, 배우자로서 인정받기도 힘들고……."

아멜리의 작은 가슴이 쿵쿵 요란하게 널뛰기를 했다.

목구멍까지 끌고 올라온 말은 라트샤 갈서산맥 산골의 화전민 마을 출신 약초꾼 주제에 차마 맨 정신으로 하기 힘들었다. 하지만 어쩌쏘냐. 모르간은 이미 지척에 와 있었다. 아멜리는 눈을 질끈 감고 외쳤다.

"저는 황후가 되고 싶어요!"

쿵.

폭탄이 떨어졌다.

"당신과 앞으로 계속 함께 산다면 곁에 나란히 설 권리가 있는 지위가 좋아요. 그리고 당신도 알다시피 저는 힘이 약하잖아요. 저를 위협하는 사람이 없도록, 제가 황후가 된다면 저 외에는 그 누구도 부인으로 맞이하지 않았으면 좋겠어요. 무슨 뜻인지 알죠? 후궁도 안 돼요."

솔직히 이렇게까지 말해야 하나 싶었다. 너무 과격하게 나가서 유르가 오히려 겁을 먹고 물러서면 어쩌지 싶기도 했다. 그런데 유르는 겁먹지도 웃지도 않았다. 아멜리의 두 손을 덥석 잡았다. 커다란 손에 쏙 들어온 나긋나긋한 손을 제 얼굴까지 가까이 하여 맥이 뛰는 손목 안쪽의 향기를 맡듯 눈을 지그시 감았다.

"짐의 곁에 영원히 있겠다고?"

역시 이건 제 코에 코뚜레가 아니었을까. 아멜리가 아무 말 못 하고 쩔쩔 매는 사이 푸른 눈이 다시 아멜리를 쳐다보았다.

"데일스포드에게 곧바로 황후 책봉식을 준비하라 하겠다. 이번

달 안에 모든 것이 준비되도록."

"이, 이번 달 안이요? 너무 빠른데. 그것보다 그렇게 덥석 결정해도 되는 거여요? 황제니까 생각해봐야 할 게 많잖아요. 대신들의 반대라든가, 제 출신 성분이라든가, 후계자 문제라든가."

"짐이 황제다. 황제의 의사가 곧 국사다."

"아니 무슨 그런 독재자 같은 말을……."

"정말 기쁘구나. 짐의 곁에 영원히 있겠다고 먼저 말해주다니."

아멜리의 동공이 요란하게 흔들렸다. 떡밥을 뿌린 건 그녀 자신이었지만 물고기의 떡밥 무는 기세가 너무 맹렬했던 탓이다.

"다시 말해두지만 책봉식이 끝날 때까지는 유효하지 않은 제안이어요. 황후가 되는 과정이 분명히 순탄치는 않을 테니까요. 어쩌면 중간에 깨질 수도 있어요."

"아멜리."

주춤주춤. 아멜리가 몸을 뒤로 빼거나 말거나 유르가 거침없이 한 팔로 아멜리의 허리를 잡아끌었다.

"입을 맞추어도 되겠느냐."

"에?"

"서대륙에서 맛본 그대의 지독하게 맛있는 타액이 그리워 죽을 지경이었단다. 그대가 손을 대길 원치 않아 자제하였지만, 이번에 짐의 반려가 되고 싶다고 그대가 자청하였으니 허락으로 받아들여도 되겠지."

"허락이요? 제가 언제 허락을? 무슨 허락을?"

유르의 눈가가 묘한 열기로 은근히 붉어졌다. 입술이 바짝 마르는지 연신 혀로 핥아 올리는 남자를 보며 아멜리의 몸이 점점 뻣뻣해졌다. 이미 끈적끈적한 공기가 묘한 긴장감을 연출하고 있었다. 그 분위기가 아멜리에게 유르가 원하는 대답을 하라고 마구 다그쳐대는 듯했다.

'모르간! 성공한 거니? 이제 돌아가도 되는 거야?'

간절한 마음 속 외침이 통하지 않았는지 유르 등 뒤에서는 아무런 신호가 없었다. 그러는 사이 유르는 이미 서서히 고개를 기울이고 있었다. 아멜리도 시시히 허리를 뒤로 젖혔다. 가까스로 둘 사이의 거리를 유지하는 데는 성공했지만 머잖아 허리에 무리가 왔다. 으윽, 하고 아멜리가 주춤했을 때 유르가 나머지 한 팔로 아멜리의 어깨를 감쌌다. 말하자면 완전한 포옹이었다.

"아멜리……."

유르의 얼굴이 철통같이 꽉 다물고 있는 아멜리의 입술을 그대로 지나쳐 더욱 밑으로 내려왔다. 흰 피부에 비치는 푸른 정맥을 황홀하게 내려다보던 남자가 마치 그 피를 빨아들이려는 듯이 강하게 피부를 빨았다.

"흑!"

예민한 영역을 지분대는 입술 탓에 아멜리는 자기도 모르게 싫은 신음소리를 내버렸다. 유르는 한 곳을 오래 괴롭히지 않고 푸른 혈관을 따라 여기저기에 자잘한 입맞춤을 남겼다. 온몸의 솜털이 오소소 일어서고 자꾸 이상한 소리가 날 것 같아 아멜리가 스스로 입을 꽉 틀어막았다. 쇄골 언저리만 지분대는 듯하면서도 키스는 착실하게 위로 올라오고 있었다. 유르의 부드러운 입술이 마침내 턱 끝에 안착하였을 무렵 아멜리는 작전이고 뭐고 도저히 참지 못하게 되었다.

"잠깐!"

아멜리가 다급하게 두 손으로 그의 입술을 막았다. 유르는 그대로 손바닥에 쪽 소리 나게 입을 맞추었다. 생각지도 못한 공격에 아멜리가 꺅 소리를 내며 손을 다시 뒤로 숨겼다.

"왜 그러느냐?"

"이, 이, 이런 짓은 제가 황후가 되고 나서! 정식 부부가 되면 하기로 해요!"

뜻밖에도 유르는 관대하게 고개를 끄덕였다.

"그래, 아직은 혼례 전이니 초야를 위해 아껴두는 것도 좋겠지."

그 순간 열기가 올라 발갛게 물들어 있던 아멜리의 얼굴이 이번에는 파랗게 질렸다. 「초야」라니, 그야말로 가공할 만한 멘탈 파괴력을 지닌 단어였다.

"부탁이 있어요."

"뭐든지 말해보아라."

"당분간 제 방에 찾아오지 마셔요."

"어째서냐."

황후가 되겠다는 발언을 하자마자 입술 맛이 어쩌고 하며 단숨에 스킨십 금제를 자체 해제한 남자인데, 밤에 그것도 밀실에 단둘이 있게 되면 과연 인내할 수 있을까? 아멜리는 의심했다. 아니 불신했다. 그래도 일국의 황제에게 차마 「당신이 덮칠 것 같으니까!」라고 소리칠 수는 없다. 아멜리는 유르를 달래고자 억지 미소를 지었다.

"제 고향에서는 혼인 일자가 결정되면 신랑과 신부가 식 당일까지 만나지 않아요. 혼인식까지 서로 몸을 정결하게 하고 성숙한 부부로서 새로이 출발할 수 있도록 마음을 다잡는 거죠."

"고루한 전통이로구나."

"그런 기간을 거치면 서로에 대한 마음도 더 애틋해진대요."

사실 지키는 사람도 있고 안 지키는 사람도 있는 관습이었지만 지금 이 순간부터 아멜리에겐 하늘이 쪼개져도 지켜야 하는 전통으로 자리매김하게 되었다.

"그대의 뜻이 그렇다면 어쩔 수 없구나."

아멜리는 속으로 안도의 한숨을 내쉬었다.

"못 보는 동안 그대가 너무 그립지 않도록 혀로 기억하게 해다오."

"아, 아니 왜 하필 혀로……. 눈으로 기억해요, 눈으로!"

"눈은 감으면 안 보이질 않느냐. 그러나 혀로 기억해두면 언제 어디서든 입안에서 그 감촉을 되새길 수 있단다."

"말도 안 돼. 거짓말이죠?"

"기억이 흐려지면, 약조를 잊고 밤에 무심코 찾아가게 될지도……."

유르가 자신 없다는 듯 말꼬리를 흐렸다.

"혀, 혀로 뭘 하려고요."

"여길 맛보고 싶다."

뺨을 감싸 쥔 엄지가 아랫입술을 부드럽게 쓸자, 아멜리의 머리는 하얗게 탈색됐다. 방금 전에 유르가 입술 장난으로 잔뜩 예민하게 만든 탓인지, 단지 그런 사소한 접촉에도 몸이 굳고 얼굴에 열이 올랐다.

"진짜로요? 꼭 이렇게 해야 절 기억하겠어요? 그러니까, 화원에 드나드는 화공을 불러서 제 초상화 같은 걸 그려주면 안 돼요?"

유르가 숙제를 거부하는 꼬마처럼 살래살래 고개를 저었다. 결국 이 점잖은 얼굴을 한 은빛 늑대를 밤에 못 찾아오도록 달래려면 키스로 타협을 볼 수밖에 없다는 뜻이었다.

"짐과의 접촉이 불쾌하더냐?"

아름다운 은발이 힘없이 아래로 늘어뜨려졌다.

"우리는 부부가 될 예정인데도?"

"그게……."

"짐의 반려가 되어 영원히 곁에 있어주겠다는 약조는 허언이었느냐?"

"아, 아니요! 뭐라고 할까, 불쾌한 게 아니라 자꾸 간지럽고 부끄럽고, 눈앞도 흐릿해지고 하니까요. 제 몸의 감각이 제 마음대로 안 되는 것 같아서 당황스럽달까."

아멜리의 변명을 귀담아 들은 유르가 그제야 얼굴을 환하게 폈다.

"이번엔 그대가 놀라지 않도록 천천히 음미하마."

"……아니, 그냥 짧고 빠르게 하셔요."

어쩌면 젤원의 황제야말로 지금까지 만나본 사기꾼 중에 최악질일지도 모르겠다는 생각을 하며 아멜리는 하는 수 없이 눈을 감았다. 기다렸다는 듯이 유르가 얼굴을 겹쳐왔다. 레올에서 소년 모습을 한 유르에게 키스를 당했을 때는 문자 그대로 「잡아먹는다」라는 무시무시한 의사를 내포한 접촉으로 느껴졌는데, 청년 모습의 유르와 하는 현재의 키스는 좀 더 인간다운 차원에서 「맛본다」라는 의사가 전달되었다. 이러나저러나 뭔가 연인보다는 식자재 취급을 당하는 것 같아 좀 찜찜하지만.

"웃, 흐응……."

유르가 선사하는 낯선 감각보다도 솔직히 제 입에서 저도 모르게 흘러나오는 소리가 낯설고 민망해 죽을 지경이었다.

"하아, 응, 그만……."

원하는 건 다 들어주겠다던 남자의 말은 역시 거짓말로 밝혀졌다. 유르는 앙탈부리는 혀를 어르다가도 자극하고 또 빨아 당기다가 타액이 입 밖으로 흐를라치면 단 한 방울이라도 낭비를 용납하지 않겠다는 듯 쉴 새 없이 입안과 입가를 핥아댔다. 지나친 자극을 감당하지 못하고 눈물이 맺히고야 만 아멜리의 눈이 가늘게 열리며 아직까지도 영 잠잠한 유르의 뒤편으로 뜨거운 시선을 보냈다.

'성공 못 하면 가만두지 않을 거야, 모르간!'

그때 모르간은 정원 수풀 뒤에서 손바닥으로 부채질을 하는 중이었다.

"후우, 덥다 더워. 산책을 나왔다가 별걸 다 목격하네요. 그쵸?"

모르간의 말과 달리 동백은 마치 북풍한설을 맞은 듯 얼어붙어 있었다. 동백의 경악에 찬 시선이 황제의 넓은 등과 그 뒤로 얼핏 보이는 아멜리에 고정되어 있었다. 사실 당사자인 아멜리의 심정은 물밖에 내쳐진 물고기 같은 것이었지만 속사정 모르는 사람이 보기엔 사랑의 밀어를 속삭이는 한 쌍의 잉꼬에 지나지 않았다.

"대단한 얘기까지 들어버렸죠? 황후를 정하신 데다 후궁도 안 두시겠대요. 뭐 남자 마음이야 간사한 것이니 아멜리님이 늙고 질리면 또 어떻게 될지 모르지만, 적어도 지금은 사랑하는 총희 말을 곧이곧대로 다 들어주실 것 같네요. 곧 동백님네 가문도 비상이 걸리겠군요."

"제가, 제가 알기로 아멜리님은, 수정궁을 나가고 싶어 하신
다고…….."

동백이 빈사에 빠진 사람처럼 창백했다. 모르간은 그 반응을
짐짓 무시하며 천연덕스럽게 말했다.

"아멜리님과 좀 친분이 있는 제가 사정을 알고 있지요. 수정
궁 밖으로 나가고 싶어 하는 건 사실이에요. 하지만 폐하께서
매일같이 방에 들러 깊은 애정을 나누실 정도로 아멜리님에게
빠져 있으니까요. 궁에서 나가라고 허락을 해주시겠어요? 막말
로 무단 퇴궁이라도 하고 싶어 하시지만, 저기 성석비라도 두
동강이 나서 폐하는 물론 수정궁 전체에 비상이 걸리기 전엔 방
법이 없어요. 체념하고, 적어도 수정궁 안에서라도 영화를 도모
하는 수밖에는요."

"미안하지만 남부에서 진상되었다는 흉갑은 나중에 구경하도
록 합시다. 갑자기 바쁜 일이 떠올라 실례."

동백이 휙 몸을 돌렸다. 평소처럼 빈틈없는 걸음걸이였지만
어딘가 영혼이 빠져나간 사람 같았다.

"잘된 거 같은데."

그날 저녁, 좋은 구경을 했다며 아멜리를 놀린 모르간은 결국
멱살을 잡혔고, 수시간 동안 비난 겸 신세 한탄 겸 잔소리를 들
었다. 그리고 기진맥진한 아멜리를 위해 푸짐한 저녁식사를 가져
오고 하나하나 독 테스트를 해준 다음 직접 떠먹여 주는 정성을

보였다. 데일스포드가 우다다 별궁을 방문한 것은 그때였다. 사실, 들어오라는 허락을 받지 않고 들어온 것이니 난입이라는 단어가 더 적절했다.

"이건 또 무슨 소립니까. 황후?"

데일스포드는 음절 하나하나를 씹어 먹을 듯했다. 아멜리가 몹시 떨떠름한 표정으로 되물었다.

"벌써 들으셨어요?"

"벌써? 아멜리님 정말 너무하시는군요. 나름대로 손을 잡고 있는 파트너로서, 미리 언질이라도 주실 수 없었습니까? 저는 아무것도 모른 채 3분기 수정궁 예산을 짜느라 안구건조증이 도지도록 서류를 들여다보던 중이었습니다. 그런데 폐하께서 갑자기 공무관에 쳐들어오셔서는, 창고에 있는 보석관을 당장 꺼내어 손질하라고 닦달을 하시더란 말입니다. 왜 그러시냐고 물으니 황후가 결정되었다고, 그것도 아멜리님으로!"

모르간이 젓가락으로 집은 새우튀김을 씩씩대는 데일스포드 앞으로 내밀었다.

"일하느라 바빠서 또 밥 안 먹은 거 같은데, 아 해봐."

데일스포드의 이마에 핏대가 올랐다.

"장난합니까?"

"모르간은 재상님에게 굉장히 친절하네."

갑작스러운 화제 전환이긴 하지만 아멜리는 놀라지 않을 수 없었다. 데일스포드에 대한 모르간의 태도는 반쯤 놀림이었지만 나머지 반은 제임스한테 했던 것처럼 반 괴롭힘은 아니고, 오히려 반 배려라고 할 만한 것이었다. 물론 그 사실을 알 리 없는 데일스포드는 화딱지가 나서 앓을 지경이었지만.

"식사시간을 방해한 무례는 대단히 죄송합니다만, 사안이 사안인지라 지금 당장 해명을 듣지 않을 수가 없군요."

"다 오해야, 오해. 아직 확정되지 않았으니까 걱정 마. 새우가 싫으면 고기완자 줄까? 자, 아~."

"새우도 고기도 됐습니다. 전 채식주의자입니다. 아니, 이게 아니지. 오해라고요?"

"우리 목표는 수정궁 탈출인데 도대체 왜 황후 자리를 노리겠어?"

"하지만 폐하께서⋯⋯."

"다 설레발이라니까. 하여간 촌놈한테는 웃어주지도 말랬다고 한 나라의 군주도 별수 없네."

평소 다져온 뻔뻔스러운 거짓말 실력이 고기완자로 가득 찬 입에서 술술 흘러나왔다.

"폐하께서 합의도 안 되고 확정도 안 된 일로 설레발을 치고 계신 거라고요? 심지어 황후 책봉식까지 준비하라고 명하셨는데, 그럼 저는 어찌해야 합니까?"

"어찌하긴. 월급쟁이는 높은 사람이 까라면 까는 거지."

데일스포드의 주변에 투명한 물음표가 둥둥 떠다녔다.

아멜리는 농락당하는 재상이 안쓰러웠지만, 삼화의 제안은 데일스포드의 제안과는 또 다른 평행선상에 있어야 했다. 그래야만 탈출 가능성이 높아질 거라는 모르간의 주장이 있었기에 협조할 수밖에 없었다. 데일스포드는 여러 번의 식사 권유를 사양하고 터덜터덜 돌아갔다.

그리고 다음 날 오전.

아침 일찍 별궁을 찾아온 모르간은 언제나 그랬듯, 딱히 시중인에게 알리지도 않고 벌컥 아멜리의 침실 문을 열고 들어갔다. 곧 코를 찌르는 철 냄새 같은 것에 코를 쥐었다.

"아아, 또."

내부가 피 칠갑이었다. 바닥에 피투성이의 시체 한 구가 굴러다니고 있었다. 그리고 그 옆에, 자신의 것이 아닌 날카로운 단도를 끌어안고서 쿨쿨 쌕쌕 바닥에 엎드려 자고 있는 아멜리가 있었다. 이번 시체는, 지난번처럼 힘없는 시중인이 아니라 누가 봐도 철저하게 훈련받은 자객이었다.

"이번 사람도 대장군의 손이 닿은 것 같네. 태율이 쓰는 사람들은 이런 전문가가 아니라 거리의 건달이나 양아치야."

잠에서 깨어난 아멜리가 착잡한 표정으로 자객의 시신에 천을 덮어주다가 고개를 번쩍 들었다.

"즉 동백이 날 죽이려 했단 거야?"

"동백이 대장군에게 일러바쳐서 대장군이 손을 쓴 것일 테니 그런 맥락에선 동백의 짓이라고 할 수 있겠지."

아멜리는 가벼운 충격을 받았다. 아무리 동백이 자신에게 좋은 감정이 없다 해도 정기적으로 얼굴을 맞대는 사람을 아무렇지 않게 주살하려 들다니. 아멜리로선 상상도 할 수 없는 짓을 저지르는 동백이 무서웠다.

"황후란 자리가 뭐길래 이렇게까지 하는지 모르겠어."

"사실 네가 이상한 거지. 모처럼 황제가 황후 시켜준다는데 탐 안 나?"

"황후 해봤자 귀찮기만 할 거 같아. 궁 밖에 마음대로 못 나가고 매일 까다로운 귀족들을 상대해야 하잖아. 지금은 잠깐 참으면 된다고 하니 국화의 수업을 듣고 있지만, 앞으로 매일같이 그런 가식과 눈치 속에서 살아야 한다고 하면 난 숨 막혀 죽을 거야."

암살 위협은 아멜리의 특이체질 덕분에 쉽게 고비를 넘겼지만, 그 뒤처리가 문제였다. 시중인과 조사관을 부른다면 이번 암살 사건이 지나치게 큰 스캔들이 될 테고, 수정궁을 최대한 뒤탈 없이 탈출하려는 계획에 상당한 변수를 불러올 수도 있었다. 결국 두 여자는 이번 자객도 조용히 처리하기로 합의했다. 단, 데일스포드는 부르지 않았다.

"대장군이 개입했으니 재상과의 접촉은 최소한으로 줄여야지. 재상도 괜히 약점 잡힐 빌미를 만들고 싶진 않을 거야."

"그럼 우리끼리 이걸 어찌하지?"

"시체는 여기 계속 뒀다간 냄새가 날 테니 어디 으슥한 데 숨겨야지. 방청소는 해야 해. 안 그러면 피비린내가 복도까지 진동을 할 테니까. 별궁에서 네 방 청소를 스스로 한다길래 고생참 사서 한다고 딱하게 여겼는데 이제 보니 신의 한 수였구나."

"그래, 빨리 청소부터 해야겠어. 안 그러면 이런 피 칠갑을 한방에서 오늘밤 나 혼자 어찌 자겠니."

"피가 무서워? 매달 보면서."

무월경인 아멜리는 쓴웃음을 지을 수밖에 없었다.

두 여자는 그날 밤 시체를 별궁 으슥한 곳에 위치한 창고에몰래 옮겼다. 한밤중에 사람들 몰래 죽은 장정 하나를 아래층창고로 옮기는 건 생각보다 힘든 일이었다. 시체를 옮겨놓고 아멜리가 팔뚝을 주무르며 회의감에 젖은 말을 했다.

"동백이 시켜준 근력강화 수업이 동백이 보낸 자객을 처리하는 데 도움이 될 줄은 몰랐어."

고생한 보람도 없이, 다음 날. 시체 한 구가 더 발생했다.

"어제 사람보다 팔뚝이 두 배나 굵네. 그래서 이런 걸 쓰는 건가?"

모르간이 바닥에서 교살을 위해 준비된 것이 틀림없는 철사를 주워 들었다. 간밤에 목을 졸렸을 당사자는 슬픈 눈을 한 채죽은 사람 옆에서 "본의 아니게 죄송합니다."라고 웅얼웅얼 사과를 하고 있었다. 그날 밤 창고에 시체 한 구가 더 추가되었다.

"이제 하루에 한 번씩 시체를 안 보면 마음이 허전해."

다음다음 날에도 여지없이 낯선 시체가 있었다. 자객은 계속 왔고 아멜리는 매일 건강하게 부활했고 쓸데없이 처리할 시체는 늘어만 갔다.

"자기들이 보낸 자객이 돌아오지 않으면 일단 멈추고 상황을 좀 알아봐야 하는 거 아니야? 한 명으로 안 되니 두 명을 보내야겠다는 판단력은 도대체 어느 동네 바보의 머리에서 나오는 거야?"

모르간이 짜증을 낼 법도 한 게 닷새 동안 무려 여섯 구나 되는 자객 시체가 쌓였다. 시체 옆에서 눈을 뜰 때마다 기겁하던 아멜리도 이제는 옆에 뭐가 있든 상쾌한 아침을 맞이할 수 있을 정도로 평정심을 갖게 되었다. 물론 그렇다고 낯선 죽은 남자와의 동침이 달력에 표시해둘 만한 그런 유쾌한 이벤트는 아니었다.

"이걸 어쩌지. 유르한테 호위병이라도 요청해야 할까?"

"내가 보기엔 쓸데없는 짓이야. 괜히 불쌍한 호위병만 추가로 비명횡사하게 될걸."

"이 사람들은 왜 자객이 되었을까? 먹고살려고 어쩔 수 없이 날 죽이러 왔겠지? 가족들은 있을까? 자식이 많이 딸린 가장이었으면 어떡하지? 불쌍해······."

잠결에 자객을 무참하게 살해한 여자가 슬픈 표정을 짓는 것을 보며 모르간은 할 말 많은 눈빛을 하다가 화제를 돌렸다.

"필사는 잘 돼가?"

"응, 틈틈이 해서 이만큼이나 쌓였어."

아멜리가 꽤 두꺼운 분량의 종이뭉치를 모르간에게 자랑하듯 내보였다. 모르간이 고개를 끄덕였다.

"좋아. 모든 게 순조롭군."

그렇게 자신한 지 한 식경도 지나지 않아서였다. 모르간은 난관에 봉착했다. 어떻게 보면 예상하고 있던 바이긴 했지만.

"뭐야, 이년아? 황후?"

국화의 침실은 지옥 악귀들이 야유회라도 다녀간 꼴처럼 엉망진창이었다. 침실 밖 복도에서 벌이라도 서듯 오들오들 떨고 있는 국화의 시중인들과 최측근 교육생들에게 모르간은 미안해하는 듯한 미소를 보여주고 침실 문을 닫았다.

"좀 진정해, 이 왈패야."

"내가 성석비나 건드리랬지 누가 황제를 건드리래?"

와장창! 화병 하나가 박살 나면서 사기 조각이 사방으로 튀었다. 모르간은 마침 근처에 있던 장식용 꽃양산을 방패처럼 둘렀다.

"아니라니까 그러네. 나가, 우린 나갈 거라고!"

"또 내 뒤통수를 치게 가만 냅둘 줄 알아?"

"내 말이 거짓말이라면!"

"이라면?"

"슬론을 줄게."

호오 하고 기세가 수그러들었던 국화가 뭔가를 곰곰이 생각하더니 곧 다시 근처의 도자기를 집어 들었다.

"황후 자리와 슬론의 교환이라니, 전혀 밸런스가 안 맞잖아!"

"왜 이래, 슬론이 얼마나 능력 있는 남잔데. 혹시 알아, 밤일도 끝내줄지."

"그딴 구레나룻과 떡 치느니 평생 떡을 안 먹어!"

강변에 나타난 괴수처럼 소동을 피우던 국화는 제 풀에 기력이 다 빠져서야 대화다운 대화를 나눌 준비가 되었다. 사실 국화는 입속에서 온갖 쌍욕을 씹어대고 있었으나, 적어도 모르간의 목소리가 묻히지 않을 정도의 작은 음량이었던 것이다. 모르간은 양산에 숭숭 박힌 유리 조각과 사기 조각을 빼내면서 차분하게 타일렀다.

"말했듯이, 황후 책봉식이 되기 전에 무슨 수를 써도 탈출할 거야. 열쇠도 세 개 중 벌써 두 개를 모았어."

"남은 건 어느 년 거야?"

"동백."

빨갛게 달아오른 뺨으로 시근덕대던 국화가 점점 더 조용해지더니 갑자기 고개를 젖히고 깔깔 웃기 시작했다. 산발에 맥락 없는 웃음까지. 가히 실성했다고 해도 믿을 수 있는 꼴이었다.

"뭐야, 진작 말을 하지."

국화가 웃겨 죽겠다며 이불 위를 손바닥으로 팡팡 쳤다.

"난 또 아멜리가 왜 뜬금없이 황후 자리를 넘보나 했더니만 네 꾀였구나?"

"응?"

"시침 떼지 마. 동백이 황제한테 넋이 나갔다는 사실을 알게 된 거잖아."

"너도 알고 있었어?"

"그런 멍청한 년 속이야 열 길 물속처럼 뻔해."

"알았으면 진작 좀 공유하지."

"미처 생각을 못 했네."

국화가 얄밉게 대꾸한 뒤 또 한 차례 깔깔 웃어댔다.

"동백 그년 지금쯤 속이 말이 아니겠군. 하, 아쉬워. 내가 그 꼴을 보고 싶어 몇 년을 별렀다고. 황제의 여자 보는 눈이 발바닥에 달려 있지만 않았어도 내 계획은 성공했을 텐데."

"무슨 계획?"

"동백을 잡아다가 묶어놓고 그 앞에서 황제랑 라이브로……."

"닥쳐. 들으면 상상되니까."

모르간이 접은 우산을 냅다 집어 던졌다. 우산으로 얻어맞고도 국화는 웃음기가 가시지 않은 얼굴이었다.

"만약 아멜리가 정말로 황후가 되면 죽일 거야. 말 안 해도 알겠지만."

"그러렴."

"들어도 상상조차 가지 않을 그런 구도로 죽여줄게."

"젤원은 좋겠어. 장래 황후마마께서 창의력이 넘치셔서."

모르간이 침실 밖에서 방문을 닫았다. 문 너머에서 국화가 외쳤다.

"내 말 진지하게 들어야 해, 모르간!"

복도에는 아직도 시중인과 교육생들이 무릎을 꿇고 앉아 있었다. 하나같이 목 끝부터 발끝까지 천으로 꽁꽁 감싸 보는 이의 숨이 막힐 지경이었다. 그들이 겁먹은 눈으로 모르간을 일제히 올려다보았다.

"상황 종료야. 다시 기분 좋아진 거 같으니 들어가 봐."

국화의 측근들이 절박하다 싶을 정도로 부리나케 침실 안으로 들어가는 모습에 모르간이 절레절레 고개를 저었다.

"너도 곱게는 못 죽을 거다, 줄리아."

❧

도끼를 들고 찾아온 일곱 번째 자객을 하늘로 보낸 아멜리가 멀쩡한 모습으로 동백의 수업에 나타났을 때, 동백은 태연한 척했지만 평소보다 더 여러 번 아멜리의 몸 구석구석을 훑어 내렸다.

"왜 그렇게 보셔요?"

"아닙니다. 옷에 먼지가 묻은 줄 알았는데 착각이었어요."

"신경 써주셔서 감사해요. 그럼 오늘은 무슨 수업인가요?"

"승마를 할까 했는데, 비가 오네요. 다음으로 미루고 오늘은 이론 수업을 하겠습니다."

아멜리가 멈칫했다. 조금 떨어진 곳에 평소처럼 커다란 눈망울을 얌전하게 발치로 떨어뜨린 케이티가 서 있었다.

"혹시 제가 퀴즈를 틀리거나 하면 케이티를 때리진 않으시겠지요?"

실기 수업도 그토록 가차 없이 시키는 선생인데, 이론 수업이라고 어르고 달래며 할까. 그런데 차라리 구르거나 뛰거나 하는 것은 스스로 이를 악물고 해내면 된다지만, 머리가 안 따라와서 시험문제를 틀리는 건 아멜리로서도 컨트롤할 수 없었다.

"신체 단련도 무예 훈련도 사실 책상 앞에 앉아서 외우는 것보다 직접 해봐야 체득이 됩니다. 활자 암기를 못 한다고 하여서 타박하진 않습니다. 매 맞는 아이를 먼저 돌려보내고 싶거든 그리하십시오."

동백이 덤빌 걸 대비하여 케이티를 곁에 두는 편이 좋을까, 아니면 휘말리지 않도록 돌려보내는 편이 좋을까. 아멜리는 고민 끝에 케이티를 돌려보냈다. 혹시 동백화원에서 변을 당해 자신이 죽었다 살아나는 장면을 케이티가 목격하게 되면 수습이

골치 아파질 것 같았다.

아멜리와 둘이 남은 동백은 충실하게 승마에 관한 이론 수업을 했다. 좋은 말을 구분하는 법, 좋은 말의 종류, 승마 상황에 따른 기수의 자세 등.

흥미로운 주제이긴 했으나, 지난 일주일 내내 목숨을 노린 적이 하는 얘기가 귀에 잘 들어올 리 없었다. 아멜리의 관심은 온통 딴 곳에 가 있었다.

"동백님의 수업을 들으니 준마를 타고 넓은 평야를 실컷 달려보고 싶네요. 제 고향 근처에 메사 대평원이라는 넓은 들이 있는데……. 하아, 다신 가볼 수 없겠죠."

"아멜리님, 아직도 궁 밖으로 나가고 싶으신가요?"

"바라 무엇하겠어요."

아멜리는 말을 돌리는 척하다가 비가 추적추적 내리는 뜰을 바라보았다.

"날씨가 흐리고 귀신이라도 나올 것 같네요. 그러고 보니 수정궁 괴담에 대해 들어본 적 있으셔요?"

"어떤 괴담 말입니까?"

"세 개의 화원이 둘러싸고 있는 정원에 있는 성석비가 무너지면 나라에 큰 변고가 생긴대요."

"허황된 미신입니다."

"하지만 성석비에 아무도 다가갈 수 없도록 철저하게 막아놓고 있다던데요."

"역사적 가치가 매우 높은 국보이니까요."

"이런 말 하면 좀 이상하게 들리겠지만 저는 성석비에 한번 다가가보고 싶어요."

"젤원이 망하길 바란단 말씀입니까?"

"설마요! 그냥…… 성석비에 관리가 필요한 상황이 오면 유르, 아니 폐하의 저에 대한 집착도 좀 줄지 않을까 하고요."

"아멜리님."

"네."

"실망입니다."

"네?"

"폐하의 반려가 되는 건 황후든 후궁이든 말하자면 국모인데, 국보 1호에 재앙이 있기를 바라시다니요. 아무리 젤원과 관계가 좋지 않은 파샤에서 오신 분이라 하더라도 제2의 고향이 된 젤원에 너무 무책임한 발언을 하시는군요."

"아 저는 그런 뜻이 아니라……."

동백이 쌀쌀 맞게 승마술 책을 덮었다.

"비도 오고 피곤해 보이시니 오늘은 이만하시지요."

축출령이었다.

별궁으로 돌아가는 아멜리의 마음은 몹시 싱숭생숭했다. 동백은 뒷구멍으로 지인의 암살 시도나 하는 저질스러운 사람이지만,

적어도 방금 한 말에 크게 틀린 점은 없었다.

'내가 남의 나라 일이라고 정말 너무 간단히 생각한 건가? 하긴 수정궁에서 풍족하게 지내는 주제에 성석비 파괴할 궁리에 골몰한 내 모습을 젤윈 사람이 보면 희대의 악녀가 따로 없겠지. 사실 내가 탈출하기 위해 성석비 파괴 말고 다른 방법이 없는 것도 아닌데.'

자신을 기다리고 있을 모르간을 예상하였기에 아멜리는 성급하게 질문을 던지면서 문을 벌컥 열었다.

"모르간, 재상님의 제안 말인데."

양반은 아닌 양반이었다. 놀란 아멜리가 딸꾹질을 했다.

"재, 재상님."

데일스포드는 모르간과 눈싸움을 하고 있다가 아멜리를 발견하고서 꾸벅 허리를 굽혔다.

"강녕하셨는지요."

마지막으로 본 지 며칠 안 되었는데 지나치게 정중한 인사가 기묘했다.

"예, 재상님도요……?"

안부 인사는 조심스러운 의문문이 되고 말았다. 빈 말이라도 데일스포드의 낯빛이 여상하다고는 할 수 없던 것이다.

"물론 저는 아주 무탈하게 잘 지냈습니다. 방금 별궁의 「지하 창고」를 확인하기 전까지는."

말에 뼈가 있다. 그리고 그 뼈는 칼슘과 욕으로 이루어진 것이었다.

"어, 그게요. 뭐랄까, 저희가 딱히 뭘 한 건 아니고요. 자꾸 그런 사람들이 찾아오니까 어쩔 수 없이."

"진작 말씀을 해주셨으면 별궁에 호위병을 배치하고 암살 시도의 배후를 밝히기 위해 조사를 시작하였을 텐데 말입니다."

"에이, 화내지 마. 자기가 안 그래도 업무 과다로 매일 야근하는데 일거리를 늘리면 진짜 과로사할 거 같아서 그랬어."

데일스포드는 이제 모르간이 하는 말은 마침표 하나라도 신뢰할 수 없다는 표정이었다.

"이제는 밤공기도 차지 않은 때입니다. 시체는 이미 부패되고 있을 터이고 별궁에 파리와 구더기가 꼬인다면 참 좋은 소문이 나겠습니다."

"우리가 초대한 사람들도 아닌데 우리한테 뭐라 하면 싫어, 자기."

"자기라고 그만하십시오. 남이 들을까 봐 무섭습니다."

"알았어, 달링."

모르간의 요염한 눈웃음에 데일스포드는 어이없다는 듯 입을 벌렸다가 제 풀에 다물어버렸다.

"자객은 대장군이 보낸 겁니까."

"타이밍만 따지면 아무래도 그렇지?"

"이 건을 빌미로 대장군을 실각시킬 수도 있습니다."

"그랬다간 태율의 세력이 걷잡을 수 없을 만큼 강화될 텐데? 지금의 이 미묘한 균형이 좋은 거야. 당신도 알잖아?"

"하지만 이들이 사람 목숨을 파리 취급 하는 꼴을 가만히 두고 볼 수도 없습니다."

"내게 좋은 생각이 있어. 뇌물을 좋아하는 아저씨한테 좋은 선물을 보내자. 우리 자기가 부리는 사람 몇 명만 빌려줄 수 있어?"

"무슨 짓을 하려는 겁니까."

"그건 나중에 보고로 받아봐."

모르간이 찡긋 윙크를 날렸다. 그러자 데일스포드가 조용해졌다. 심장이 쿵해서가 아니라, 지금 이 순간 이곳에 존재하는 자기 자신에 대해 심각한 회의감이 느껴져서.

어떤 모략이 있었는지 꿈에도 모르는 젤윈의 태율은 수정궁 못지않게 호화스러운 저택의 침실에서 평화롭게 눈을 떴을 때 반가운 소식을 받았다. 익명 희망의 청탁자가 아침부터 40개나 되는 사과상자를 선물로 보낸 것이었다. 박스에서는 상큼한 과일 향이 아닌 퀴퀴한 냄새가 났다. 로렌스가 손바닥을 비비며 입맛을 다셨다.

"후후. 무슨 어려운 부탁을 하려는 사람이길래 이렇게까지."

로렌스는 하인을 물리고, 밀실에 들어가 직접 박스 중 하나를 개봉했다.

예상대로, 상자 안의 내용물은 사과가 아니었다. 하지만 그가 기대했던 금전도 아니었다. 사람 손을 탄 광물보다 한층 더 고약한 냄새를 풍기는 것. 그것의 정체를 깨닫자마자 로렌스가 악소리를 질렀다.

"다리잖아!"

검게 변색된 피가 말라붙었고 이미 군데군데 썩어가고 있긴 했으나 다리털이 숭숭 난 남자 다리임에 틀림없었다. 혼자 우왕좌왕하다가 상자를 팔로 쳐서 바닥에 떨어뜨렸다. 일상적이지 않은 것들이 쏟아져 나왔다. 팔도 있고 다리도 있고 어느 부위인지 불분명한 살점도 있었다. 구역질 나는 밀실에서 뛰쳐나온 로렌스는 제 방으로 돌아가, 공포에 질린 눈으로 차곡차곡 쌓여 있는 사과박스들을 바라보았다. 돈 냄새로 착각했을 때는 좋기만 하던 그 악취가 이제는 숨통에 진득하게 달라붙어 호흡을 곤란하게 만들고 있었다. 로렌스는 이국의 직공이 짠 최고급 카펫 위에 노란 위액을 수차례 토하다가, 자신의 토사물 위로 기절해 자빠졌다.

수일 후 이 끔찍한 이야기를 최대한 순화해서 전해 들은 아멜리가 고개를 갸우뚱거렸다.

"자객의 배후는 대장군 쪽인데 왜 태율에게 돌려보낸 거니?"

"태율 성격상 시체의 신원을 샅샅이 조사해서 범인이라고 생각되는 자에게 배로 돌려줄 테니까. 그치도 정보는 빠른 양반이니 자객 소속이 어디인지는 금방 알아낼 거야."

"서로 물고 뜯고 오해하게 만든 거로군요. 과연 인성이라고는 찾아볼 수 없는 비열한 계략입니다."

로렌스의 소식을 전해주러 찾아왔던 데일스포드가 감탄과 경멸 사이 어딘가에 있는 감정을 드러냈다.

모르간이 찡긋 윙크했다.

"내 재치에 반했어, 자기?"

"자기라고 부르지 마십시오. 꿈자리가 뒤숭숭해집니다."

"자기를 자기라고 부르지 그럼 뭐라 해?"

데일스포드는 모르간을 쌀쌀맞게 무시한 뒤 돌아가 버렸다. 두 사람 사이에서 눈알을 열심히 굴리던 아멜리는 데일스포드가 완전히 사라진 것을 확인하고 나서야 꾹 참았던 질문을 쏟아냈다.

"모르간, 혹시 재상님을 좋아해?"

"어머, 들켰네."

혹시나가 역시나였지만 그래도 놀라운 것은 놀라운 것이었다.

"진짜? 진심이야? 왜?"

마지막 의문은 데일스포드가 직접 들었다면 다분히 실례였을 종류였다.

"귀엽잖아."

"귀엽⋯⋯?"

데일스포드는 키가 크고 마르고 안경 너머의 눈매가 꽤나 날카로운 치로, 아멜리 생각에는 「귀엽다」는 수식어와 백만 광년쯤 떨어져 있었다. 모르간이 샐쭉 웃었다.

"사귀면 시키는 대로 다 할 거 같지 않아?"

"그럴까? 난 재상님은 꽤 주관이 확실한 남자라고 보는데."

자신의 안목이 틀렸나 싶어 고개를 갸웃대는 아멜리에게 모르간이 의미심장한 미소를 지어 보였다.

"밤에."

"……."

아멜리는 딱 거기까지만 묻기로 했다.

35

내어주는 자, 노리는 자

수업날이 아닌데도 동백에게 연락이 왔다. 승마 수업과 관련하여 선물할 마구가 있으니 들러주면 고맙겠다는 전갈이었다. 그런데 막상 아멜리가 동백의 처소로 찾아갔더니 동백은 없었다. 초대를 받아 왔다고 하니 동백의 시중인이 방 안으로 들여보내 주었다.

"사람을 불러놓고 자리를 비우다니 이상한 일이네."

주인이 돌아올 때까지 적당히 앉아서 기다릴 작정이었다. 아멜리는 전에 한 번 들어온 적이 있는 다실을 두리번거렸다. 그런데 다실의 장식장 위에 웬 작은 삼각형 모양의 상자가 뚜껑이 살짝 열린 채 놓여 있었다.

시중인이 부주의하게 정리를 하다 만 모양이었다. 상자 모양이 특이해서 아멜리는 무심코 다가가서 살펴보았다.

잘라놓은 파이처럼 생긴 상자였는데, 눈으로 보기에 하나는 1/4조각, 또 하나는 1/6조각, 나머지 하나는 1/12조각 크기였다.

"뭐지, 이건……. 빈 상자를 안에 점점 겹쳐 넣는 걸까?"

아멜리는 예전에 목야의 장터에서 본 적 있던 이국의 인형을 떠올렸다. 똑같은 모양의 인형을 크기별로 여러 개를 만들어 큰 인형의 뚜껑을 열면 점점 작은 인형이 나왔다. 마침 이 상자도 점점 크기가 작아지는 것처럼 보였다.

아멜리는 호기심에 상자를 이리저리 살피다가 툭 하고 상자 뚜껑을 건드려 떨어뜨리고 말았다.

"어머, 이런 실수를."

뚜껑을 주워 다시 상자를 닫다가 내용물을 보고 말았다.

놀랍게도 벨벳 천 위에 수정으로 깎은 열쇠가 가지런히 놓여 있었다.

"귀한 걸 왜 이토록 부주의하게?"

이상하게 여기며 일단 손을 대지 않았지만 날이 저물도록 동백은 돌아올 기미가 보이지 않았다. 시중인에게 물어보니 동백 화원 내에 무슨 급한 문제가 터져서 해결하는 대로 돌아올 거라 했다.

처음엔 그렇구나 했던 아멜리도 시간이 흐를수록 점점 기분이 야리꾸리해졌다.

주인 없는 방에 혼자 있는 손님. 활짝 열린 보배 상자.

어떤 일정한 사건을 벌어지기를 기대하는 노림수가 보이는 세팅이 아닌가. 마침내 아멜리는 불쾌해졌다.

'이렇게만 해놓으면 내가 열쇠를 슥 집어 갈 거라 생각한 거야? 사람을 좀도둑 취급해도 유분수지!'

열쇠엔 손도 대지 않고 씩씩거리며 돌아와 모르간에게 화풀이하듯 털어놓으니, 모르간이 아멜리의 등짝을 쳤다.

"아이고 잘 먹겠습니다 하고 냉큼 집어 왔어야지!'

아멜리가 억울해서 항변했다.

"그냥 집어 오면 도둑질이야."

"집주인이 너 가져가라고 일부러 놔둔 건데?"

"확실하지도 않은걸. 그리고 나 줄 거면 당당하게 건네주지, 사람 도둑으로 만들며 줄 건 또 뭐니?"

"우리가 모르는 입장이 있나 보지. 보아하니 가문에 엄청 구애받는 여자 같은데 대장군이 허락 안 했을 수도 있잖아."

"나중에 자기만 빠져나갈 구멍을 만들기 위해 날 도둑으로 만들려고 했단 말이지? 정말 비겁하다. 사람이 어쩜 그러니? 나한테 실망스럽다 어쩌고 하더니, 흥. 내가 더 실망이야."

아멜리는 보기 드물게 격한 화를 냈지만 모르간은 전혀 동요하지 않았다.

"진짜 안 가져올 거라면 내가 나선다."

"네가 가봐도 소용없을걸. 주인이 없으니까 어느 것이 3번 열쇠인지 모르잖아. 국화가 가르쳐준 잠금장치 규칙에 따르면 세 열쇠를 한 번씩 다 테스트해볼 수도 없고 말이야."

"무슨 표시 없디?"

인상 깊었던 특징이라곤 특이한 상자 모양뿐이었다. 아멜리의 묘사를 전해 들은 모르간이 자신 있게 지시했다.

"1/4 파이 조각을 골라와."

이유를 제대로 물을 틈도 없이 아멜리는 모르간에게 등을 떠밀려 다시 동백화원으로 향했다. 아직도 다실은 빈방이었고, 수정열쇠 상자들은 여전히 바깥에 꺼내져 있는 상태였다.

아멜리는 짧은 한숨을 푹푹 내쉬며 모르간의 말대로 1/4 크기 상자를 집어 들었다.

돌아오는 도중에 동백의 시중인이 제지할까 봐 간이 콩알만 해졌으나 별일은 없었다. 별궁으로 귀환한 아멜리를 모르간이 손뼉을 치며 환영했다.

"좋았어! 세 개 다 모았어!"

아멜리는 여전히 걱정스러운 표정이었다.

"그 상자가 정말 3번 열쇠 맞을까?"

"동백은 무관이 되고 싶어 했던 여자라고 했지?"

"응."

"문자가 아닌 특징으로 열쇠를 구분해야 하잖아. 쉽게 잊어버리지 않으려면 자기가 연상하기 쉬운 규칙으로 암호를 정하겠지. 군에서는 방향을 시계판에 빗대 말해. 1시 방향, 10시 방향 이런 식으로 말이야. 이 파이 조각 상자가 시계라고 쳐봐. 1/12는 5분 내지는 1시간 간격, 1/6은 10분 내지는 2시간 간격, 1/4는 15분 내지는 3시간 간격. 이 경우 우리가 적용할 숫자는 1, 2, 3이고 어차피 5, 10, 15도 5의 1배수, 2배수, 3배수니까 결국 상자 크기로 1, 2, 3을 구별할 수 있게 되지. 알고 나니 간단하지?"

아멜리는 영혼 없이 고개를 주억거렸다. 살다 보면 저 말이 언젠가 이해되는 날도 오겠지 하면서.

"만약에 정말 만약에 말이야. 네 추리가 틀리면 어떻게 되는 거야? 같은 열쇠 두 개가 사용되는 즉시 방범장치가 작동되고 우리는 잡혀 들어갈 텐데."

모르간이 아멜리의 어깨를 탁탁 두드렸다.

"베갯머리송사 하는 법을 알려줄게. 그땐 너와 황제의 초야에 모든 걸 건다."

아멜리는 시선을 발치로 늘어뜨리며 진지하게 생각했다.

'지금이라도 나 혼자 땅굴을 파서 도망치는 편이 낫지 않을까?'

동백은 다급히 발걸음을 옮겼다. 화원 밖, 본궁으로 향하는 길이었다. 평소 사람들이 드나드는 일반적인 길은 아니었다. 수정궁 안에서의 생활이 십여 년이 넘어가는지라 동백은 이런저런 뒷길을 모두 꿰고 있었다. 이 길은 화원에서 본궁으로 갈 수 있는 최단 경로. 하지만 후미진 곳에 있어서 사람들이 잘 찾아오지 않고 일정 시간 외에는 경비병도 보이지 않았다. 이런 길이 있는 동백화원을 처음 배정받았을 때 동백은 황제의 의도를 감지했다.

'폐하께선 나밖에 믿을 수 없는 거야. 속이 음흉한 국화나 출신이 불분명한 수련보다도, 나를 신뢰할 수 있다고 인정해주셨으니까 본궁과 연결된 길이 위치한 동백화원을 내게 주신 거야.'

본궁의 뒷문이 콩알만 하게 보이기 시작했다. 동백은 발걸음을 서둘렀다.

"걸음이 바쁘시군요. 급한 일이라도 있으세요?"

동백이 급하게 멈추어 섰다. 자신의 앞길을 가로막은 존재를 확인한 순간 분노가 불길처럼 솟아올랐다.

"감히 네가."

어둠 속에서 달빛만을 받으며 서 있는 인영은 다름 아닌 케이티였다.

"어디를 가시려는 건가요?"

"건방진 년."

오래 대화를 섞을 필요도 없었다. 동백은 케이티의 뺨을 후려치려고 손을 들었다. 그런데 손이 허공에서 정지했다. 아무리 당겨도 내려오지 않았다. 마치 보이지 않은 실에 팔이 엉킨 것처럼.

"이건……."

그제서야 동백이 케이티의 포즈에 주목했다. 매 맞는 아이가 마치 체벌을 기다릴 때처럼 두 팔을 앞으로 나란히 들고 있었다. 가늘고 작은 손가락들마다 골무를 끼고 있었다.

"황제한테 이르는 건 곤란해요. 고자질쟁이는 나쁜 아이. 체벌을 좀 받으셔야겠어요."

키득키득 장난스러운 웃음소리와 함께 케이티의 손가락이 건반을 두드리듯 움직였다. 동백은 반사적으로 허리춤에 손을 댔다가, 검을 두고 나왔다는 사실을 상기했다. 본궁에서는 호위병 외에는 누구에게도 무장이 허락되지 않기 때문에 황제와 독대하려고 일부러 놓고 왔던 것이다.

"젠장."

급한 대로 자유로운 한 손으로 바닥의 흙을 한 줌 집어 케이티의 안면으로 흩뿌렸다.

케이티가 팔뚝으로 얼굴을 가렸다. 틈을 놓칠세라 동백이 다리를 들었다. 그녀의 가슴 언저리까지 오는 작은 아이의 안면에 무릎을 날리려는 참이었다. 그런데 턱 하고 다리가 잡혔다. 오른 팔과 마찬가지로 보이지 않는 실로 꽁꽁 묶여 허공에 들린 듯한 느낌이었다.

"이게 뭐야."

케이티가 흙이 조금 섞인 침을 퉤 뱉었다.

"마법사랑 싸워본 적 없죠?"

"마법이라고?"

그 말에 케이티의 이상한 동작이 수인이었다는 사실을 깨달았다. 하지만 너무 늦은 때였다.

"전장에서 굴러본 적도 사실 몇 번 없잖아요?"

동백의 눈가가 무섭게 일그러졌다.

"실전 경험도 없이 자기가 잘난 줄 알고 설치는 무사를 처리하는 일만큼 간단한 것도 없어요."

이미 동백의 전신은 관절마다 실에 감겼다.

춤추는 무용수처럼 비일상적이고 인위적인 포즈로, 동백은 실을 끊어내려고 안간힘을 썼지만 아무리 힘을 주어도 끊어질 기미가 보이지 않았다.

"아, 마지막으로 한마디. 아멜리한테 열쇠 넘겨줘서 고마워요. 내가 잘 쓸게요."

케이티가 날개를 펼치듯 두 팔을 확 벌렸다. 정육점 앞에 진열된 고깃덩어리들처럼 동백의 신체는 일정한 간격으로 분리되었다. 깨끗하게 잘린 혈관에서 미끈한 액체가 폭포수처럼 흘러내렸다.

케이티는 몸통에서 떨어져 나온 동백의 머리를 태연하게 주워 올렸다. 그녀의 마지막 표정은 현실을 받아들지 못한 경악이었다. 케이티는 만족스럽게 미소 짓고서 피 웅덩이를 피해 발랄하게 뛰어갔다.

⚜

아멜리는 아무래도 기분이 찜찜했다. 일단 동백이 확실히 열쇠를 넘겨준 건지도 잘 모르겠고, 과연 자유를 되찾기 위해 남의 나라 국보를 파괴해도 될지 망설여졌으며, 자신의 탈출을 알게 된 유르가 느낄 배신감도 마음에 걸렸다.

"있잖아. 설마 성석비를 파괴한다고 해서 유르가 병에 걸리지는 않겠지?"

"생쥐가 고양이 생각해주는 것도 병이다, 너. 애초에 황제가 널 자유롭게 궁 밖으로 나가게 해줬다면 우리도 이런 고생 다 필요 없잖아."

모르간은 냉정할 만큼 현실을 직시하고 있었다. 아멜리는 전적으로 동의하면서도 딱히 모르간의 말에 통쾌함을 느끼지는 못했다.

"그래도 유르가 아프거나 다치거나 하면 내 마음이 굉장히 찜 찜해질 것 같아."

"그래? 나랑은 좀 다르네. 날 담장 안에 가둔 새끼가 급사하면 어깨춤을 출 텐데."

"급사?"

아멜리는 창백해져서 멍하니 모르간을 쳐다보았다.

"말이 그렇단 얘기지, 황제가 급사한다고는 안 했다."

"어어……."

모르간이 굳어버린 아멜리의 등짝을 팡팡 때렸다.

"정신 붙들어 매. 이제 준비해야지."

"설마 오늘 밤에 하려고?"

"꾸물거릴 필요 없어. 삼화가 열쇠들을 모두 내줬지만 언제 변심할지도 모르고, 다른 꿍꿍이가 있는지도 모르잖아. 솔직히 국화가 그리 순순히 열쇠를 내어준 행동의 저의는 아직도 의심스러워."

국화의 진의는 성석비 정원을 개방하고 나서 밝혀질 가능성이 높지만, 괜히 아멜리의 불안감을 부채질할까 봐 모르간은 속으로만 생각하고 말았다.

"걱정 마. 정원 문을 열자마자 무슨 일이 벌어지진 않을 거야. 관건은 성석비 자체이지. 상황이 여의치 않으면 오늘은 탐색만으로 끝낼 수도 있어."

"응, 알았어."

"각 화원과 맞닿은 수정담에 열쇠구멍이 하나씩 있다고 했지. 국화화원은 내가 하고 수련화원은 네가 한다고 치면, 동백화원은 누가 하지? 당연히 데일스포드는 도와주지 않겠지. 누구 믿을 만한 사람 없어?"

퍼뜩 떠오르는 얼굴은 하나밖에 없었다.

"어쩌면 케이티?"

"너 대신 매 맞는 애?"

"응. 어려도 상당히 야무지고 책임감도 강해. 전에도 내가 수정궁 밖으로 나가는 걸 도와준 적이 있으니까 이번에도 도와줄지도 몰라. 내 수업 때문에 동백화원에 자주 드나들었으니 그쪽 지리도 잘 알 거고."

"여러모로 적당해 보이네. 좋아, 내가 먼저 1번 열쇠를 갖고 국화화원으로 갈게. 여기 2번 열쇠와 3번 열쇠를 줄 테니 케이티를 몰래 불러내서 3번 열쇠를 주고 동백화원을 맡겨. 너는 수련화원이고 2번 열쇠야. 알지?"

"그런데 있지. 생각해보니 내가 직접 케이티를 데리러 가면 사람들이 이상하게 볼 것 같아."

"누가 뭐라고 하거든 무조건 황제 핑계를 대."

"그렇게 허술한 알리바이를 믿어줄까?"

"순간만 넘기면 그만이란다. 어차피 황제도 맨날 잠행이다 뭐다 하면서 혼자 설렁설렁 다니는 양반이니 그 이름을 대면 수정궁 사람들도 어느 정도의 수상함은 마음으로 수용해줄걸."

모르간이 밤하늘을 올려다보았다. 밝은 반달이 3층 누각인 별궁 머리에 걸려 있었다.

"저 달이 중천, 즉 우리 머리 꼭대기에 있을 때 문을 열기로 하자."

아멜리가 케이티와 접선하기 위해 열심히 시중인들의 기숙사로 달려가는 사이 모르간은 국화화원으로 이동했다.

수정담은 국화화원 사람들이 머무르는 건물과 100미터 이상 떨어져 있어서 어두운 밤에 정원수 뒤로 은신하며 접근하기 쉬운 편이었다.

열쇠구멍을 찾기 위해 수정담을 샅샅이 살펴보던 중 난데없이 뒤에서 여자아이 목소리가 들려왔다.

"왜 혼자예요?"

모르간이 휙 뒤돌아보았다.

어두운 정원에 검은 단발머리의 여자아이가 고개를 가만히 옆으로 기울이며 서 있었다. 평범한 아이였을 뿐인데 상황 탓인지 스산한 느낌이 있었다.

"아멜리님은요?"

"너 누구야?"

"저는 케이티예요. 고아원의 천덕꾸러기. 수정궁의 매 맞는 아이."

"아, 그래. 아멜리한테 얘기 많이 들었어."

"아멜리님은 어디 갔어요?"

"왜 찾는 건데?"

"선물이 있어서요."

별로 특별한 행동은 하지 않는데 분위기가 미묘하게 거슬렸다. 아멜리가 호감을 가진 것이 이해되지 않을 정도였다.

"이런 밤중에 무슨 선물?"

"언니가 대신 전해줄래요?"

케이트가 휙 하고 공처럼 둥근 물체를 던졌다. 데구르르 바닥을 굴러 모르간의 발치까지 다가온 그것은 다름 아닌 동백의 머리통이었다.

모르간은 순간 숨을 멈췄다가, 금세 냉정을 되찾았다.

"동백이 왜 이런 꼴을?"

"몰라요? 동백꽃은 질 때 고개가 뚝 하고 떨어진다고요. 뚝."

케이티가 손목을 까딱거리며 설명했다.

"삼화는 젤원 사람들의 이상형이니까, 그에 걸맞은 이상적인 죽음이 필요해요. 그래서 동백은 목을 따서 죽였고, 수련은 물에 빠뜨려 죽일 거고, 국화는 말라 죽을 거예요. 이 정도면 두고두고 세간의 입방아에 오르겠죠? 당신은 국화화원 소속이지만 국화와 딱히 사이가 좋은 것 같진 않으니 동백식이나 수련식의 죽음 중에서 택할 수 있게 해줄게요. 어떻게 죽고 싶어요?"

"예쁘장한 얼굴로 변태 살인마 같은 소리를 잘도 하네. 너 혼자만의 목적 때문에 이러는 건 아닌 것 같은데, 누가 보냈지?"

케이트의 한쪽 손이 가슴 높이까지 올라갔다.

모르간은 작고 귀여운 열 손가락에 끼워진 골무가 신경 쓰였다. 장식은 아닌 듯한데, 세상 그 어떤 무기점에서도 저런 형태의 무기는 본 적이 없었다.

살상력을 가졌을 것 같지도 않다. 평범한 형태의 무기가 아니라면.

핑!

모르간의 뺨에서 주륵 피가 흘렀다. 베인 상처. 하지만 단도 하나 날아오지 않았다.

'역시 마법사였나.'

수인(手印)을 즐겨 쓰는 전투 마법사는 다양한 형태의 마력증폭제를 몸에 지니곤 한다.

골무도 필시 그런 역할이리라.

"너……."

모르간이 말하면서 한 발 앞으로 나오려는데 발목이 따끔했다. 또 뺨과 같은 형태로 베인 상처가 났다. 날이 선 철사가 몸 주변으로 여기저기 설치되어 있는 것 같았다. 문제는 눈에 보이지 않는다는 점이었다.

모르간은 결국 제자리에서 한 걸음도 움직이지 못한 채 팔짱을 꼈다.

"원하는 게 뭐야?"

"저, 열쇠 좀 주실래요?"

"수정열쇠를 왜?"

"글쎄요."

"하는 짓을 보아하니 성석비를 지키려는 쪽은 아닌 것 같은데. 손을 대려는 거면 좀 기다려보지그래? 손 안 대고 코 풀 수 있을지도 몰라."

"됐어요. 모든 일엔 타이밍이 있는 법이거든요. 자, 주세요."

"주면 살려주는 거야?"

아이가 농담이라도 들은 양 까르르 웃었다.

"언니는 가능하면 상처 없이 죽이고 싶어요. 생각해보니 젤원의 남부 미녀 스타일은 제 인형 컬렉션에 없더라고요. 사실 제 취향은 피부가 뽀얗고 날씬하면서 성격 명랑한 미인이지만,

편식은 안 좋다고 하니까 다양한 스타일을 두루 섭렵하려고 하고 있어요."

케이티가 종알종알 떠드는 틈에 모르간은 허리 쪽 바지춤에 꽂아놓은 스크롤 세 장을 손으로 더듬었다. 수면마법, 방어마법, 폭탄마법이었다. 성석비 파괴를 위해 챙긴 폭탄마법스크롤로는 신체 주변에 강철 거미줄 같은 것이 쳐져 있는 현 상황을 타개하기 힘들었다. 수면마법스크롤도 미지수였다. 일단 걸려줄지도 모르겠고, 걸린다 해도 케이티가 걸어놓은 마법이 풀릴지는 알 수 없었다.

'이렇게 되면 그레이의 방어마법이 제일 믿을 만하잖아? 맙소사다, 정말.'

사람을 나무 안에 가둬놓는다는, 참 시시하게 터무니없는 마법스크롤이 지금은 절실했다. 그런데 케이티가 한눈을 팔아주지 않아서 손에 집히는 스크롤 셋 중 무엇이 방어마법인지 확인할 수가 없었다. 낭패한 기색을 감추기 위해 모르간은 거짓 여유를 입가에 띠었다.

"쪼끄만 게 무서운 소리를 아무렇지 않게 하네. 시체 애호가라도 되니?"

"글쎄요. 고분고분 열쇠를 주면 알려드릴게요."

아이의 말투가 귀에 거슬렸다.

마치 어린이 역을 맡은 어른 배우가 무대 위에서 대사를 하는 것처럼 작위적인 부분이 있었다.

"너 사실은 어린애가 아니지?"

케이티가 아하하 명랑하게 웃었다.

"인생이 아주 짧아지셨는데 시간낭비를 하시네요. 할 수 없죠. 황제가 궁에 돌아오기 전에 끝내야 하니까 일단 죽였다가 제가 조립을 해야겠어요."

케이티가 팔을 휙 휘둘렀다.

휘리릭.

가늘고 긴 고무줄 같은 것이 무서운 속도로 공기를 가르는 소리가 났다. 에라 모르겠다 하고 모르간이 아무 스크롤이나 집었다. 등 뒤로 넘긴 두 손으로 막 찢으려는데, 보이지 않는 실이 선수를 쳤다.

시동자도 없고, 시동어도 없었으니 마법은 당연히 발생하지 않았다.

"제 눈이 장식인 줄 알았어요?"

비웃음을 잔뜩 머금은 케이티가 양손을 활짝 펼치고 가슴 앞에서 박수를 크게 쳤다.

핑, 핑, 핑.

여러 개의 줄이 공기를 가르는 소리가 났다. 하지만 모르간은 피할 수도 도망갈 수도 없었다. 예상되는 다음 장면을 모르간이 머릿속에 떠올린 순간 툭. 팽팽한 줄이 끊어지는 소리가 났다.

줄을 잡아당기고 있던 케이티가 반동으로 휘청거리는 모습은 보였다.

"이게 무슨 짓이에요?"

재빨리 몸을 가눈 아이가 신경질적으로 앞을 노려보았다. 고개를 드니 눈앞에는 모르간이 아니라 붉은 머리의 덩치 큰 남자가 서 있었다. 상대방을 인지한 순간 케이티의 표정이 노골적으로 일그러졌다.

모르간은 제 앞을 가로막고 선 덩치에게 물었다.

"슬론도 왔어?"

"넌 간만에 보면서 안부인사 한마디 없이 소장부터 찾냐?"

"잘 지냈어? 슬론도 왔어?"

"쳇. 안 왔어. 예쉬데르랑 밖에서 대기 중이다."

"안녕하세요, 누님!"

툴이 하늘에서 게일보다 한발 늦게 인사를 건넸다. 평소와 같이 생글생글 밝은 영업용 스마일이었다.

"수정궁은 처음 들어와 봤는데 굉장히 인상이 깊어요. 이 수정담이 성석비를 지키는 결계인 거죠? 과연 젤윈이 자랑할 만하네요. 바깥의 수정장벽도 굉장히 견고하긴 하더라고요."

"장벽을 뚫었어, 툴?"

"어부지리였어요. 누가 이미 약화시킨 부분이 있었거든요."

모르간과 툴의 대화에 집중하고 있던 케이티에게 느닷없이 파공성이 날아들었다. 가까스로 고개를 돌리자 단검의 날이 뺨을 스치고 지나갔다.

케이티는 제 기능을 잃어버린 골무 대신 수인을 빠르게 맺었다. 아니, 맺으려 했으나 바로 직후 소맷부리가 크게 잘려나가는 바람에 움직임을 멈춰야 했다. 타르 블레이드는 이미 턱 밑에 있었다.

"저 풍마법사 소년도 그렇고 너도 그렇고, 요새 마법사는 연령층이 많이 낮아졌군."

케이티가 입을 댓 발 내밀었다.

"하여간 칸도 그렇고 로열나이트 새끼들은 재수가 없어."

"방금 로열나이트라고 했나?"

케이티, 아니 샤샤는 전력을 재검토했다. 상대는 마법 무효화 아이템을 든 일류 검사. 그리고 미라 숲에서 아멜리를 데리고 튀었을 때를 고려하면 제법 실력을 갖췄을 풍마법사. 여기는 수정궁, 소란을 피우면 병사만이 아니라 인간 같지 않은 황제가 언제라도 달려올 장소.

'동백을 죽였으니 케이티는 곧 수배자가 되겠지. 어차피 써먹을 수 있는 건 여기까지인가.'

게일이 케이티에게서 눈을 떼지 않은 채 모르간에게 외쳤다.

"어이, 이 녀석 묶을 만한 거 있어?"

"수면마법스크롤이 있어."

"소용없어."

게일 대신 케이티가 대꾸했다.

"케이티는 내가 제법 아끼는 소녀였어. 인형으로 만들기 위해 사흘 밤낮으로 정성껏 설득을 했는데. 그런 아이를 버리게 만든 원한은 잊지 않으마, 게일 선더랜드."

"너 나 알아?"

"물론 알지, 난봉꾼."

말 끝나기 무섭게 케이티의 몸은 끈 떨어진 마리오네트처럼 바닥에 쓰러졌다. 모르간 등 뒤에서 상황을 지켜보고 있던 툴이 날아와서 의식을 잃은 케이티를 이리저리 살폈다.

"조종마법의 흔적이 있어요."

모르간이 잠깐의 고민 후에 툴에게 물었다.

"널 고용한 사람은 슬론?"

"예에, 게일 형님을 안으로 모시라고요."

"임무는 완수한 거 같으니까 지금부턴 내가 널 고용해도 되지?"

"넵!"

"근방에 아멜리가 있을 텐데 찾아서 데려와줘. 케이티는 필요 없게 됐으니 별궁으로 돌아오라고 전하면 따라올 거야."

"아멜리 누님이로군요? 문제없습니다."

툴이 손목시계를 툭툭 건드렸다. 허공에 손수건만 한 사이즈로 격자무늬가 들어간 지도가 생성됐다.

지도 위 한 곳이 하얀 점으로 빛나고 있었다.

"좌표 확인했습니다. 다녀오겠습니다!"

소년은 두 주먹을 불끈 쥐고 하늘로 날아올라 빠르게 사라져 갔다.

게일은 케이티를 살펴보고 가망이 없다는 듯 고개를 저었다. 모르간이 여전히 바닥에 구르고 있는 동백의 머리통을 유심히 보다가 고개를 돌렸다.

"아직 신호도 안 했는데 왜 들어왔어?"

"따지냐?"

"자꾸 변수를 만들면 계획에 충실히 따르려던 쪽이 곤란해져."

"방금 전에 내가 네 목숨 구해준 건 이미 기억도 안 나지?"

"고마워, 고맙다고. 근데 어떻게 딱 알고 나타난 거야?"

"이 몸의 육감이지."

모르간은 게일의 트릿한 미소를 바라보다가 안도로 가슴을 쓸어내렸다.

"하마터면 오늘 명부 밟을 뻔했네."

"내 육감 무시하냐?"

게일이 박박 인상을 썼다.

"아냐 아냐. 난 네 육감 신뢰해. 내일 날씨는 맑을까, 흐릴까?"

"……집어쳐. 꼬마와 아멜리가 돌아오는 대로 나가기나 하자."

"슬론이 얘기 안 전했나 보네. 황제가 보통 사람이 아니야."

"파샤의 수프림나이트를 개구리처럼 밟아 죽이려고 했다는 그 애기? 내 눈으로 목격하지 전까진 못 믿어."

"진위 여부야 어쨌든 상대가 이 나라의 황제인 건 사실이지. 수배령이라도 내려졌다간 네가 생각하는 무식한 탈출 방법은 안 먹혀."

"쳇, 예전부터 아멜리에겐 이상한 놈들이 잘 꼬였지. 이젠 하다하다 정신 나간 황제까지."

"그 「놈들」에 너는 포함 안 돼?"

"닥쳐. 내가 눈 뗄 때마다 이렇게 되는 거란 말이다."

"그래, 닥치고 여기나 뜨자. 널 데리고 별궁까지 어떻게 가느냐가 문제로다."

"무슨 걱정이냐. 나 민첩해."

"체면적이 넓잖아. 별궁까지 걸으면 15분, 뛰면 5분인데 그동안 남의 눈에 안 걸릴 수 있어?"

"수면마법스크롤은?"

"스토니스 때랑은 다르지. 황궁에 수상한 놈이 잠입했다고 광고할 것도 아닌데."

"농담이고, 소장이 이런 걸 줬어."

게일이 건넨 종이는 경비대의 근무일정표였다.

수정궁 각 지점마다의 경비병 순찰시간과 교대시간이 일주일 치 적혀 있었다.

모르간의 눈이 반짝거렸다.

"내부에서도 구하기 힘든 자료를 외부에서 손에 넣다니, 역시 우리 슬론은 능력자야."

"솔직히 능력자란 단어 하나로 스리슬쩍 넘어가기엔 너무 수상한 레벨이지."

근무일정표를 보고 경비병들의 동선과 고정 위치를 파악한 두 사람은 별궁까지 별문제 없이 다다랐다. 별궁 현관에는 문지기가 지키고 있었지만, 모르간도 게일도 벽을 타고 오르는 데에는 아무 문제가 없었다.

실내에 들어오자마자 모르간이 의자에 털썩 앉았다.

"황제도 자리를 비우고 열쇠도 세 개 다 모였는데 잠금장치 하나도 해제 못 하고 돌아오다니, 이거 영 속 쓰리네."

"성석비가 어쩌고 하는 얘기 말이지. 진짜로 하고 있었을 줄이야."

"괴담이 진짜인지는 둘째 치고 보안이 하도 철저하니 일단 찔러보고는 싶었단 말이지. 실패한다 해도 저런 기황이니까 아멜리 목숨은 붙어 있을 거고 나도 숟가락 얹으면 되는 거고, 파샤 내통자라는 차선책도 있으니까."

게일이 왠지 모르게 위화감이 느껴지는 인테리어를 보며 의아한 시선을 보냈다.

벽지는 박박 찢겨져 있고 벽에 군데군데 적갈색 얼룩이 남아

있었으며, 가구는 화려한데 카펫의 일부는 벗겨져 있는 등 정리
정돈은 잘되어 있고 깨끗하지만 청소하다 만 것 같은 느낌이 있
었다.

"방 꼬라지가 왜 이 모양이냐. 저거 핏자국 아냐?"

"신경 쓰지 마. 아무튼 케이티인가 뭔가 때문에 망했네."

"꼬마 마법사 녀석 말로는 그 여자애가 조종당하고 있었댔지.
그럼 실제 적은 따로 있단 거 아니냐. 심지어 내 풀네임, 전직과
별명까지 아는."

"혹시 너랑 아는 사람인 게 아닐까?"

"사람 몸에 빙의나 하는 사이코 마법사랑 친하게 지낸 기억은
없다."

"정체도 신경 쓰이지만 누구 사주인지가 더 신경 쓰여. 아멜
리나 나를 노릴 만한 건 대장군 아니면 태율이야. 하지만 내가
알기론 대장군은 마법사를 뱀처럼 여겨 척을 지고 있다고 하고,
태율이라기엔 설득력이 떨어지네."

"왜?"

"태율은 직접 자객을 기르는 스타일이 아니라 일이 생기면 마
스터스 리그에 청탁을 하거든. 그럼 살수로 활동하는 건달 양아
치들이 파견되는 식이지. 하지만 내가 알기론 우리 조직 내에
이렇게 남의 몸에 빙의하는 마법사는 없어."

"대뜸 나타나서 열쇠를 내놓으라고 외치는 단순 무식함을 보니

확실히 정치에 연루된 인물이라기엔 섬세하지 못한 수작이었지. 어쩌면 성석비 그 자체가 목적인 집단이 따로 있는 게 아닐까?"

"근거 있는 소리야?"

"감이다."

게일의 태도는 한없이 당당했다.

"근거라곤 개코도 없단 소리로군. 혹시 네 전 직장에서 돈 이야기는 없었어?"

"뭐에 관해 말이냐."

"성석비든 내통자든 아무 쪽이나."

게일이 삐죽하게 자란 수염을 가만히 쓸면서 기억을 더듬었다.

"성석비에 대해선 젤원에서 애지중지하는 유물이라는 것 외엔 몰라. 파샤 내통자라면…… 정체는 모르겠지만 아마 왕의 고문 역할을 맡고 있는 태사 이네즈의 첩보부대와 줄이 닿아 있는 자일 가능성이 높다."

"이네즈라면 나도 이름은 들어본 적 있어. 젤원에 데일스포드가 있다면 파샤에는 이네즈가 있다고 말들 하던데."

"왕의 신임이 두터운 책략가라는 공통점은 있지. 나머지는 전혀 다를 거다. 이네즈는 자기 신분과 환경은 하늘이 내려줬네 하고 다니는 전형적인 귀족 아줌마야. 귀족 이외의 백성은 세금 내고 부역하는 기계로 보고 있을걸."

"영 마음에 안 든다는 투다?"

모르간의 지적에도 게일은 찌푸린 표정을 감출 생각을 하지 않았다.

"특권의식에 절어 있고 의심도 많아. 파샤에 있을 때도 업무에 이네즈가 관련되면 협조를 받기 위해 죽을 똥을 쌌지. 이네즈 첩보부대와 다른 조직 간의 공조는 전혀 없다고 봐도 무방해. 로열나이트 단장이나 부단장도 정보 공유 요청을 몇 번이나 개무시당해서 꽤 심각한 마찰이 일 뻔한 적이 있어. 요새도 로열나이트와 전반적으로 사이가 안 좋아. 관계 악화에 대해 좀 위기감을 느꼈는지 요새 보면 로열나이트를 사위로 맞으려 하고, 그 딸이 친하게 지내는 로열나이트에게도 싹싹하게 대해준다던데 한번 강 건넌 호감도가 쉽게 돌아오겠어?"

"데일스포드보다 정치는 잘 못 하나 보네."

모르간이 재상의 이름을 친근하게 부르자 게일이 대뜸 눈살을 찌푸렸다.

"너 재상이랑 친하냐?"

"갑자기 그건 왜 물어?"

"저잣거리에 좀 이상한 소문이 돌던데."

"무슨 소문?"

"국화화원에 들어온 신입 교육생이 새벽에 재상의 집무실에서 헐벗은 채 나왔다든가. 황후가 되려고 국화가 재상 포섭에 들어갔다는 설이 파다하다. 그리고 믿었던 재상이 남색가가 아닌 바람에 대장군파에서는 태율파가 선수 쳤다며 뒤늦게 발을 동동 구르고 있다던데."

모르간은 재상 특유의 새침한, 아멜리는 몹시 이성적이고 냉정하다고 묘사하는 표정을 떠올렸다.

저잣거리에 파다하다면 재상 스스로도 이미 정보를 입수했을 텐데 만날 때마다 조금도 내색하지 않았다. 공사는 구분한다던 그 자신의 발언에 충실한 태도였다.

"프로는 프로네. 그런 점이 귀엽다니까."

모르간의 혼잣말에 게일의 표정이 눈에 띄게 험악해졌다. 무슨 생각을 했는지 입술을 한참 달싹거리다가 어이없다는 듯한 한숨을 탁 내뱉었다.

"하! 아멜리 구출하라고 들여보냈더니 순 재미만 보고 다녔군. 밖에서 기다리란다고 얌전히 기다린 내가 병신이지."

"다 작전의 일환이었단다."

험악해지던 게일의 표정이 다른 방향으로 일그러졌다.

"그럼 아멜리 때문에 마음에도 없는 남자와 잤다고?"

"흐흥, 그렇게 말하면 내 양심이 또 찔리지."

쾅! 뒤로 넘어간 의자가 큰 소리를 내며 바닥을 굴렀지만 모르간은 눈썹 하나 흔들리지 않았다.

"여기, 딴 데에 비해 사람이 적긴 하지만 빈 궁은 아니거든. 조심 좀 하지?"

약간의 도발이 섞인 녹색 눈이 옆에 선 게일을 빤히 올려다보았다. 할 말 있으면 해보라는 듯한 시선에 게일이 입을 꾹 다물었다가, 뭔가 결심한 듯 허리를 숙였다.

온기를 가진 입술 두 개가 한 차례 맞닿았다 떨어졌다. 채도가 다른 녹색 눈들이 서로를 말없이 응시했다. 진한 녹색 눈 한 쌍이 먼저 감겼다.

게일의 입이 상대방을 잡아먹을 듯 입술을 덮었다. 리드미컬하게 턱이 벌어졌다가 기울기도 하고 혀끼리 서로 엉기다가 다음 순간에는 입술을 물고 빨았다.

게일의 고개는 쉴 새 없이, 그리고 정신없이 움직였다. 적막한 방 안에 축축한 마찰음와 이따금 가쁜 숨소리만이 가득 찼다. 뒤로 지나치게 넘어가려는 모르간의 머리를 게일이 한 손으로 받쳤다.

안정적인 자세에서 농밀한 키스가 한참 이어지다가, 마침내 모르간의 혀가 상대방의 혀를 제법 세게 밀어내면서 휴지기가 왔다.

열기가 자욱한 게일의 눈빛이 나른하게 가라앉았다.

"흠……."

모르간이 침 범벅이 된 제 입가를 아무렇지 않게 쓱쓱 닦아냈다.

"꽤 하네. 내가 겪은 최고는 아니었지만. 아, 다음에 누구랑 키스할 일 있으면 수염은 좀 깎고 해."

게일의 흥분은 찬물 세례를 맞고 달아났다.

"할 말이 그게 다야?"

"더 자세한 평가가 필요해?"

"야."

"알아. 네가 궁금해하는 말이 뭔지는 알지만 그걸 입 밖으로
내버리면 아멜리가 좀 속상해하지 않을까?"

"뜬금없이 아멜리가 왜 튀어나와?"

"너 바보야?"

황당하다는 듯이 쳐다보는 게일에게 모르간이 더 강렬하게
황당한 시선을 돌려보냈다.

"젠장, 이 꼴을 봐라. 내가 바보 천치가 아니면 뭔지. 하, 내가
어쩌다 너한테……."

게일이 덥수룩한 머리를 제 두 손으로 마구 헤집다가 축 늘어
졌다. 그 모습을 바라보던 모르간이 나직하게 말했다.

"미안해."

게일은 번쩍 고개를 들었다. 제 귀를 믿을 수 없다는 듯 되물
었다.

"방금 나한테 사과했어?"

"응."

"……하, 미치겠네."

게일이 충동적으로 테이블을 한 손으로 내리치려다 멈칫했다. 큰 소리 내지 말라던 모르간의 경고가 떠오른 탓이었다. 갈 곳 잃은 분노를 해소할 길이 없어 괜스레 숨이 거칠어졌다.

"설마 그게 네 대답은 아니겠지?"

"맘에 안 들어?"

"차라리 싫다고 해. 꺼지라고 욕을 하는 게 낫지. 미안해? 나한테 미안하다고? 왜? 차인 내가 불쌍해 보여서? 웃기지 마. 나 너한테 동정 받거나 죄책감 갖게 하려고 키스한 거 아니다."

게일의 짜증지수가 최고조에 달했을 때 모르간이 진지하게 고개를 가로저었다.

"내가 너무 예쁘게 생겨서 미안하다는 건데."

"……."

"네가 날 좋아하고 싶어서 좋아하게 된 것도 아닌데 무슨 잘못이 있겠니. 그냥 의도치 않게 사내놈들 마음 떨리게 하는 내 미모의 업보가 크다. 다 내 부모님 탓이니까 내 부모님 욕을 하렴."

게일은 테이블에 이마를 쿵쿵 찧으며 "내가 왜 저 여자를! 왜 저런 여자를!" 하고 낮은 신음을 흘렸고 모르간은 창밖을 힐끔 쳐다보았다.

"아멜리가 올 때가 됐는데 왜 아직도 안 나타나지?"

그 시각 아멜리는 툴과 함께 별궁 지붕에 앉아 있었다.

"누님, 뜨거운 상황은 종료된 거 같은데 이제 들어가지 않으실래요?"

툴이 데굴데굴 눈알을 굴리며 아멜리의 눈치를 보았다. 그러나 아직도 아멜리는 대답할 경황이 없었다.

새하얗게 질린 채 마치 터지려는 비명을 참는 사람처럼 손바닥으로 입을 막는 것이 할 수 있는 전부였다. 툴이 대답 없는 아멜리를 쳐다보다가 체념한 듯 턱 밑에 손으로 꽃받침을 하며 휘영청 밝은 반달을 구경하였다.

"달이 예쁘네요……. 울 엄마랑 누나도 저 달을 보고 있을까."

"툴 군."

"앗, 네."

"다른 데로 데려다줘요."

뜻밖의 요청에 툴이 곤혹스러워했다.

"죄송하지만 모르간 누님의 선의뢰를 무시할 수는 없어요. 저는 알다시피 서비스직이고 고객 관리가 생명이라……."

"내가 툴 군을 더 높은 금액에 고용할게요."

"수임료가 원래 시간당 1만 젤인데요. 또 이런 경우엔 앞선 계약파기수수료까지 지불하셔야 하고……."

"원하는 대로 줄 테니까 어서 여길 떠나요! 빨리!"

아멜리가 툴의 등을 퍽퍽 내리치며 다그치자, 툴이 허둥지둥 아멜리의 허리를 끌어안고 날아올랐다.

"어디로 모실까요?"

"아무 데나요. 아무도 없는 곳으로!"

아멜리의 목소리는 절박하게 떨리고 있었다.

36
추억은 또 다른 시작

툴은 재빠르게 지상을 훑으며 병사와 시중인이 보이지 않는 구역으로 날아갔다. 별궁과 화원 사이에 위치한 으슥한 후원이었다. 주위에 건물은 없고 사람들이 드나드는 길만 나 있었는데 애매한 시간의 밤이라선지 인적이 없었다. 툴이 수풀 사이에 숨은 작은 정자에 내려주자 아멜리는 쓰러지듯 털썩 주저앉았다.

"아멜리 누님, 첫 거래라 서비스이용료를 지금 받아야 하는데요⋯⋯."

툴은 어색하기 짝이 없는 분위기 속에서 아멜리의 눈치를 잔뜩 보며 청구를 했다. 아멜리는 품 안에서 자그마한 동전주머니를 꺼내 내밀었다.

주머니 끈을 부르고 내용물을 확인한 툴의 눈이 휘둥그레졌다.

"우와, 마력석이네! 전부 엄청 좋은 품질 같아요. 누님 이거 어디서 났어요?"

"다 줄게요. 이제 가봐도 돼요."

"혼자 있으려고요? 위험하지 않을까요? 아까 전에 모르간 누님도 웬 조종마법 꼭두각시에게 습격을 당했……."

"괜찮으니까, 가요."

아멜리가 냉정하게 툴의 말을 끊었다. 그래도 툴은 머뭇머뭇했다.

"빨리 안 가면 그 주머니에서 돌 몇 개 뺄 거예요."

고저 없는 엄포에 화들짝 놀란 툴이 재빨리 마력석을 품 안에 갈무리하고서 지상을 박차고 날아올랐다. 예의 바른 영업용 스마일이 작별인사를 했다.

"좋은 밤 보내세요, 아멜리 누님."

툴이 하늘 높이 올라 자취를 감춘 뒤 아멜리는 몸의 떨림을 진정시키기 위해 스스로를 꼭 끌어안았다.

'왜 게일님이 모르간과 키스를?'

도무지 이해할 수가 없었다. 아까 전의 구도로 보아 게일이 먼저 모르간에게 키스한 것이 틀림없었다. 하지만 게일은 항상 모르간에 대해 험담하고 불평만 했는데. 틈만 나면 으르렁거리고 신경전을 벌여댔지 않았나.

진작 무슨 기미라도 있었다면 이렇게까지 충격을 받지 않았을 것이었다. 가슴을 스친 작은 원망이 신호라도 된 것처럼 왈칵 뜨거운 눈물이 뺨을 타고 흘렀다. 말 그대로 가슴이 찢어지는 것 같았다.

'역시 이게 연심이라는 걸까.'

게일을 향한 마음에 드디어 정확한 형체가 생겼다. 안타깝게도 피자마자 져버린 꽃이 되고 말았지만.

'게일님은 대체 언제부터 모르간을 좋아했던 거지?'

모르간과 처음 만났을 때 정신을 못 차리고 해롱대던 게일의 모습이 떠올랐다. 하지만 지금 모르간에게 키스한 이유는 단지 호색의 기질이 발동해서가 아니었을 것이라는 짐작이 들었다. 그동안 쭉 그와 여행을 해오면서 알게 되었다. 게일의 진심은 늘 뻗대는 태도 속에 있었다. 칸의 이름만 들어도 인상을 팍팍 쓸 정도로 싫어하는 주제에, 가장 인정하고 따라잡고 싶어 하는 맞수는 칸이었다. 모르간과 으르렁댔던 것도 같은 맥락이었을 것이다. 알아차린 타이밍이 심히 유감이지만.

'뭐야, 난 칸에 대해 연애상담도 했었는데 정작 본인은 내게 모르간을 좋아한다고 고백하긴커녕 티도 안 냈어! 내색을 조금이라도 했다면 내 감정도 이 지경까진 안 왔을 거 아니야. 깔끔하게 마음 정리하고, 응원했을 수도 있는데…… 다 게일님 잘못이야. 너무 싫어, 난봉꾼!'

의식적으로 게일을 욕해봐도 잔뜩 동요한 마음은 전혀 달래지지 않았다. 게다가 더 환장할 것은 이 와중에도 마음 한구석으로는 오랜만에 본 게일의 무탈한 모습에 속없이 기뻐하고 있다는 사실이었다.

'다친 데는 없어 보였어. 밖에서 칸과도 만나지 않았나 봐. 정말 다행…….'

……이라고 안도하다가도,

'나쁜 놈! 난 내내 게일님 걱정만 하고 있었는데. 자기는 나보다 모르간이 더 걱정되고 애틋했다 이거지?'

서럽고 속이 상하고 배신감이 느껴지고 그야말로 엉망진창이었다. 이런 감정상태로 두 사람을 만날 수는 없었다. 특히 게일은 아멜리가 왜 이러는지 영문도 모를 위인이었다.

'숨자.'

그 한 가지 생각밖에는 없었다. 두 사람이 어쩌면 걱정하며 찾아다닐지도 모른다는 우려도 스쳤지만, 거기까지 배려해줄 감정적 여력은 없었다.

'유르를 찾아갈까? 아참, 오늘 아침에 또 잠행을 나갔다고 했지. 그럼 재상님을 찾아갈까? 오늘도 야근을 하고 계실 텐데. 하지만 재상님에게 이 꼴에 대해 뭐라고 설명한담. 그리고 게일님이 궁에 몰래 잠입했단 걸 들키기라도 하면 큰일이지. 케이티는 다른 사람들과 방을 같이 쓰니 날 머물게 해줄 수 없을 텐데.'

스스로 코를 훌쩍거리는 소리가 너무 커서 바로 뒤까지 다가온 발소리를 뒤늦게야 깨달았다. 아멜리가 흠칫 뒤돌아보았다.

"안녕, 아멜리. 정말 오랜만이다, 잘 지냈어?"

순간 아멜리는 드디어 제 머릿속이 뒤죽박죽이 되어 헛것을 보기 시작했구나 하고 아무 말도 하지 못했다. 그 침묵과 느린 반응을 상대방이 오해하고 입술을 삐죽 내밀었다.

"어머 싫다. 좀 떨어져 있었다고 그새 못 알아보는 거야? 정말 섭섭해~."

"도로시? 정말 도로시 맞아요?"

갈색머리의 맵시 좋은 미인, 파샤 패트리샤 공주의 덜렁대는 시녀가 긍정의 의미로 생긋 웃어 보였다.

"여기는 젤윈의 황궁인데 왜 파샤 왕성에서 일하는 시녀가……? 어, 혹시 게일님과 같이…… 아니, 그럴 리가 없는데?"

대혼란에 빠진 아멜리에게 성큼 다가선 도로시가 그 손을 맞잡았다.

"아멜리. 전에 나한테 부탁했던 거 기억나?"

"어? 부탁이요?"

도로시가 주머니에서 쪽지 한 장을 꺼냈다. 비로소 아멜리는 완전히 잊고 있던 기억을 떠올렸다. 어느 날인가 도로시를 히스톤의 어느 찻집에서 만나 빛나는 동굴에 있던 책의 한 구절을 적어준 일이 있었다.

"아멜리가 적어준 이 정체 모를 문자, 내가 왕성의 학자에게 물어봐 주겠다고 했잖아."

"그, 그랬던 거 같아요."

"나는 약속은 꼭 지켜! 그래서 아예 왕성의 학자님을 데려왔어! 아멜리가 만나서 직접 물어보면 좋을 거야."

"지금? 여기 수정궁에 데려왔다고요?"

도로시가 말을 하면 할수록 상황은 점점 현실과 괴리되는 듯했다. 도로시의 등장도, 도로시가 하는 말도 전부 지나치게 맥락 없는 타이밍이었다. 아멜리는 얼떨떨하게 진짜 내가 꿈을 꾸고 있나 싶어 눈을 깜박거렸다.

"응. 지금 바로 가자."

도로시가 아멜리의 손을 끌어당겼다.

"잠깐만. 도로시."

그 찰나, 아멜리는 밤하늘을 가르며 다가오는 한 인영을 발견했다. 오늘밤 가장 바쁜 사람, 툴이었다. 그리고 툴의 등 뒤에 모르간이 매달려 있었다. 아멜리의 얼굴이 굳었다. 지금 당장 마주치고 싶지 않은 최악의 인물. 아직 키스 장면을 목격한 충격의 여파에서 벗어나지 못했고, 모르간과 게일을 앞으로 어떻게 대해야 할지 태도도 정하지 못했다. 혼란스러운 채로 모르간과 마주하기는 싫었다. 바보처럼 당황한 모습보다 아무 충격도 받지 않은 태연한 모습을 보여주고 싶었다.

"가, 가요. 어서!"

"어머, 아멜리가 적극적이 됐네. 기뻐. 자, 이동을 위해 잠시 눈을 감아봐."

도로시의 고운 손이 아멜리의 눈가를 뒤덮었다.

"도로시? 장난칠 때가 아니라 빨리 여기를……."

손이 떼어졌다. 그런데 눈앞에 도로시는 없었다. 아멜리가 황망하게 주위를 두리번거렸다. 진귀한 수풀이 우거진 어두운 정원이 아니었다. 희미한 빛으로 밝혀진 적막한 축사 안이었다. 하지만 텅 비어 있었다. 오래 전에 빠져나간 모양인지, 가축의 분뇨 냄새는 나지 않고 마른 건초 냄새만이 코를 찔렀다.

"도로시?"

주위를 둘러보던 아멜리는 축사 안에 단 하나 불이 들어와 있는 벽 램프 아래에서 한 인영을 발견했다. 벽에 등을 기대고서 느긋하게 팔짱을 낀 채 아멜리를 바라보고 있는 훤칠한 금발의 남자였다. 아멜리는 살짝 긴장했다. 아무도 없는 축사 안에 정체불명의 남자와 단둘이 있는 상황이라는 건 안전에 있어 별로 좋은 신호는 아니었다.

"거기 누구셔요?"

"이쪽으로 와."

굵은 목소리가 마치 지인에게 말을 걸듯 친근한 투로 말했다.

"내가 그리로 갈까?"

아멜리는 경계 어린 눈초리를 하며 조심스레 남자에게 접근했다. 낯선 남자가 시키는 대로 한다기보다, 단지 그의 생김새를 좀 더 뚜렷이 확인하기 위해서였다. 일정 거리를 남겨두고 멈춰 선 아멜리의 시선이 남자의 얼굴과 체격을 훑어 내렸다. 어슴푸레한 불빛 밑이라 정확한 가늠은 힘들었지만 남자는 대강 40대 초반으로 보였다. 성숙한 용모에 비해 전반적인 체형은 젊은 사람 못지않게 좋았다. 상하의는 모두 검은 예복이었고, 적당히 탄탄하고 적당히 슬림한 체형에 잘 맞아떨어졌다. 시선을 위로 올려 다시 생김새를 찬찬히 살펴보던 아멜리가 순간적으로 고개를 갸웃했다.

'왠지 낯이 익어.'

객관적으로 평가해도 충분히 핸섬한 용모였고, 인물 좋은 사람들은 대개 기억에 오래 남는 법이었다. 하지만 낯이 익은 듯하면서도 기억에 없는 얼굴이었다. 가만히 서 있던 남자가 돌연 재킷 안쪽에 손을 쓱 집어넣었다.

깜짝 놀란 아멜리가 주춤 뒤로 물러섰다. 그러나 남자가 안주머니에서 꺼낸 건 손수건이었다.

"얼굴이 엉망이야."

아멜리는 남자가 건넨 손수건을 다소 당혹스럽게 바라보았다. 남자는 쉽게 손을 거둘 분위기가 아니었다. 인식하고 나니 눈물이 흘렀던 얼굴을 그대로 내버려두는 일이 찝찝하게 느껴졌다.

아멜리는 조심스러운 발걸음으로 다가가 손수건을 건네받았다.

"우는 걸 보니 기분이 좀 이상하군. 내 기억 속의 누나는 항상 웃고 있거나 야단치려고 화난 척하는 표정뿐이었는데."

아멜리는 제 귀를 의심했다.

"누나……요? 실례지만 저보다 연상으로 보이시는데……."

"외견상으로는 그렇지. 그래도 누나가 나보다 먼저 태어난 건 사실이잖아."

"절 아셔요?"

아멜리의 의아한 시선과 마주친 남자가 빙긋이 미소 지었다. 그 순간 꼬여 있던 실이 탁 하고 풀린 것처럼 아멜리의 뇌리 속에 번쩍 한 사람의 얼굴이 떠올랐다.

'안젤라!'

물론 안젤라는 여자고 눈앞의 사람은 남자였다. 하지만 신기하게도 남자의 웃는 표정이 마을에서도 손꼽는 미인이던 안젤라와 꼭 닮았다. 안젤라의 키가 커지고, 어깨가 넓어지고 좀 더 남성다운 이목구비로 변화해서 나이를 좀 더 먹으면 꼭 저런 모습일 것 같았다.

'안젤라에게 사촌 오빠가 있던가? 아니면 젊은 삼촌이?'

그러다가 문득 지금이 라트샤가 멸망한 시대라는 사실에 생각이 미쳤다. 안젤라의 사촌이든 삼촌이든 살아 있을 리가 없는 것이다.

"새총이나 토끼 인형, 사다 주기로 해놓고 돌아와선 만나주지도 않았어."

남자는 섭섭하다는 투였다. 그 말에 퍼뜩 떠오른 기억 하나가 있었다. 아멜리의 눈빛이 서서히 경악으로 물들었다.

"루니?"

"응. 나야, 아멜리 누나."

금발 남자가 잘생긴 얼굴에 다시금 짙은 미소를 띠었다.

᯽

"루니는 엄마를 많이 닮았어요."

안젤라와 다과 시간을 가지고 있던 아멜리가 옆에서 블록을 가지고 놀고 있던 루니를 귀엽다는 듯 바라보았다. 안젤라가 고개를 끄덕였다.

"토미랑 해리는 제 아버지랑 판박이인데 하나라도 날 닮아 다행이지? 솔직히 그이보단 내가 인물이 좋잖아."

천연덕스러운 자기 자랑에 아멜리가 하하 웃으며 긍정했다.

"맞아요. 하지만 안젤라와 성격은 별로 안 닮은 것 같아요. 루니는 조금 숫기가 없는 편이잖아요. 토미와 해리는 엄청 말썽꾸러기

들인데. 아무래도 성격만큼은 빌슨 씨를 더 닮았나 봐요."

"에이 아냐. 그이는 얼핏 보기에만 무뚝뚝하지 친한 사람들 앞에선 얼마나 말 많고 요란한데. 오히려 내가 어릴 때 딱 저랬어. 조용하고 내성적이고, 밖에 나가 노는 것보단 집 안에서 장난감을 갖고 노는 걸 좋아하고."

"전혀 달랐네요? 지금의 안젤라는 활달하고 친구도 많은데."

"먹고 살려다 보니 성격도 변하더라. 이 억척스러운 모습을 돌아가신 양반들이 보면 놀래 자빠질걸."

"어마, 억척스럽다니요. 안젤라는 행동력 있고 적응력이 뛰어난 거여요."

"후후 예쁘게 말해줘서 고마워. 그런데 그건 너도 마찬가지인 것 같아."

"그런가요? 전 잘 모르겠는데."

루니가 아장아장 걸어와 완성한 조립 블록을 엄마에게 자랑하듯 선보였다. 안젤라가 사랑스럽다는 듯이 루니의 오동통한 뺨에 키스를 퍼부었다. 아멜리는 블록을 살펴보다 감탄했다.

"이거 빌슨 씨가 만들어준 장난감이죠? 다섯 살짜리가 갖고 놀기에는 꽤 복잡해 보이는데요."

"얘는 요새 그것도 좀 지루해해. 더 복잡한 블록을 만들어달라고 남편한테 아주 떼를 쓰더라고."

"루니는 굉장히 머리가 좋나 봐요. 발번에 있기는 아깝네요."

"응, 그렇지 않아도 루니 때문에 그이랑 대화 많이 했어. 그이도 루니는 약초꾼이나 농사꾼보다 좀 더 출세할 수 있는 직업을 가질 수 있을 거라 생각해. 내년부터는 지금보다 긴축재정을 해서라도 돈을 좀 모으려고. 그럼 얘가 아홉 살이 되기 전에 목야의 시민권을 살 수 있을 거야."

"루니를 목야로 보내려고요?"

"응, 목야에서 글과 기술을 좀 배우게 하고, 열네다섯 살쯤에 레이튼 영지로 보낼까 해. 남편이 그쪽에 아는 사람이 있다고 해서 말이야. 그 사람을 통하면 영주님 성에서 뭐라도 하나 자리를 잡을 수 있지 않을까. 똘똘하고 재주 많은 시종을 마다하는 귀족은 없을 거 아니니."

꼼지락거리다가 엄마 품에서 벗어난 루니가 이번에는 아멜리의 무릎 위로 올라앉았다. 아멜리는 순진무구한 다섯 살배기의 금발을 다정하게 손가락으로 빗어 내렸다.

"루니야, 나중에 너 큰 사람이 되더라도 누나를 잊으면 안 돼."

"큰 사람?"

"성공한 어른 말이야."

"성공이 뭐야?"

"음, 그건 조랑말이나 새총을 마음껏 살 수 있는 부자가 되어서 친구들에게 얼마든지 나눠줄 만큼 성숙한 어른이 되는 일을 말하는 거야. 만약 나중에 그런 사람이 되면 누나한테도 잘해줘야 해."

"응. 알았어. 그런데 누나 오늘 우리 집에서 자고 갈 거야?"

안젤라가 밭일을 나가고 빌슨이 약초를 캐러 산에 오르던 시절 아멜리는 세 꼬마의 베이비시터 일을 자주 맡아서 했다. 그때 함께 낮잠 자던 일에 익숙해진 것인지 루니는 아멜리가 놀러 오면 꼭 자고 갈 거냐고 묻곤 했다.

"아니야. 누난 누나 집에서 잘 거야. 바로 옆집인걸."

"그럼 나도 누나 집에서 잘래."

"왜?"

"형들은 자꾸 자면서 발로 차. 어제도 토미 형 발에 맞아서 코피가 났어."

"저런저런. 토미 형이 꿈에서 호랑이랑 싸웠나 보다. 우리 루니 많이 아팠어?"

아멜리의 다정한 위로를 기다렸다는 듯 루니가 아멜리의 품에 매달려 목덜미에 얼굴을 파묻었다. 눈을 가늘게 뜨고 루니의 행동을 지켜보던 안젤라가 혀를 찼다.

"저런 면은 아주 제 아빠를 쏙 뺐어. 벌써부터 저렇게 여자를 좋아하니 크면 오죽할까."

"어마, 안젤라도 참. 애한테 못 하는 소리가 없어요. 원래 세상의 모든 다섯 살짜리는 어리광이 심하다고요."

"그런 순진한 소리 하는 너도 참 걱정이야. 아멜리, 자나 깨나 남자 조심해. 안 그랬다간 나처럼 오도 가도 못하게 코가 꿰이고 말 테니까."

"에이…… 오가던 혼담도 몇 번이나 깨진 여자가 무슨 그런 걱정이 필요해요?"

"아멜리 누나랑은 내가 결혼할 거야!"

루니가 느닷없이 대화에 끼어들었다. 소극적인 아이가 보기 드물게 흥분하여 목소리를 높였다.

"토미 형이 꿀떡을 달라고 했어. 그럼 형은 아멜리 누나를 포기하겠다고 했어. 해리 형도 내가 숨바꼭질 술래를 한다면 아멜리 누나랑 결혼해도 된다고 했어. 그리고 오줌 싼 이불을 엄마한테 이르지 않는다면."

안젤라의 눈매가 대번에 날카로워졌다.

"뭐라고? 아이구 그 화상들!"

안젤라가 씩씩거리며 일어나 밖으로 나갔다. 곧 마당에서 놀고 있는 토미와 해리를 부르는 성난 고함소리가 들렸다.

"토미, 너 동생 챙겨주지 못할망정 꿀떡을 뺏어 먹어? 해리 넌 오줌 싼 이불 어디다 숨겼어!"

루니가 서러운 눈매를 하며 아멜리를 올려다보았다.

"누나, 우리 혼인하는 거 맞지?"

"왜 하필 누나랑 하려고 하니? 누나는 루니가 어른이 됐을 때 호호 할머니일지도 몰라."

사실 그렇게까지 나이 차가 나는 건 아니었지만 아멜리는 아이의 상상력을 자극하기 위해 일부러 과장해서 말했다. 그래도 루니는 전혀 동요하지 않았다.

"누나가 제일 좋으니까 누나랑 할 거야!"

장난스러운 기분이었던 아멜리는 뜻밖에도 단호한 대답에 가슴이 찡해졌다. 그간 가난하거나 고아라는 이유로 혼담이 깨진 적이 여러 번이었다. 혼인이란 현실적인 문제이기에 어쩔 수 없다고 체념해왔는데, 아무런 조건을 따지지 않는 티 없이 맑은 청혼을 듣자 왠지 모르게 위로받은 느낌이 들었다. 물론 현실은 어린아이의 단순한 사고회로처럼 호락호락하지 않다. 그래도 아멜리는 루니를 와락 안아주었다. 코끝에 물씬 밀려오는 어린아이 특유의 우유 냄새에 마음이 한결 더 편해졌다.

"그래, 루니. 크면 누나랑 혼인해줘."

⁓

······라던 기억이 엊그제 같았다.

그 귀염둥이 루니가, 예쁜 안젤라를 닮아서 빌슨네 삼형제 중에 제일 귀엽고 사랑스럽던 막둥이가 지금은 온몸으로 어른 분위기를 풍기는 남자가 되어 눈앞에 서 있었다.

'꿈이겠지. 꿈일 거야. 라트샤가 망한 게 120여 년 전이라는데 아직까지 루니가 살아 있을 리 없어.'

아멜리는 그렇게 자신에게 되뇌면서도 영락없이 안젤라를 빼다 박은 얼굴을 힐끔힐끔 쳐다보았다.

"약속은 지킬 거지?"

"어…… 어어?"

"날은 언제로 잡을까?"

"……."

"누나보다 키도 한참 컸는데. 새총도 토끼인형도 원한다면 선박 단위로 사줄 수 있어. 이 정도면 혼인할 자격 충분하지?"

"진짜구나……."

루니가 아니라면 할 수 없는 말을 듣자, 이해할 수 없는 이 상황이 현실로 느껴지기 시작했다. 아멜리는 한 발 한 발 천천히 그에게 다가가 손을 들어 마치 얼굴 윤곽을 확인하는 것처럼 조심스레 뺨을 어루만졌다.

"엄청 차가워……."

"밖에 오래 있어서 그래."

"진짜 루니라고? 발번 마을 살던 안젤라의 막내아들 루니?"

"응."

순간 속에서 무언가가 왈칵 터졌다. 아멜리가 루니를 와락 끌어안았다. 예전에는 그녀의 목에 매달릴 만큼 작은 아이였는데,

이제는 오히려 아멜리가 까치발을 하고 매달려야 했다. 물론 우유 냄새도 나지 않았다. 루니의 옷깃에 묻어 있는 진한 남성용 향수 냄새가 낯설었다.

"어떻게 네가…… 나는 나 혼자만 남은 줄 알고……."

차마 말을 다 잇지도 못하며 울먹이는 아멜리의 작은 어깨를 루니가 다독였다.

"나도 누나가 살아 있다는 소식을 듣고 굉장히 놀랐어."

아멜리가 다시 손을 들어 루니의 뺨과 얼굴 윤곽을 더듬었다. 차갑다. 그래도 살아 있는 사람의 살갗이었다.

"발번에서 왔어?"

"고향에서 나온 지는 오래됐어."

"지금은 어디서 지내는 건데? 누구랑 있어?"

"다 얘기해줄게. 하지만 괜찮다면 누나에게 무슨 일이 있었던 건지 먼저 들어도 될까?"

"으, 으응. 어디서부터 얘기를 시작해야 할까, 루니. 그러니까 내가 약초를 캐러 평소 안 다녀본 산에 올랐을 때였어."

최근 모르간에게 한번 털어놓은 적이 있었기에 아멜리는 감정이 격앙된 와중에도 제법 논리정연하게 이야기를 풀어나갈 수 있었다.

모르간에게 들려준 이야기와 다른 점은 빌슨과의 사건이 생략되었다는 점이었다.

빌슨이 누가 봐도 성추행범인 건 사실이지만 아무리 그래도 그의 아들에게 있는 그대로 말해주는 건 거북하게 느껴졌다. 칸에게 쫓겨 게일과 젤윈으로 건너와 여행 중이라는 이야기까지 끝냈을 때 아멜리는 다소 조급해져 루니에게 물었다.

"그렇게 된 사정이 있어서 고향엔 돌아가지 못했어. 다들 어떻게 됐는지 모르겠어. 넌 알고 있니?"

"아아. 물론."

루니가 아멜리의 손에서 손수건을 뺏어 들고 직접 눈가를 닦아주었다.

"우리의 고향은 사라졌어. 129년 전 대지진의 날에."

아멜리의 물기 어린 두 눈이 서서히 커다래졌다.

"누나가 절벽에서 떨어졌다고 한 그날, 마을에서도 엄청난 지진이 있었어. 누나가 겪은 것에 뒤지지 않을 정도의 강진이었어. 산사태가 일어났지. 사람들 대부분이 흙에 파묻혀 질식해 죽었어. 기적적으로 살아남았던 사람도, 마을을 탈출하다가 불안정한 지반의 2차 붕괴 때 다 사망했어."

"거짓말……."

"나도 그렇게 믿고 싶지만 사실이야. 지금 당장 발번 마을로 돌아가 보면 알아. 우리 마을이 있던 그 자리에는 커다란 구멍만이 뚫려 있어. 참 희한하지? 우리 마을은 산골이었는데 땅이 꺼져서 사라진 거야. 산 내부에 그토록 커다란 빈 공간이 있었을 거라고 누가 상상이나 했겠어? 하지만 사실이야."

"그럴 리 없어. 어떻게 그 많은 사람들이 한날한시에 다 죽어? 그리고 너, 너는 살아남았잖아."

루니가 희미하게 웃었다.

"날 구한 건 누나야."

"뭐? 난 마을에도 없었는데 어떻게 널 구했다는 거니?"

"그날 누나가 오후 늦도록 돌아오지 않길래 어머니 몰래 마을 밖으로 누날 찾아 나섰어."

아멜리는 의아했다. 루니는 안젤라네 삼형제 중에서도 가장 내성적이고 얌전한 아이로, 위의 두 명과 달리 말썽도 잘 부리지 않고 돌발행동은 더더욱 하지 않는 성격이었다. 그런 아이가 안젤라 몰래 마을을 나왔다니? 심지어 형들과도 아니라 혼자?

"왜 그런 짓을 했어?"

"아버지가 누나한테 무슨 짓을 했는지 알아."

아멜리의 표정이 굳었다.

"알고…… 있었다고?"

"당시엔 정확한 내용까진 몰랐지. 나는 조숙하다 해도 고작 다섯 살짜리였으니까. 다만 아버지가 나쁜 짓을 해서 누나가 대단히 화가 났다는 건 알 수 있었어. 그래서 아버지만이 아니라 우리 가족까지 전부 미워하게 됐다고 생각했어."

"루니, 그렇지 않아……."

아멜리의 눈에 다시 눈물이 글썽글썽해졌다. 가장 우려했던 부분이 현실이 되었다. 안젤라와 아이들만큼 상처 받지 않기를 바랐는데.

"알아. 누나라면 그러지 않았을 거야. 하지만 그때 난 아버지 대신 사과하지 않으면 다신 누나와 화해하지 못할 것 같았거든. 몇 번인가 누나네 집에 찾아간 적도 있는데 문을 열어주지 않아서 누나가 밖에 나왔을 때 따라가야겠다고 마음먹었지."

아멜리는 루니가 말한 때가 언제인지 알 것 같다. 빌슨과의 사건이 있고 나서 안젤라 말고 루니가 한참이나 문을 두드렸던 적이 있었다. 하지만 그땐 도저히 얼굴을 마주하고 아무 일도 일어나지 않은 척할 자신이 없어 괴롭게 무시해야 했다.

"미안해."

죄책감이 깃든 아멜리의 표정을 보고 루니가 아멜리의 이마에 살며시 입을 맞추었다.

"사과하지 마. 왜 그랬는지 다 이해하니까."

못 보던 새 꼬마 루니가 지나치게 어른스러워져서 오히려 아멜리가 그 품에 매달리며 어리광을 부리고 싶은 충동이 들었다.

"그날 마침 어머니는 잠깐 밭에 나가셨고 형들은 자기들끼리 싸우느라 내게 관심을 두지 않았어. 누나가 어디로 갔는지는 몰랐지만 무작정 마을 밖으로 나갔어. 아마 한두 살만 더 먹었어도 그토록 무모하진 않았을 거야. 그때 난 산을 올라본 적이 없으니까 어디로든 조금만 가면 금방 누나를 만날 수 있을 줄 알았거든. 그러다 당연히 길을 잃었고, 인근 산을 헤매다 보니 어찌된 일인지 산기슭으로 내려와 있더군. 그리고 지진이 일어났어."

루니가 잠깐 침묵했다.

"기절했다 깨보니 목야였어. 지나가던 여행자가 날 발견해서 목야까지 옮겨 부상을 치료해줬던 거야. 그분이 아니었으면 나도 어떻게 되었을지 몰라."

아멜리가 손을 바들바들 떨었다. 고작 다섯 살밖에 되지 않았던 어린 꼬마가 재난의 한가운데서 겪었을 고통과 두려움에 가슴이 아려왔다.

"맙소사, 루니. 네가 나 때문에 그런 꼴을 겪었다니."

"누나 덕분에 살아남은 거지."

루니가 손수건으로 아멜리의 젖은 뺨을 닦아주고 가볍게 입을 맞추었다. 아멜리는 그 애정 어린 몸짓에서 루니의 지난 외로움을 느꼈다.

"그래서 이젠 우리 둘밖에 없어."

아멜리의 눈물은 봇물처럼 터져 나왔다. 고요한 축사 안에 서러운 흐느낌이 가득 찼다.

고향 사람들이 모두 죽었을 거라고는 예상하고 있었고 나름대로 마음의 정리를 했다고 여겼다. 하지만 루니가 전해준 진실은 상상보다 끔찍했다.

촌장님 댁도, 밭번 친구들 한나, 베스, 제인 그리고 안젤라와 꼬마 토미, 해리까지 자비도 없고 장례식이나 애도해주는 자도 없는 생죽음을 당했다.

이 와중에 아멜리를 더욱 괴롭히는 사실은, 당시 아멜리가 자신을 구하러 와주지 않는 마을 사람들을 야속하게 여겼다는 것이었다.

더 참혹한 꼴을 당하고 만 가여운 사람들을 원망했다.

'혼자만 멀쩡하게 살아 있던 주제에.'

죄책감에 눈물은 걷잡을 수 없이 흘러넘쳤다.

"다들 좋은 사람이었는데……."

"좋은 사람들이었지."

"이건 말도 안 돼, 루니. 도저히 이해할 수 없어. 왜 이런 재앙이 벌어져야 했던 거야!"

아멜리의 어깨를 끌어안아 주고 있던 루니가 씁쓸하게 웃었다.

"나는 그걸 알아내기 위해 100년을 투자했어."

울음 섞인 거친 숨소리가 잦아들고 스스로 진정이 된 후에야 아멜리는 루니의 말뜻을 물어볼 수 있었다.

"알아냈다는 게 무슨 뜻이니? 그리고 100년이라니."

아멜리는 루니의 얼굴을 제대로 보기 위해 손등으로 쓱쓱 눈가를 훔쳤다.

"그러고 보니 네가 어떻게 지금까지? 설마 나와 같은 일을 겪은 거야?"

"나에 대한 건 나중에 설명해줄게. 그보다 먼저 우리 마을에 일어난 사건의 정확한 원인을 누나도 알지 않으면 안 돼."

루니의 가라앉은 목소리를 따라 아멜리도 긴장했다.

"지진은 단순히 자연재해가 아니었어. 우리 마을 밑에 있던 그 커다란 빈 공간도 우연히 생긴 자연물이 아니었어."

"그, 그럼 대체 뭔데?"

"우리 마을 밑에는 말이지."

아멜리의 어깨를 잡은 루니의 악력이 세졌다. 아프다고 불평하려다가 루니와 눈이 마주친 아멜리는 그만 입을 다물어버렸다. 방금 전까지 제 살의 일부처럼 아멜리를 아끼고 위로하던 다정한 사람은 온데간데없었다.

형형하게 번득이는 루니의 두 눈이 훌쩍 커버린 키보다도 낯설었다. 마치 보이지 않는 원수라도 눈앞에 둔 것처럼, 어쩌면 광기라고 묘사될 만한 안광이었다.

"우리 마을 밑에는, 천년도 전에 봉인 당한 사룡(死龍)이 잠들어 있었어."

"사룡이라니, 그게 누구?"

"이미 멸망한 용족의 마지막 후예, 에어리. 그놈이 우리의 원수야."

아멜리가 눈을 깜박거렸다. 느닷없이 「용족」이라니, 봉인이라니. 그것도 발번 밑에? 루니가 제정신인가 싶었다.

"설사 우리 마을 밑에 용이 있었다 쳐도, 그게 마을을 없애버린 지진과 무슨 상관이라는 거니?"

"그 거대한 용이 빌어먹을 봉인에서 깨어나려 발작했기 때문에 지진이 일어난 거야."

루니는 고요하고도 뜨겁게 분노하고 있었다. 반면에 아멜리는 머릿속이 차갑게 식었다. 언제나 품고 있었던 의문 하나가 해소된 듯한 느낌이었다.

느닷없이 일어난 대지진, 그리고 빛나는 풀의 동굴에서 겪었던 잦은 지진이 부자연스럽다는 생각은 전부터 여러 번 했었다. 물론 자연의 조화를 인간이 어찌 짐작하겠느냐마는, 전통적으로 발번 일대는 지진이 발생하던 지역이 아니었다. 그래서 빛나는 풀의 동굴에 있을 때 이 지진들이 어쩌면 세상이 멸망할 전조가 아닐까 하고 무서운 상상까지 했었다.

"그 사룡 탓이야. 전부 그놈 때문에 죽었어."

루니의 주장은 터무니없으면서도 말이 되었다. 하지만 어떻게 그런 엄청난 사실을 아무도 모를 수 있었을까? 발번 밑에 용의 동굴이 있고, 거기에 봉인된 용이 있고, 그 용이 깨어날 때 엄청난 지진이 일어나리란 것을 발번 대대로 살아온 조상들은 누구 하나 알지도 못하고 조짐조차 감지하지 못했던 말인가?

아멜리는 순수한 의미에서 당황했다.

"내가 누나를 만나러 온 건 단순히 재회하고 싶었던 마음도 있지만 진짜 목적은 경고를 하기 위해서야. 누난 위험에 처해 있어."

마치 유르 같은 소리였다.

"위험이라니?"

"사룡이 봉인에서 풀려나면 누나는 죽어."

루니의 어조가 너무나 단호해 아멜리는 가슴이 쿵 내려앉았다.

"내가 왜……?"

"아까 누나가 말한 「빛나는 풀」 때문이야."

"그게 대관절 뭔데? 용이랑 무슨 상관이라는 거니?"

"고신기에 대해 알고 있어?"

"신화 말이야?"

"신과 세계에 관한 방대한 양의 이야기지. 그중에는 용의 멸망에 관한 것도 있어."

루니는 아멜리의 귓가에 옛날이야기를 들려주듯 낮게 속삭였다.

"마신 마라한이 죽었을 때 온다라와 마홀, 모로비리을 제외한 나머지 여섯 신은 마신의 육체로 자신을 섬길 피조물을 빚었다. 아스라는 인간과 온갖 길짐승을, 소라리는 실프와 온갖 날짐승을, 다비홀은 인어와 온갖 바다생물을, 사비는 온갖 식물과

곤충을 만들었다. 형제자매에게 좋은 것을 모두 **빼앗긴** 발라군은 어쩔 수 없이 타신의 피조물을 뒤섞어 환수를 만들었다. 고밀의 경우 최초로는 작고 유순한 요정을 만들었으나 그 크기에 스스로 불만을 품어 다시 용을 만들었다. 용은 크고 난폭했다. 지상에서 가장 큰 피조물 수만 마리가 하늘을 날아다닐 때 지상은 긴 밤과 같은 그림자에 뒤덮였다. 특히 사비의 초목이 빛을 보지 못해 말라 죽어갔다. 사비는 용족을 응징하기 위해 포(包)족을 만들었다. 그러나 선한 요정족이 포족을 막고 대신 멸망하였다. 용족은 복수에 나섰고 포족을 북쪽 극지의 얼음 땅에 영원히 가둬버렸다. 그 과정에서 많은 용이 죽었으나 사비는 족하지 않고 도리어 더욱 노하여 용족에게 직접 저주를 걸었다. 그것은 용족의 마지막 한 마리까지 채울 수 없는 탐욕과 갈증에 시달리는 저주였다. 저주는 지독하게 끈질겼고, 끝내 용족은 멸망했다. 고밀은 몹시 슬퍼하고 사비에게 노하여 아스라의 피조물 중 가장 영리한 종족에게 마법을 전수하고, 사비와 마찬가지로 탐욕의 저주를 걸었다. 마법을 바탕으로 번성한 사회를 이룩한 인간은 사비의 피조물을 욕심스럽게 먹어치우고 베어뜨리고 꺾어버렸다. 하지만 사비는 가소롭게 여겼다. 인간의 입과 손은 용의 날개에 비해 너무 작기 때문이었다. 하지만 인류가 멸망하는 그날 구생신과 모든 피조물들은 알게 될 것이다. 고밀과 사비 중 과연 누가 최후의 승자가 될 것인지.”

"사비……."

아멜리는 그것이 유르가 일전에 괴로움 속에서 말했던 이름임을 깨달았다.

"하지만 인간들에게 전승되고 있는 고신기에는 잘못된 부분이 있어. 용족은 아직 멸망하지 않았어. 마지막 한 마리가 우리의 고향 밑에 봉인되어 있었던 거야. 따라서 사비의 저주도 끝나지 않았어. 누나가 먹었던 「빛나는 풀」이 그 증거라고 할 수 있어."

아멜리는 어두운 지하동굴 생활에서 유일한 안식처이자 영양분이 되어 주었던 신비한 풀을 떠올렸다. 그 포근한 빛과 마음을 편하게 해주던 빛이, 신의 저주라는 사실을 믿을 수 없었다.

"누나는 빛나는 풀을 먹고 저주의 일부가 되었어. 그렇기에 에어리가 봉인에서 깨어나면 사비의 저주대로 누나에게 달려들 거야."

아멜리의 뇌리에 온몸에서 피를 뿜어내고 죽어버린 자객들의 시신이 스쳐 지나갔다. 모르간의 말로는 그 자객들이 그녀를 죽였기에 역으로 죽임을 당했다고 했다.

"설마 날 죽임으로써 용도 죽는다는 거야?"

"맞아."

"하, 하지만 나는…… 계속 살아났어. 루니, 믿기지 않을지도 모르지만 최근에 난 계속 죽었고 또 계속 살아났어."

"무슨 뜻인지 알아. 그건 사비 신의 저주가 지속되고 있기 때문이야. 마지막 용이 죽어야만 신의 분노도 사그라들겠지. 그때 저주는 끝나. 기적 같은 부활도 더는 없어."

"말도 안 돼."

신이며 저주며, 허공에 뜬 것 같은 단어들. 전부 다 거짓말이라고 부정하고 싶었다. 하지만 아멜리는 최근 자신에게 일어난 기묘한 일들을 알고 있었다. 실제 경험은 부정할 수 없었다. 그러나 한 가지 타당한 의문이 아멜리의 머릿속을 어지럽혔다.

'어째서 하필 나야?'

아무리 당사자라도 개연성 없이 닥친 운명에 납득할 수 있을 리 만무했다. 대지진 전까지만 해도 평범한 산골 처녀였고, 초보 약초꾼이었을 뿐이다. 이런 내력의 인물이라면 전국 방방곡곡에 널리고 깔렸다. 그중에서 하필 그녀 자신만이 신들의 전쟁에 휘말리게 되는 단 한 사람이 되었다는데, 도대체 전생에 무슨 죄를 지은 거냐고 울부짖고 싶은 심정이었다.

"자, 잠깐. 이해가 잘 안 되는 부분이…… 하지만 빛나는 풀은……."

루니의 이야기에서 뭔가 빠진 듯한 조각이 있는 느낌이 드는데, 뇌가 굳은 것처럼 머리가 잘 돌아가지 않았다. 루니의 큰 손이 다가와 마른 눈물에 달라붙은 머리카락 몇 가닥을 부드럽게 떼어주었다.

그리고 고개를 숙여 아멜리의 귓가에 은밀하게 속삭였다.

"안타깝게도 사룡이 깨어날 날은 머지않았어. 나와 동료들의 연구에서 도출된 결과로는 앞으로 길어야 1년."

"1년……."

"말하자면 누나는 1년의 시한부 인생이야."

루니의 어조는 진지했고 확신에 차 있었다.

아멜리는 머리가 멍해져, 이런 경우에는 어떤 반응이 적절한지 판단할 수 없었다.

"누나, 내 말 잘 들어."

루니가 여전히 멍한 아멜리의 두 눈을 마주 보고, 또 손으로 양어깨를 단단하게 잡았다.

"어차피 인간은 누구나 죽음을 피할 수 없어."

상냥한 말투로 심장에 작살을 꽂는다. 아멜리의 얼굴이 일그러졌다.

"그, 그렇지. 누구나 죽는 건데, 하하……."

"설령 죽음을 피할 수 없어도, 생을 결정하는 건 인간의 의지야. 어떤 삶을 살지, 어떤 목적을 이룰지는 오로지 누나의 의지에 달려 있어. 난 이것 또한 다른 신의 안배라고 믿고 있어. 내가 이렇게 되고, 누나가 이렇게 된 것이 모두 우리를 위한 복수의 기회라고!"

어디서부터 잘못된 거지?

아멜리는 혼란 속에서 정신을 차릴 수 없었다. 용이며, 사비 신이며, 고밀 신이며 전부 그녀와 무관한 존재들인데.

"사룡이 누나를 먹고 죽어버리는 것. 사비 신은 그걸로 만족할지 몰라도 나는 아니야. 그건 완전한 복수가 될 수 없어. 사룡이 봉인에서 풀려나려고 날뛰는 바람에 무고한 내 가족, 우리 마을 모두가 생죽음을 당했어. 난 용에게 그 대가를 철저하게 치르도록 만들 거야. 그러기 위해서 누나의 도움이 필요해."

루니의 눈 속에 차갑고 시린 것이 자리 잡았다. 슬픔으로 점화되는 복수라는 이름의 열 없는 불꽃이었다.

"내 말 이해했지?"

"그래……."

"나와 함께 가자."

눈앞에 커다란 손이 내밀어졌다. 아멜리는 혼이 빠진 채 그 손을 물끄러미 응시했다. 커다란 남자의 손. 불현듯 커다랗고 단단한 손을 가진 또 다른 남자의 얼굴이 떠올랐다.

'지금쯤 날 찾고 있을지도 몰라.'

목숨이 얼마 남지 않았다면 매 분 매 초가 소중하다. 잠시라도 게일과 떨어져 지내고 싶지 않았다.

하지만.

모르간에게 열정적으로 키스하던 게일의 모습도 번쩍 뇌리를 스쳐 지나갔다. 심장이 쪼그라들었다.

자신을 좋아하지 않는 남자를 짝사랑하게 되어버린 자신이 부끄러웠다. 이 부끄러운 모습을 게일에게도 모르간에게도 들키고 싶지 않았다. 차지할 수 있는 사랑이 아니라면, 적어도 우정과 자존심이라도 지키고 싶다. 그 편이 게일의 추억 속에서도 아름답게 남으리라. 하지만 다른 여자를 좋아하는 게일의 곁에서, 과연 끝까지 우정과 자존심을 지킬 수 있을까? 동정 받는 것은 싫지만, 게일 곁에 오래 있으면 동정으로라도 붙잡고 늘어지고픈 욕심이 생길 것 같아 무섭다.

아멜리가 괴롭게 눈을 감았다.

돌아가야 할 이유가 없어.

주저하던 작은 손이 마침내 내밀어진 손을 잡았다.

37

막간극: 침입자

와작.

비샤의 입안에서 감자칩이 바사삭 부스러졌다.

"흠······."

눈앞에 떠 있는 특대 사이즈 스크린에는 바깥의 상황이 생생한 화질로 전달되고 있었다. 사실 감자칩을 와그작대면서 감상하기에는 최적의 영상이었다. 난사되는 마법 공격으로 빛이 번쩍이고 고막이 떠나갈 듯한 소음이 대지를 뒤흔들었다. 이따금 분홍빛 피 보라가 매캐한 연기 속에서 터져 나오기도 했다. 이윽고 한 손으로 눈앞의 연기를 휘휘 내저으며, 거인과도 같은 남자가 모습을 드러냈다. 피부색과 대조적인 백발을 탈탈 털고

난 뒤 허리춤에 손을 짚으면서 남자가 고개를 돌렸다. 주변에 남아 있는 마법사는 없었다. 정확히 말하면 「살아 숨 쉬는」 마법사가 없었다. 람탄은 근처에 있는 시체 옷가지에 대검에 묻은 피를 쓱쓱 닦아냈다.

"나도 참 깜박했군. 어금니랑 호박이 어디 있는지 먼저 묻고 죽였어야 하는데."

계획에 차질이 생겼으나 별로 대수롭지 않다는 투였다.

람탄이 한 팔을 들어 마치 나침반 바늘이라도 되는 것처럼 이리저리 방향을 쟀다.

"좋아. 동쪽에 큰 마력. 거기 가서 다시 털어볼까."

와그작!

영상을 무심하게 지켜보던 비샤의 눈빛이 약간 변했다.

"큰일이네. 날 찾아냈잖아?"

와작와작와작. 입안에 남아 있던 감자칩이 빠른 속도로 목구멍을 넘어갔다. 비샤가 소금기 묻은 손가락을 쭉쭉 빨고서 요정 하나를 손짓하여 불렀다. 잠자리 날개를 가진 요정이 허공을 미끄러지듯 날아왔다.

"수장님과 샤샤는?"

요정이 도리도리 고개를 저었다.

"아직도 연락 없어? 나 참, 저놈은 왜 하필 센 캐 두 명이 부재 중일 때 쳐들어온 거야. 정말 곤란하네. 나일과 에이든이 살아 있었으면 지들이 싼 똥은 지들이 알아서 처리하라고 했을 텐데, 이 민폐 덩어리들."

비샤의 퉁퉁한 팔이 트렁크를 집어 들었다.

"너희들도 빨리 짐 싸."

방 청소를 하고 있던 요정들이 멈칫하더니 재빠르게 여기저기 구석에 박혀 있던 가방들을 꺼내 있는 대로 마법서와 마법실험용 도구들을 집어넣기 시작했다. 비샤도 트렁크를 활짝 열고 열심히 짐을 꾸렸다. 감자칩, 감자칩, 쿠키단지, 다시 감자칩, 알록달록한 사탕상자, 초콜릿 상자와 밀봉된 꿀떡 다섯 팩. 비샤의 손이 멈칫했다.

"아차, 편식은 좋지 않지."

크루아상, 팥빵, 크림빵, 땅콩빵, 카스텔라, 치즈케이크 한 판이 포장된 채로 트렁크 안에 차곡차곡 쌓여갔다.

"너무 탄수화물 위주인가?"

비샤가 요정에게 손짓했다.

"주방에서 고기 좀 가져와."

요정 열댓 마리가 쌩하니 날아가 십여 분 뒤에 돌아왔다. 훈제연어 통조림 열 개, 닭강정과 칠리포크찹이 든 밀폐용기 열다섯 개였다. 비샤는 종이에 포장된 비프샌드위치 세 개는 트렁크 밖으로 따로 뺐다.

"이건 피난 가는 길에 도시락으로."

비샤가 열심히 일용할 양식을 싸는 동안 영상 속의 백발 남자는 휘적휘적 걸어 착실하게 비샤에게 가까워지고 있었다. 허공을 나는 의자에 앉은 채 비샤는 바닥에 닿아 있는 트렁크를 질질 끌며 연구실 구석으로 이동했다. 바닥에는 킹사이즈 침대 면적 정도는 될 법한 둥근 마법진이 그려져 있었다. 비샤는 의자에서 거의 미끄러지듯 내려와 마법진 가운데 섰다.

"가만, 젤윈으로 가려면 어떻게 해야 하더라. 먼저 울란항으로 한 번 이동했다가, 아마 그쪽에 제라드가 이용하던 마법진이 있을 텐데…… 거기서 맨튼항으로 텔레포트하면 되나? 그런 다음엔 맨튼의 특선요리라도 맛보면서 느긋하게 샤샤를 기다려야지."

목적지를 정한 비샤가 마법진을 작동시키려는 순간, 요정 하나가 다급하게 다가와 웬 보따리 하나를 건네주었다. 비샤가 제 이마를 철썩 때렸다.

"이런, 아티팩트들을 두고 갈 뻔했네."

하지만 대형 트렁크는 이미 음식으로 터져 나가기 직전이었다. 비샤는 한참 고민하더니 괴로운 표정으로 훈제연어 통조림 세 개를 빼내고 그 자리에 보따리를 꾹꾹 눌러 담았다. 이번에야말로 짐 꾸리기를 마친 비샤는 통통한 손을 흔들어 아직까지 짐 싸기에 여념 없는 요정들에게 작별인사를 했다.

"얘들아, 내 마법서랑 실험도구, 기타 등등은 나중에 선편으로 부쳐."

팟. 빛에 감싸인 비샤의 몸이 마법진 위에서 사라졌다.

폐허 위를 걸어가던 람탄의 발걸음이 한순간 멈추었다.

"어, 사라졌네?"

그가 눈살을 찌푸린 채 인상을 박박 썼다.

"뭐지? 어떻게 된 거지? 분명히 아까까진 저기 누가 있었는데."

하지만 의문을 풀어주는 사람은 아무도 없었다. 람탄은 머리를 북북 긁어대다가 짜증 반 당혹 반이 섞인 눈으로 주위를 다시 두리번거렸다.

"큰일났네⋯⋯. 이 난장판에서 내 어금니를 어떻게 찾아내지?"

건물이란 건물은 모두 와르르 무너져 내렸고 마법 폭격의 영향으로 평평한 대지라곤 남아 있지 않았다. 여기저기 널브러진 시체들은 말이 없었다.

"유르한테 다시 가서 물어봐야 하나?"

몸을 돌렸다가,

"아니 아까 그 마력이 사라진 곳을 뒤지면 뭐 있을라나?"

다시 반대로 몸을 돌렸다가,

"망할. 뭐가 이렇게 어려워!"

마른하늘에 대고 소리를 질렀다. 챙그랑. 람탄의 키만 한 대검이 바닥에 요란한 소리를 내며 떨어졌다. 람탄은 그 자리에 털썩 주저앉아 투덜거렸다.

"역시 밥을 먹고 올걸. 진짜 기가 막힌 향기였는데. 분명히 음식이었을 거야. 유르 이 새끼가 지 혼자 처먹으려고 날 여기로 보낸 게 틀림없어. 누굴 속여, 나쁜 새끼. 동대륙까지 왔는데도 계속 냄새가 나는 걸 보라고. 얼마나 기가 막히게 맛있는 음식일까."

람탄이 바다 너머 넓은 대륙이 있을 방향을 지그시 쳐다보았다. 가만히 있으니 코끝에 걸리는 향기가 더욱 진해지는 것만 같았다. 위장이 우르릉 하고 큰소리를 쳤다. 언제 입안에 침이 고였던 건지 턱을 따라 주르륵 흘러내렸다. 향기만으로도 이렇게 사람을 기절하게 만들다니, 세상에 다시없을 진미로 예상이 됐다.

"다시 돌아갈까."

입맛을 쩝쩝 다시던 남자가 결심한 듯 대검을 집어 들어 훌쩍 어깨에 걸쳤다.

다음 권에서 이어집니다.

지은이 후기

권을 거듭할수록 아멜리의 역경과 남난(男難)이 심화되고 있습니다. 기껏 좋아하는 사람이 생겼는데 짝사랑인 거지요. 이쯤 되면 주인공도 슬슬 보이지 않는 손의 의중을 깨달을 때가 되지 않았을까요. 하하하.

여러분, 행복과 희망과 정의가 함께하는 새해를 맞이하시길 바랍니다(사랑은 옵션입니다).

2016년 12월

온푸나무 드림

그린이 후기

숙취

안녕하세요. 숙취입니다

이번 권에는 아멜리가 새로운 장소에 여행하는 겸, 배경이 왕실인 겸해서 여러 가지 옷을 디자인해보았습니다. 역시 옷 디자인은 재미있네요!

그래서 이번에 전신이 안 나와서 아쉬운 디자인 설정화 몇 개를 같이 올려봅니다. 헤헤

개인적으론 국화 디자인이 제일 맘에 들어요! 여러분들은 어떤 게 제일 맘에 드시는지 좀 궁금하네요!

그럼 다음 권에 찾아뵙겠습니다.

『아멜리가 연애를 하지 않는 이유』 4권 읽어주셔서 감사합니다!!

스토라스

안녕하세요. 이 후기를 보고 계실 즈음엔 이미 2017년이 시작되었을지도 모릅니다. 저는 다사다난한 2016년을 보내고…… 기분전환을 하기 위해 크리스마스 볼 이미지를 열심히 검색해 찾아보는 사람이 되었습니다. 독자 여러분도 한번 쯤은 christmas balls로 검색을 해 보시기 바랍니다. 구글보다는 핀터레스트에서 검색하는 게 좋습니다. 최신유행 크리스마스 볼 이미지들을 즐겨보시기 바랍니다.

그리고 숙취님이 후기로 설정화를 주셨습니다. 저도 설정화를 보며 즐겁게 삽화 작업을 했습니다 흐흐…… 작업자들끼리만 전신 설정 보기! 로망이긴 하지만 역시 좋은 건 다 같이 봐야겠죠. 팬아트가 보고 싶기도 합니다.

저번 후기에도 적었지만 이번에도 적고 싶네요. 『파이널 판타지 14』를 하십시오. 이번에도 신년이벤트로 공짜 한복을 나눠준다고 합니다. 메이드복/집사복도 사서 입힐 수 있습니다. 그럼 이만…….

2016년 12월 팀 귤한박스

아멜리 드레스

뒷테일

일반(?)
드레스

옹비녀
↓

연회
드레스

나비모양
장식 →

← 굽이
없음

국화 & 모르간

모르간 상처는
앞머리로 가림

국화
장식

국화장식

긴머리는
사실 가발